인생의 오랜 지혜가 담긴 이 책을

_____님께 선물합니다.

내가 109세 찰리에게 배운 것들

내가 109세 찰리에게 배운 것들

현재 1쇄 펴낸날 2024년 5월 10일

초판 1쇄 펴낸날 2024년 5월 10일

지은이 데이비드 본 드렐리
옮긴이 김경영
펴낸이 이건복
펴낸곳 도서출판 동녘

편집 이정신 이지원 김혜윤 홍주은
디자인 김태호
마케팅 임세현
관리 서숙희 이주원

등록 제311-1980-01호 1980년 3월 25일
주소 (10881) 경기도 파주시 회동길 77-26
전화 영업 031-955-3000 편집 031-955-3005 전송 031-955-3009
홈페이지 www.dongnyok.com **전자우편** editor@dongnyok.com
페이스북·인스타그램 @dongnyokpub
인쇄 영신사 **라미네이팅** 북웨어 **종이** 한서지업사

ISBN 978-89-7297-127-6 (03840)

- 잘못 만들어진 책은 구입처에서 바꿔 드립니다.
- 책값은 뒤표지에 쓰여 있습니다.

만든 사람들
편집 한나비 **디자인** 김태호

데이비드 본 드렐리 지음

김경영 옮김

내가
109세
찰리에게
배운 것들

—

The Book
of Charlie

동녘

차례

1장

–

거슬러 오르다

현재가 과거와 다르길 바란다면,

과거를 배우라.

바뤼흐 스피노자

우리 집 네 아이가 아직 꼬마였을 때, 나는 아이들의 침실 사이 캄캄한 복도 바닥에 플래시를 들고 앉아 밤마다 함께 이야기책을 읽었다. 우리는 수천 페이지짜리《해리 포터》를 읽었고 호머 프라이스와 함께 도넛을 수백 개나 만들었다(호머 프라이스는 유명 미국 동화《호머 프라이스》의 주인공이다-옮긴이 주). 클리키태트 거리에서 라모나와 비저스와 어울렸고, 페벤시가 아이들과 함께 나니아 왕국에 머물렀다. 겁쟁이 아이의 일기에 열광했고 위험한 대결을 여러 편에 걸쳐 지켜보며 마음을 졸였다(각각《라모나》시리즈,《나니아 연대기》,《윔피 키드》시리즈,《레모니 스니켓의 위험한 대결》을 가리킨다-옮긴이 주).《붉은 무공훈장》을 읽고 흥분했고,《나의 올드 댄, 나의 리틀 앤》을 읽으며 슬픔의 눈물을 훌쩍였다. 그리고 당연히 기적이 일어나는《샬롯의 거미줄》속 애러블 부부의 농장에도 여러 번 찾아갔다.

오랫동안 나는 이 열정적인 네 청중과 즐거운 시간을 보냈지만, 아이들이 점점 자라고 각자의 관심사가 하나둘 생기면서 우리가 함께하는 시간이 끝나간다는 사실을 깨달았다. 아이들은 곧 기말시험을 공부해야 할 테고, 페이스타임과 넷플릭스로 밤늦게까지 시간을 보내겠지. 얼마 지나지 않아《피터팬과 마법의 별》속 모험의 마지막 페이지를 읽던 어느 밤, 내가 두려워하던 순간이 찾아오고야 말았다. 둘째딸이 밤마다 하던 책읽기를 그만하자는 말을 꺼냈고 (내가 생각했던 것보다 더 빨리) 다른 세 아이도 덩달아 동의한 것이다.

책읽기가 끝나기 얼마 전 아이들은 아빠가 작가 비슷한 사람이라는 걸 알고 자기들을 위한 책을 써달라고 졸랐다. 플래시를 들고 어둠 속에서 큰 소리로 읽을 수 있는 그런 책. 아이들에게 그런 책을 하루빨리 선물하고 싶었다. 내 모자 속에서 약간의 마법을 부려 즐거우면서도 용기를 주는 이야기, 용감하고 재기발랄한 소년소녀들이 신기하고 위험한 세계로 모험을 떠나는 이야기를 쓰고 싶었다. 하지만 어린이 소설을 쓰려는 시도는 매번 이런저런 이유로 실패했다. 나는 점차 함께 책을 읽을 날이 아이들의 소원을 이루지 못한 채 끝날 수도 있음을, 적당한 이야기를 만들어내려는 노력이 실패로 돌아가면 아이들이 실망할 거라는 사실을 알았다. 모든 아버지는 천진난만한 아이가 자신을 특별한 사람이라고 생각하기를, 그래서 절대 자신에 대한 환상이 깨질 일이 없기를 소망한다. 그리고 어떤 아버지들은 그 소망을 이룬다. 한편 나의 아이들은 그새 머리가 굵어져서 아버지의 약점을 눈치채곤 더 이상 자기들만을 위한 책을 써달라고 조르지 않았다.

하지만 그 책이 지금 이렇게 나왔다.

분명 아이들이 원했던 책은 아니다. 이 책 속에는 수많은 업적과 위험, 비극적인 사건과 즐거운 사건이 소설처럼 펼쳐지지만 성이나 해적선, 심지어 달콤한 로맨스는 등장하지 않는다. 주인공은 매력이 넘치지만 히어로, 당연히 슈퍼히어로는 아니다. 이 책에는 마법사나 범죄를 해결하는 고아, 시간여행, 공감 어린 이야기를 들려주는 거미도 등장하지 않는다. 그렇기에 아이들이 원했던 책은 아니지만, 언젠가 살면서 한 번은 필요로 할 책이라고 믿는다.

왜냐하면 역경과 혁명적인 변화를 딛고 살아남아 심지어 성공해내는 이야기를 담은 책이기 때문이다. 지금의 아이들, 내 아이는 물론 여러분의 아이들은 변화의 소용돌이 속에서 살게 될 것이다. 어떤 변화는 예측할 수 있고, 또 어떤 변화는 전 세계적인 감염병처럼 갑작스럽게 들이닥칠 것이다. 자율주행차와 대화형 로봇은 그저 시작일 뿐이다. 폭풍의 가장자리에 부는 약한 바람에 불과하다. 자동차와 로봇은 기계 장치이고, 기계 장치는 세상을 바꾸지 않고도 발전한다. 내 세대의 발전은 트랜지스터라디오와 19인치짜리 컬러텔레비전에 머물렀다. 지금 우리 앞에는 스포티파이와 85인치짜리 울트라 HD 텔레비전이 있고, 우리는 휴대용 기기로 음악을 듣고 유리 스크린으로 2D 영화를 본다.

혁명적 변화는 또 다른 문제다. 혁명은 사회, 문화, 정치 제도를 새롭게 바꿀 힘을 가지고 있다. 구텐베르크의 인쇄기를 생각해보라. 인쇄술이 등장하기 전까지 사람들은 대부분 글을 읽고 쓸 필요가 없었다. 정보는 입에서 입으로, 또는 손으로 베껴 쓴 글로 조금씩 달라지며 천천히 퍼져나갔다. 지식은 아주 느린 속도로 축적됐는데, 사람들이 집이나 마을 어른들에게 전해 들은 정보만 알았기 때문이다. 그런 시대에 인쇄기는 처음으로 아주 먼 거리, 심지어 다른 시간대에 있는 사람들을 저렴한 가격에 효율적으로 연결해줬다. 그 결과는 놀라웠다. 종교개혁, 계몽주의, 민주주의와 자유시장의 출현, 법적 노예제 폐지, 우주 탐사를 통한 대항해 시대가 열렸다. 이 모든 일이 인쇄술 덕에 가능했다. 나무토막과 납판에 불과했던 가동 활자가 그 모든 일을 해낼 수 있었다면 세계의 도서관과 언어를 각자의 손안에 올려놓고 모든 인간에게 대량 전달의 권력을 안겨준 정보혁명을 통해서는 어떤 변화가 일어났을까?

전 세계의 생산성이 점차 인간과 컴퓨터의 상호 작용으로 결정되기 시작하면서 노동의 본질도 변해갔다. 역사는 일터 혁명 이후 수많은 대변동이 뒤따른다는 사실을 알려준다. 수렵 채집의 자리에 농업이 들어오자 부족과 유목민으로 이루어졌던 세계는 도시와 주, 나라, 왕국의 세계로 바뀌었다. 산업화와 시장 경제가 자급 농업을 대체한 곳마다 새로운 문화가 만들어졌다.

왕과 황제가 있던 봉건 세계는 금융과 관료 체제가 있는 기계화된 세계로 바뀌었다. 어떤 이들에게 이 새로운 세계는 소외와 갈등의 세계였지만, 또 다른 이들에게는 자유와 열망의 세계였다. 가령 여성들에게는 아이를 더 적게 낳을 자유가 주어졌다. 자녀의 수가 줄자 수명이 길어지고 사색할 시간이 생겼다. 그렇게 태어난 아이들은 더 잘 먹고 고된 일도 더 적게 했다. 수명이 길어지자 교육받을 시간이 생겼고, 덕분에 교육을 받은 사람들은 꿈을 꾸기 시작했다. 오늘날 우리는 부모라는 존재가 으레 자신의 자녀가 더 나은 삶을 살기를 바랄 것이라 여기지만, 인류 역사의 거의 모든 시간 동안 부모는 자녀들이 자기네와 다를 바 없이 짧고 힘든 인생을 살 거라고 생각했다. 궁전이든 돼지우리 같은 집이든 태어난 곳이 곧 그 사람의 운명이었다.

디지털혁명은 이러한 과거의 혁명들이 만들어낸 것만큼이나 극적인 효과를 이미 불러오기 시작했다. 정치는 소셜네트워크의 파괴력으로 변화하고 있으며, 우리에게 뉴스원이자 정보원이 되어준, 샘물처럼 샘솟던 사람들의 대화는 무한한 선택지 때문에 쓸모없어지고 있다.

짝짓기 의식은 알고리즘으로 작동하는 데이팅 앱과 독신남녀의 온라인 만남의 장소인 싱글스바 때문에 재구성되고 있다. 기관의 힘은 약해지고 있는 한편 과거에는 특정 지역에만 한정됐던 테러, 신종 바이러스 등 물리적 위협이 전 세계로 확산된다.

부모들은 자녀에게 성공적인 삶을 사는 데 필요한 도구를 안겨주고 싶어 한다. 하지만 우리 아이들은 낯설고 예측하기 힘든 변화의 세계에 던져지고 있다. 부모들로서는 오늘은 유용했던 도구가 내일의 짐이 되지 않을까 걱정하지 않을 수 없는 그런 세계로.

디지털혁명의 규모가 점점 커지는 걸 지켜보면서 과연 이 혁명이 불러올 변화가 내 아이들에게 큰 도움이 될지 충분히 알지 못한다는 사실이 두려워졌다. 도구의 변화는 잘 알고 있었지만, 그에 비해 문화와 사회 전반에서 일어나는 변화는 별로 체감하지 못했다. 지난 몇 년간 많은 기술의 발전에도 내 삶은 우리 부모님의 삶과 크게 달라지지 않았다. 우리 어머니와 아버지가 성인이 될 때쯤 라디오가 새로 나왔고, 나는 라디오가 방송, 위성 장치, 무선 스트리밍으로 대체되는 걸 지켜보며 살았다. 하지만 우리 부모님과 나는 모두 라디오의 시대를 살았다. 마찬가지로 비행기, 신문, 내연 기관, 네트워크 텔레비전, 공화당원 대 민주당원, 현대 의학, 그리고 그 외 수많은 현대 문명의 산물이 새로운 장치가 우리를 놀라게 하는 와중에도 우리 삶을 편안하게 만들어줬다. 하지만 우리 아이들이 살아갈 미래에는 이 모든 것이 사라지고 얼마든지 새로운 것들이 만들어질 수도 있다.

나는 문득 롤모델, 즉 변화의 바다를 헤쳐나갈 진정한 서퍼를 찾으려면 한두 세대를 거슬러 올라가야 한다는 생각이 들었다. 예전의 농경 시절, 중산 계급이 전기나 수도도 없이 살던 시절, 비행기와 항생제가 존재하지 않던 시절로 돌아가야 했다. 나폴레옹 시대나 레오나르도 다빈치 시절을 살았던 농부들이 알 만한 어린 시절을 살았던 누군가를 찾아야 했다. 마차가 자동차보다 훨씬 많고, 그림이 움직이지 않고, 왕이 제국을 다스리던 세계에서 온 누군가가 필요했다. 1900년대 초반에 태어나 2000년까지 살았던 미국인은 짐수레를 끄는 동물과 급성 전염병인 디프테리아의 시대, 즉 미국인의 불과 6퍼센트만이 고등학교를 졸업했던 시절에 한 발을 담그고 다른 한 발은 우주 정거장과 로봇 수술의 시대에 담그고 있을 것이다. 〈국가의 탄생〉(데이비드 와크 그리피스가 감독하고 1915년에 개봉한 미국의 무성 영화-옮긴이 주)이 상영됐던 시절부터 버락 오바마 대통령 시절까지 살았을 것이다. 여성에게 투표권이 없던 시절부터 여성이 나라와 기업을 이끄는 시절, 일요일에 동네 교회에서 포트럭 파티를 하던 시절부터 주요 스포츠 경기가 5층 높이의 초대형 스크린에서 바로 재방송되는 시절까지 살았을 것이다. 그들이 태어났을 때 인류는 아직 남극이나 북극, 에베레스트산에 발을 들여놓은 적이 없었지만, 그들은 살아서 달에 발을 내딛는 광경을 지켜봤다.

1900년대 초반에 태어나 장수한 아이들은 자신들의 삶과 지역사회, 일터, 예배당, 가족 등 많은 것이 흔들리고 뒤바뀌고 무너지고 재구성되는 것을 지켜봤다. 그들은 (헨리 애덤스의 말을 빌리자면) '새로운 힘의 갑작스러운 등장으로 (역사의) 목이 완전히 부러지는' 바로 그 순간에 세상에 태어났고, 그에 따른 변화무쌍한 결과를 겪으며 살았다. 어떻게 그렇게 큰 혼란을 경험하면서도 성장하고 행복을 찾았을까? 그게 뭐든 그 방법을 고스란히 내 아이들에게 물려주고 싶다. 엄청난 혼란과 불확실성 속에서 회복탄력성과 마음의 평정을 찾을 수 있는 도구들을.

나는 우리 아이들이 몰아치는 폭풍우 속에서도 인생의 열쇠를 찾아낼 수 있는 책을 쓰기로 했다. 그리고 이 일이 아버지로서 내가 할 일이라는 깨달음이 들었고, 그런 이야기를 찾아 세상 끝까지라도 갈 준비를 마쳤다. 하지만 나는 누군가를 만날 필요도, 어딘가로 떠날 필요도 없었다. 타는 듯이 더웠던 8월의 어느 아침에 문득 우리 집 앞을 바라봤더니 바로 길 건너편에 나의 이야깃거리가 서 있었기 때문이다.

2장

-

이웃집 찰리

과학은 정리된 지식이다.

지혜는 정리된 인생이다.

임마누엘 칸트

그해는 2007년이었다. 아내 캐런과 나는 아홉 살, 일곱 살, 여섯 살, 네 살 아이를 데리고 오래 살았던 워싱턴 D.C.에서 미주리주 캔자스시티 근교로 이사를 했다. 아내는 도시에서 정신없이 아이를 키우고 사는 삶에 진절머리가 나서 떠나고 싶었다고 했다. 교통 체증, 기나긴 줄, 1분당 1달러나 하는 수영반까지. 모든 것이 아내 마음을 괴롭게 했을 것이다. 나 역시 사람들이 툭하면 서로 말싸움을 해대는 데 진저리가 났다. 말싸움은 워싱턴 D.C. 사람들의 흔한 취미였다. 다행히도 내가 막 일하기 시작한 새로운 직장은 재택근무가 가능했고, 동부 해안에서 오랫동안 재미나게 살았던 콜로라도 출신이었던 나는 언제라도 미국 중부로 돌아갈 준비가 돼 있었다. 하늘이 그깟 자존심보다 더 넓은 땅으로.

그날 아침 우리의 새집은 반쯤 빈 이삿짐 박스로 가득했다. 8월의 폭염이 중서부 지역을 뒤덮었고, 일요판 신문을 가지러 밖으로 나오자 아침 8시밖에 안됐는데도 숨이 턱 막히는 찜통더위가 온몸을 덮쳐왔다. 마치 식기세척기 문을 너무 일찍 열어버린 것처럼. 진입로로 내려가다 위를 올려다보자 벌겋게 이글거리는 성난 햇빛 사이로 보이는 무언가가 내 발길을 붙잡았다. 나의 새 이웃이 길 건너편 원형 진입로에서 세차를 하고 있었다. 내가 기억하기로 그가 세차하던 차(이 부분에 대해서는 이웃들 사이 다소 의견이 분분하다)는 포도맛 탄산음료 색깔의 반짝이는 신형 크라이슬러 PT 크루저였다. 그것보다는 점잖은 차였다고 말하는 사람들의 기억보다는 내 기억이 더 선명하다고 믿고 싶다. 그리고 나는 상상력이 빈약해서 이웃집 진입로에서 반짝이는 환타 색깔의 자동차를 생각해낼 재간이 없다. 혹여 내가 그런 가지색 자동차를 상상했다면, 그건 오로지 평범한 차 바퀴가 어울리지 않는 카리스마 넘치는 여성인 이 차의 주인에게 찬사를 보내기 위해서였으리라(우리는 곧 그녀를 만나게 될 것이다. 그만큼 기다릴 가치가 충분한 여인이다).

이것만은 확실하다. 내 이웃은 8월의 어느 일요일 아침 햇살 아래서 여자친구의 차를 세차하고 있었고, 문제의 자동차는 그녀가 전날 밤에 세워둔 바로 그 자리에 계속 주차되어 있었다. 아마도 매력적인 보라색 자동차 운전자와의 토요일 밤 데이트가 침대로까지 이어져 다음 날 아침 유독 기분이 좋았던 것이리라.

내 이웃은 맨 가슴을 드러내고 아래엔 낡은 트렁크 수영복 하나만 걸친 채였다. 한 손에는 정원용 호스, 다른 손에는 비누칠한 스펀지를 들고 근육질 가슴을 불룩거리며 물을 뿌리고 있었다. 하얀 곱슬머리가 한쪽 눈 위를 비스듬히 덮고 있었다. 이 사람이 나의 새로운 이웃 찰리 화이트였다.

나이는 102세.

나는 이 잘생긴 의사를 며칠 전 우리 옆집에 사는 그의 사위 더그에게 소개받았다. 당시 더그의 아내가 찰리의 막내딸이었고, 두 사람은 아버지를 챙기려고 이 동네로 이사왔다고 했다. 솔직히 그럴 필요가 없어 보였다. 찰리는 얼핏 보기에도 정정하고 강인하고 명민했다. 처음 만났을 때 찰리는 나에게 소위 남자답다는 악수를 청했다. 뼈가 으스러지도록 잡아 비트는 악수가 아니라 마음을 담아 제대로 손을 단단히 잡는 악수. 찰리의 두 눈은 맑고 짙은 파란색이었다. 청력도 멀쩡했고, 대화는 이 주제에서 저 주제로, 과거에서 현재로, 미래에서 다시 현재로 자유롭게 넘나들었다. 물결치는 백발의 머리카락과 유쾌한 콧수염 덕에 우아한 분위기와 약간은 연극적인 인상을 풍겼다. 찰리를 보면 드라마 〈건스모크〉에 나오는 의사가 얼핏 떠올랐는데, 찰리가 평소 들고 다니는 지팡이 때문에 더 그랬다. 오히려 그보다 더 멋졌는데, 찰리의 지팡이를 자세히 들여다보면 골프채를 뒤집어 잡은 것이었다. 골프채를 지팡이로 쓰는 그런 무심한 멋은 타고났다고밖에 할 수 없다. 찰리는 균형 감각에 약간 문제가 생겨 골프장을 멀리하게 됐다고 처음 만난 날 유감스러워하며 말했지만, (뒤집어 잡은 골프채를 흔들며) 곧 다시 골프를 칠 수 있을 거라고 기대했다.

한마디로 찰리는 특별했다. 하지만 어느 누가 102세 노인을 만나자마자 오래도록 진한 우정을 나눌 사이라고 생각하겠는가? 보험계리 통계표에는 감정이나 소망이 끼어들 여지가 없고, 사회보장국에서 제공한 통계 결과는 다음과 같다. 남성 10만 명 중 불과 350명, 즉 0.5퍼센트도 안 되는 사람들만이 102세까지 산다. 이 강인한 생존자들 대부분은 남은 생이 2년도 되지 않는다. 104세가 지나면 생명은 모래시계 속 마지막 남은 모래알처럼 순식간에 빠져나간다.

하지만 이 후텁지근한 일요일 아침, 찰리가 세차를 하다 나를 올려다보며 스펀지를 든 손으로 쾌활한 악수를 청했을 때 생명이 꺼져갈 기미는 전혀 보이지 않았다. 생명은 찰리의 몸에만 유독 더 가볍게 내려앉은 느낌이었다. 곧 알게 되겠지만, 찰리는 살면서 누구보다 슬프고 비극적인 일을 많이 겪었다. 하지만 찰리는 삶이 안겨준 상처와 굴욕에 울분을 품지도 불평하지도 않았다. 삶이 베푸는 잠깐의 친절과 반짝이는 아름다움을 놓치지 않았다. 거기에는 102세 생일이 막 지난 뒤 자신보다 더 빠른 속도로 죽어가는 고목이 커다랗게 드리운 나무 그늘 밑에서 여자친구의 자동차를 손세차하는 흔치 않은 기회도 들어갔다. 자동차부터 나무, 비누 묻은 스펀지, 신문을 집으러 발을 질질 끌며 걸어가다 화들짝 놀란 이웃, 잠든 여자친구, 그리고 찰리 자신까지 모든 것이 지구라는 기적의 행성에 올라탄 채 빠른 속도로 우주를 돌고 있었다.

나는 이후에 프랑스에서 '삶의 환희(joie de vivre)'라 부르는 삶의 아름다움에 감사하며 그것을 누리던 찰리의 비범한 면을 보여주는 한 가지 에피소드를 들었다. 복잡하거나 심오한 구석이 전혀 없는 찰나의 순간이지만, 어째서인지 그 이야기는 무엇보다 큰 자유와 동기를 주는 삶의 교훈을 담고 있다. 웨스턴 뮤직의 대모인 메이벨 카터는 깁슨 기타를 치며 삶의 좋은 부분을 보라는 노래를 솔직 담백하게 불렀다. 14세기 신비주의자이자 환상 체험자인 노리치의 줄리안은 흑사병 대란에서 살아남아 "다 잘될 것이다. 모든 것이 잘될 것이다"라고 확신에 찬 글을 남겼다. 삶이 시련, 실망, 상실, 심지어 잔혹함을 안겨줄지라도 삶을 즐길 수 있다는 참 단순하면서도 실천하기 어려운 교훈이다. 삶의 아름다운 면을 보겠다는 결심은 우리 모두 언제든 할 수 있다.

이 에피소드는 찰리와 찰리가 사랑했던 골프와 관련이 있다. 찰리는 블루 힐스 컨트리클럽에서 함께 골프를 쳤던 친구들이 세상을 떠나고도 한참 뒤까지 자기보다 훨씬 젊은, 겨우 여든을 넘긴 청년들과 어울려 계속 골프를 즐겼다. 하루는 찰리가 골프장 그린 위에 서 있는 동안 찰리의 파트너가 잘못 날아간 공을 치느라 벙커로 내려갔다. 파트너가 시야에서 사라져 깊은 벙커로 내려간 뒤 얼마쯤 지나고 찰리는 친구가 친 공이 모래를 흩날리며 휙 날아오른 뒤 굴러서 퍼팅 그린 위에 멈추는 걸 봤다. 그러고는…… 잠잠했다. 잠시 뒤 찰리가 그린의 가장자리로 걸어가 내려다보자 찰리보다 한참 어린 파트너가 벙커에서 빠져나오지 못해 끙끙거리고 있었다. 찰리는 파트너를 끌어올릴 자신이 없었다. 뭘 어떻게 해야 되지? 찰리가 느낀 감정은 걱정이나 두려움이 아니었다. 찰리는 이런 생각을 하지 않았다. '우리가 여기서 뭘 하고 있지? 이 짓을 하기에 우린 너무 늦었잖아.' 갑자기 웃음이 터져 나왔고, 계속 웃다 보니 친구도 덩달아 폭소를 터트렸다. 그렇게 계속 웃고 있는데 두 사람 뒤에 있던 팀이 도착해 꼼짝없이 갇혀 있던 80대 노인을 구출해줬다.

찰리는 예술 같은 삶을 살았다. 위대한 예술가들이 그렇듯 찰리 역시 모든 인생은 희극과 비극, 기쁨과 슬픔, 용감함과 두려움이 공존한다는 걸 알았다. 누구나 이러한 불협화음들 속에서 삶의 진로를 결정한다. 찰리도 마찬가지였다. 심지어 기력이 쇠하고, 골프 코스가 장애물 코스로 변하고, 매일같이 병원 갈 일이 생기는 나이임을 더 이상 부인할 수 없을 때조차 당당하게 골프채를 지팡이처럼 들고 다녔다.

· · ·

내가 찰리 화이트의 길 건너편으로 이사 오면서 우리의 7년 우정이 시작됐다. 그는 보험계리사들이 최후의 승자가 되도록 두지 않았다. 통계에 따르면 10만 명 중에서도 다섯 중 하나만이 109세까지 산다(통계상으로 두 명만이 110세까지 살며, 맨 마지막에 남는 사람은 111세쯤 마지막 숨을 거둔다).

찰리는 제2차 세계대전에서 최후까지 생존한 장교 중 하나였던 윌리엄 하워드 태프트가 대통령이었던 시절을 살았던 마지막 남은 미국인 중 하나였고, 페니실린이 탄생하기 전 의료 행위가 어땠는지를 아는 마지막 남은 의사 중 하나였으며, 고속도로가 생기기 전 운전이 어땠는지를 아는 유일한 미국인 중 하나였고, 또 사진이 화면 위에서 움직이고 상자 안에서 소리가 나올 때 놀란 마지막 남은 사람 중 하나였다. 찰리는 생을 마감했을 당시 미국 역사의 거의 절반을 산

27

뒤였다. 월터 P. 크라이슬러가 최초의 자동차를 만들기 몇 전에 태어나 크라이슬러가 죽고 난 뒤에도 여전히 70년쯤 더 살고 있었다. 그 시간 동안 높이 솟은 크라이슬러 빌딩이 뉴욕의 빛나는 미래의 상징에서 과거의 유물로 낡아가는 걸 지켜봤고, 오래전에 고인이 된 크라이슬러의 엠블럼을 단 고광택 (내가 기억하기로는) 보라색 오픈카를 닦고 있었다. 이 크라이슬러 모델에는 원격 조정 장치와 아이팟 잭이 내장되어 있었다.

찰리는 의사였다. 덕분에 인간의 몸이 어떻게 작동하고 멈추는지 알았다. 찰리는 자신의 남다른 수명이 유전학과 운의 요행이라고 말했다. 하지만 나는 지금도 이 놀라운 친구를 떠올리며 찰리가 살아 있는 역사와 유전자 복권 당첨자 이상의 존재임을 깨닫는다. 그는 단순히 생존이 아니라 성장하는 법을 잘 보여주는 사람이었다. 길든 짧든 제명을 사는 동안 성장하는 법. 사람들은 종종 찰리에게 장수 비결을 물었고, 찰리는 늘 솔직하게 답했다. 특별한 비결은 없고 그저 운이라고. 찰리는 장수하는 비결은 몰랐을지라도 행복한 삶을 사는 비결만은 수없이 알고 있었다.

비극과 상실, 가난과 좌절, 그리고 때때로 기회를 날려버리는 경험을 하면서도 찰리는 꾸준함과 침착함, 그리고 요즘 말로는 회복탄력성이라고 부를 자립심을 잃지 않았다. 찰리는 즐거운 순간을 누리고, 기회를 붙잡고, 중요한 것을 지키는 재능을 타고났다. 그리고 심지어 더 어려운 일을 해내는 남다른 요령이 있었다. 다른 모든 일은 잊어버리기.

찰리는 때때로 철학자였다. 찰리의 딸 매들린이 찰리의 성격을 단적으로 보여주는 이야기를 들려주었다. 언젠가 매들린이 동네 구설에 휘말린 적이 있다고 한다. "이 사람이 저 사람에게 무언가를 털어놓으면 그 사람은 돌아서서 또 다른 사람에게 이야기를 퍼뜨리는데, 그런 사람들을 믿을 수 있을까?" 매들린은 분노에 찬 전화를 어쩌지 못한 채 받고 있었다. 주방 식탁에서 듣고 있던 찰리는 조용히 매들린이 전화에서 해방될 때까지 기다렸다. 그리고 매들린이 상황을 설명하는 동안 좀 더 기다렸다. 잠시 뒤에 찰리는 막내딸에게 잊어버리라고 조언했다. 열 올리면 자기만 힘들어진다며 "나는 그런 사람들한테 쓸 시간이 없다"고 말했다.

수백 년의 지혜가 그 짧은 조언에 담겨 있었다. 찰리는 철학을 전공하지는 않았지만, 나는 그의 말에서 역사상 가장 오래되고 유용한 학파인 스토아 철학의 본질을 봤다. 스토아 철학은 2세기 로마의 황제 마르쿠스 아우렐리우스가 딱 그랬던 것처럼, 가학적인 주인이 다리를 비틀어 뚝 부러뜨리는 동안에도 웃었던 1세기 로마의 에픽테토스처럼 학대받고 산 노예도 받아들였다. 스토아학파는 삶을 잘 살기 위해서는 우리가 통제할 수 있는 것, 그리고 그보다 더 어려운 우리가 통제할 수 없는 모든 것을 깊이 이해할 필요가 있다고 가르쳤다. 우리는 우리가 어떻게 행동하고 반응할지만 결정하면 된다. 그건 우리의 의도적인 선택이다. 에픽테토스는 참교육에 대해 이렇게 설파했다. "우리가 통제할 수 있는 것과 통제할 수 없는 것을 가려내는 법을 가르쳐야 한다. 우리가 통제할 수 있는 것은 우리의 의지와 우리 의지에 따른 모든 행동이다. 우리가 통제할 수 없는 것은 신체, 신체의 각 부분, 재산, 부모, 형제, 자녀, 나라, 그리고 우리가 사는 사회의 모든 구성원이다."

에픽테토스는 이 가르침을 듣고 주인이 자기 몸과 행동을 멋대로 다룰지라도 목적과 존엄성을 지키며 살겠다고 결심했다. 에픽테토스는 사고팔리고 짐승처럼 부려질 수도 있었지만, 그로 하여금 강제로 짐승처럼 생각하거나 행동하게 만들 수는 없었다. "환경은 사람의 본질을 드러낸다. 그러므로 시련이 닥치면 신은 마치 레슬링 코치처럼 우리를 다부진 젊은이와 겨루게 만들었음을 기억하라. 우리는 올림픽 우승자가 될 수도 있지만 그 영광은 땀 흘리지 않고는 이룰 수 없다." 에픽테토스는 자유의 몸이 된 뒤 학생들에게 이렇게 가르쳤다.

같은 이유로 스토아 철학은 빅터 프랭클의 마음도 움직였

비극과 상실, 가난과 좌절,

그리고 때때로 기회를 날려버리는

경험을 하면서도

찰리는 꾸준함과 침착함, 그리고

요즘 말로는 회복탄력성이라고 부를

자립심을 잃지 않았다.

다. 프랭클은 독일의 다하우 나치 강제 수용소에서 강제 노역을 하며 살아남은 오스트리아의 신경과 의사다. 프랭클은 그처럼 지옥 같은 환경에서도 끝까지 품위와 온정을 보여준 모범적인 수용자들을 지켜본 뒤 이렇게 결론 내렸다. "인간에게 모든 것을 빼앗을 수 있어도 단 한 가지, 어떤 환경에 놓이더라도 주어진 환경에서 자신의 태도를 결정하고 자신의 길을 선택할 수 있는 인간의 마지막 자유만은 앗아갈 수 없다." 이 철학은 자신을 노예로 만든 중독에서 벗어나고자 하는 여러 세대의 알코올 중독자들에게도 큰 영감이 됐다. 기도문에도 이런 구절이 있다. "신이여, 저에게 바꿀 수 없는 것을 받아들일 수 있는 평온을, 바꿀 수 있는 것을 바꾸는 용기를, 그 차이를 분별하는 지혜를 주소서."

마르쿠스 아우렐리우스는 어떤 면에서 우리는 모두, 심지어 로마 황제조차 노예라고 생각했다. 우리 모두는 시간과 기회의 노예이며, 운명에 매인 존재라고 여겼다. "운명이 당신에게 주는 패를 사랑하고 자신만의 판을 벌여보라." 아우렐리우스는 《명상록》에 이렇게 썼으며, 또 이런 말을 했다. "내가 끊임없이 놀라는 사실은, 우리 모두 다른 사람들보다 우리 자신을 더 사랑하지만 자신의 의견보다 다른 사람들의 의견을 더 신경 쓴다는 것이다."

랠프 월도 에머슨도 같은 지혜를 얻었다. "인간은 온갖 저항 앞에서도 자신을 끌고 간다. 마치 자신을 제외한 모든 것이 유명무실하고 덧없는 것처럼." 러디어드 키플링은 "승리와 재앙을 만나더라도 두 협잡꾼을 똑같이 대할 줄 아는 사람들"을 칭찬했다.

스토아 철학의 '평정심'은 오늘날의 회복탄력성을 키우는 토대가 된다. 여러모로 스토아 철학은 인간에게 효율적인 연료다. 키플링은 유명한 시에서 다음과 같은 일을 가능하게 한 회복탄력성을 칭송한다.

만일 오래 전 네 심장과 두뇌와 힘줄이 쇠하였더라도
강한 의지로 그것들을 움직일 수 있다면
그리고 '견뎌내!'라는 말 외에는
아무것도 남아 있지 않을 때도 견딜 수 있다면

수많은 위대한 철학자들이 말한 것처럼 상반되어 보이는 '잊어버리고 견뎌낸다'는 말은 사실 동전의 양면이다. 자신이 원하는 확실한 목적을 꽉 붙들기 위해서는 사람들이나 상황, 운명의 파도를 통제할 수 있다는 헛된 믿음을 버려야 한다. 우리는 과거를 바꿀 수도 미래를 완전히 통제할 수도 없다. 하지만 어떤 사람이 되고 무엇을 지지하고 무엇을 이룰 것인지는 선택할 수 있다.

나는 이 교훈을 거의 60년간 배우고 잊고 다시 배우고 있다. 하지만 찰리는 하루 만에 이 교훈의 핵심을 깨닫고 평생 잊지 않았다. 그렇기에 딸에게 과감히 자신이 통제할 수 없는 상황을 "잊어버리라"고 조언할 수 있었다. 그는 뭐든 빨리 배웠고 총명했다. 자족하는 삶을 사는 어려운 열쇠인 이 지혜를 겨우 여덟 살 소년일 때 온몸으로 이해했기 때문이다. 놀랍다.

하지만 그때 찰리에게는 고약할 정도로 유능하고도 비정한 선생님이 있었다.

3장

-

역사의 시작

한 사람에게도 역사는 분명 존재한다.

그것은 매일의 역사다.

현재인 오늘 하루

무엇을 어떻게 행동하는가

그것이 매일의 역사의 한 페이지를

장식한다.

프리드리히 니체

찰리는 가문에서 세 번째로 찰스 허버트 화이트란 이름을 받았지만, 그 이름은 찰리에게 그다지 큰 의미는 없었다. 찰리가 언젠가 말했다. "우리 어머니가 그냥 그 이름에 반했나 봐. 아버지 이름을 따서 아들 이름을 짓는 가문의 전통에 혹한 거지." 하지만 찰리는 미국 역사와 자신이 연결되어 있다는 사실을 대단히 자랑스러워했다.

찰리의 뿌리를 거슬러 올라가면 어머니 쪽으로는 토머스 그레이브스 해군 제독이 있다. 그레이브스 제독은 북아메리카 최초의 영국 식민지였던 버지니아주 제임스타운에 정착했으며, 제임스타운 최초의 입법부 의원이었다. 아버지 쪽으로는 역시 제임스타운에 정착한 귀족 카터 가문과 연결된다. 미국 독립 선언이 있기 100년 전 로버트 카터는 토지와 노예 노동으로 막대한 부를 축적했고 엄청난 정치적 권력을 행사하고 있었기에 버지니아주 사람들은 그를 '왕'이라고 불렀다. 카터의 후손 중에는 미국 대통령이 된 두 사람과 남부 연합 장군 로버트 E. 리가 있다. 그리고 말할 것도 없이 찰리 화이트가 있다. 찰리는 자기 안에 그런 핏줄이 섞여 있다는 게 운명 같다며 설레 했다. "신기하고 특별한 일이지. 이 두 가문이 약 스무 세대를 지나 마침내 만났잖아. 거의 불가능한 확률인데." 찰리가 혼잣말처럼 중얼거렸다. "이 두 가문은 아메리카대륙 최초의 개척자라 할 수 있지. 그런 환경을 물려받다니 행운이야."

1905년 8월 16일에 태어난 찰리는 남북전쟁의 잔상이 생생하게 남아 있던 세상에 나왔다. 피투성이가 된 전쟁의 트라우마에 시달리는 재향 군인은 일상이었고, 그들이 나가 싸운 전쟁은 베트남 전쟁이 오늘날 태어난 아이들에게 그런 것보다 찰리에게 더 생생하고 가까웠다. 찰리의 가족이 처음 살았던 집은 링컨의 땅이라 불리는 일리노이주의 게일즈버그에 있었지만, 버지니아주 혈통 덕에 찰리는 남부 연합군을 무척 좋아했다. 어린 시절 찰리는 최초의 찰스 허버트 화이트였던 친할아버지를 우상처럼 생각했다. 할아버지는 남부 연합군 기갑 부대의 정찰병이었고, 80대까지 당당하게 말을 탔다.

찰리는 미주리주 설린 카운티에 있는 할아버지 할머니의

농장에 가는 걸 좋아했다. 할머니는 북부 병사들이 찾지 못하도록 가문의 은제품을 우유통 속에 숨겼다는 이야기를 들려줬고, 할아버지는 말에 대한 애정을 보여줬다. 거의 100년이 지난 뒤에도 찰리는 여전히 할아버지가 늦은 나이에 4륜마차 시합에 나간 이야기를 즐겨 했다. 시합에서 마차의 차축이 부러졌고, 늙은 마부였던 할아버지는 말의 등 위로 허겁지겁 기어올라가 시합을 마쳤다고 한다.

소년 찰리는 그 기백을 물려받았다. 용감한 아이였다. 찰리에게 여전히 생생한 첫 기억은 세 살인가 네 살 때 집 앞을 지나가던 전차다. 찰리네 집은 전차 노선의 끝에 있었다.

찰리는 동네 친구와 함께 전차가 다음 운행을 위해 천천히 방향을 틀 때 전차 앞쪽 완충 장치에 날쌔게 뛰어오르곤 했다. 가끔은 전차 안으로 뛰어 들어가기도 했다. 차장이 찰리의 어머니에게 이 위험한 놀이를 그만두게 하라고 요청했지만, 로라 화이트는 어린 자녀들을 챙기느라 눈코 뜰 새 없이 바빠 지나가는 전차를 하나하나 보고 있을 여유가 없었다. 그래서 5미터쯤 되는 밧줄 한쪽을 찰리의 발목에 매고 나머지 한쪽 끝은 나무에 단단히 묶었다. "널 보고 있지 않을 거다. 그냥 가축에게 하듯이 네 손발을 여기다 묶어둘 거야." 찰리의 어머니가 무심하게 말했다.

게일즈버그는 미국의 대평원지대 평지에 2만 명쯤 되는

인구가 사는 도시였다. 넓고 비옥한 땅에 곡물과 풀이 자라고 곳곳에 농장과 돼지우리가 자리했으며, 흙길과 마차 바큇자국이 구불구불 이어졌다. 지금 우리 대부분이 상상할 수 있는 것보다 낮에는 더 조용하고 밤에는 더 어두웠다. 흔한 미국 소도시라고 생각할 수도 있지만, 당시에는 소도시와 대도시의 구분이 요즘처럼 명확하지 않았다. 1900년 미국 통계국의 조사에 따르면 나라 전체를 통틀어 인구 50만이 넘는 도시가 여섯 개에 불과했다. 인구 20만이면 전국 상위 20위 도시에 들었고, 10만이면 상위 40위에 들었다. 게일즈버그는 무역과 야망의 중심지로 빠르게 순위가 올라가고 있는 것처럼 보였다. 중서부 지역은 조용한 것과는 거리가 멀었다. 중부의 주들은 미국과 세계를 먹여 살리는 사업으로 호황을 맞았다. 네브래스카주의 오마하, 미주리주의 세인트조지프 둘 다 로스앤젤레스, 애틀랜타, 시애틀보다 인구가 많았다. 지난 40년 만에 인구가 거의 400퍼센트나 늘어난 게일즈버그처럼 오마하와 세인트조지프 역시 빠르게 늘어나던 철도망의 교차 지점에 있었고, 철도는 신흥 국가의 여행자와 화물을 실어 날랐다. 게일즈버그의 조차장은 3교대로 운영하며 시카고, 벌링턴, 퀸시 철도의 열차를 수용하면서 애치슨, 토피카, 샌타페이 철도와 연결하며 지구상에서 가장 현대적인 화물 철도역 한 곳에 차량을 실어 날라주고 또 실어왔다.

찰리의 아버지는 전 세계에 퍼져 있는 교파인 크리스천 교회(제자회)의 목사였다. 이 교파는 19세기 초반, 제2차 대각성 운동이라고 알려진 전국적인 부흥 기간 동안 켄터키, 테네시, 서부 펜실베이니아에서 갑자기 생겨났다. 크리스천 교회는 하느님이 그의 자녀들에게 연합하라는 계시를 내렸다고 주장했고, 개신교를 여러 교파로 분열시킨 교리의 벽을 허물고자 했다.

미주리주의 가족 농장에서 자란 찰스 H. 화이트 주니어는 다부진 체격을 자랑하는 곱슬머리 청년이었고, V자형 머리선 아래로 코가 길었다. 부모님은 그를 켄터키 대학교에 보냈는데, 거기서 젊은 학자 찰스는 근처 소도시 핀카드의 농장에서 온 여자아이 로라 그레이브스를 만났다. 둘은 사랑에 빠졌고, 찰스는 새롭게 목사 임명을 받고 처음 부임한 교회에서 목사 일을 시작하고 난 뒤인 1893년에 이 스무 살 연인과 결혼했다.

젊은 화이트 목사는 소탈한 성격에 유머 감각이 좋고 인기가 많았다고 아들 찰리가 100년도 더 지나서 이야기했다. 그의 설교는 시처럼 아름답기보다는 쉽고 명쾌했으며, 설교의 주제는 오랜 시간이 지난 뒤 찰리의 인생철학이 되기도 했다. 한 설교에서 그는 이렇게 조언했다. "우리는 과거의 실패를 잊어야 합니다. 과거의 실패를 후회하느라 오늘의 일들을 자꾸 잊어버리기 때문이죠…… 어떤 사람들은 저무는 해의 사라져가는 빛을 안타까워하지만, 어떤 사람들은 새벽의 첫 빛을 기다리며 동쪽을 바라봅니다."

하지만 화이트 목사가 가장 빛을 발한 장소는 설교대가 아니었다. 그는 곧 자신이 자칫 소홀하기 쉬운 교회의 사업을 관리하는 데 재능이 있음을 깨달았다. "아버지는 확실히 현실적인 기독교에 능하셨지." 찰리가 말했다. 젊은 화이트 목사는 부채에 시달리는 교회 이곳저곳을 수시로 오가며 교회 장부를 정리하고 교회의 신뢰를 회복했다. 미주리주 레바논에서 처음 맡은 교회를 적자에서 건져낸 뒤 화이트 목사는 조플린에 있는 어느 교회에 불려갔다. 나중에 유명한 66번 국도가 되는 길을 따라 서쪽으로 갔다. 그 교회의 신도 수가 다시 늘어나며 재정 정리가 끝나자 화이트 목사는 다음으로 미주리강 유역의 구릉지대에 자리한 아이오와주 클라린다로 향했다.

클라린다에 있는 크리스천 교회는 파산 직전이었지만 순전히 그들 잘못만은 아니었는지도 모른다. 1890년대는 미국 경제가 호황과 불황을 오가는 시기였다. 월스트리트가 고꾸라질 때마다 중서부 지역 농부들이 대가를 치르는 것 같았다. 농작물 가격이 급락하고 저당 잡힌 집이 압류되고, 다니던 교회가 파산했다. 많은 사람이 철도 사업가와 금융업자들

어떤 사람들은

저무는 해의 사라져가는 빛을

안타까워하지만,

어떤 사람들은

새벽의 첫 빛을 기다리며

동쪽을 바라봅니다.

에게 유리한 쪽으로 경제가 조작되었다고 생각했다. 신문은 뉴포트와 로드아일랜드, 대리석 진입로가 깔린 대저택의 이야기를 주로 다루고, 바로 옆 단에서 낡은 판잣집이나 빈민가의 공동주택에 사는 굶주린 아이들을 슬쩍 보여주는 식이었다. 화이트 목사가 맡은 가난한 교구의 몇몇 교회는 거세진 포퓰리즘 정치의 물결에 쉽게 휩쓸렸다. 포퓰리즘은 대개 이민에 반대하고, 폐쇄적이고, 외부의 영향을 극도로 싫어하는 경향을 보였다.

하지만 화이트 목사는 다른 지적인 세계를 즐겨 찾았다. 클라린다에서 화이트 목사는 셔터쿼 운동에서 기꺼이 주도적인 역할을 맡았다. 셔터쿼 운동은 20세기 전환기에 미 중부 전역으로 퍼져 나갔으며, 예술과 아이디어를 나누는 연례 시민 축제였다. 라디오나 텔레비전, 축음기가 없던 사람들, 도서관에 가려면 몇 시간은 걸리는 사람들을 위해 시작된 이 여름 축제는 일주일간 길고 나른한 일상에 인간성과 아름다움을 불어넣었다. 여러 도시와 마을이 돌아가며 대초원의 하늘 아래로 소풍 나온 가족들에게 셔터쿼 축제를 선보였다.

클라린다 셔터쿼 위원회의 위원이었던 화이트 목사는 셔터쿼 길을 오갔던 공연자 수백 명 중에 강연자, 극단, 뮤지션, 유명인을 선정하는 일을 도왔다. '위대한 하원의원'이라 불린 정치인 윌리엄 제닝스 브라이언은 비행기로 먼 거리를 이

동해 여러 야영지를 오가며 재정 개혁과 종교 개혁 공약을 발표했다. 템플 대학교 창립자인 러셀 콘웰은 약 40년간 '다이아몬드의 땅'이라는 강연을 6000번 넘게 하며 사람들에게 큰 영감을 줬다. 흑인 영가 아카펠라 그룹 피스크 주빌리 싱어즈는 수많은 백인 관객들에게 흑인 영가를 소개했으며, 개혁가 모드 볼링턴 부스는 미국의 교도소에서 보냈던 삶을 전하며 청중들에게 감동의 눈물을 안겼다. 어느 해에는 클라린다 셔터쿼에 터스키기 대학교 설립자이자《노예의 굴레를 벗고》저자인 유명한 교육자 부커 T. 워싱턴이 강연자로 섰다. 아이오와 주민 수백 명이 작은 연단 주변에 모여 워싱턴이 키 큰 정자나무 아래에서 하는 연설을 귀 기울여 들었다.

1899년 봄, 파산 직전의 클라린다 교회를 구한 화이트 목사는 가족들을 데리고 게일즈버그로 이사를 왔다. 지역 신문이 소개한 것처럼 '누구보다 상냥한 인품의 소유자'였던 화이트 목사는 발 벗고 나서 또 한 교회를 구해냈다. 그해 11월 화이트 목사는 이미 3750달러를 모금해 빚을 갚고 새 신도 70명을 자신의 교회로 데리고 왔다. 그새 가족도 늘었다. 찰리에게는 누나가 셋(그리고 나중에는 여동생도 하나) 있었다.

그렇게 20세기가 밝아왔다. 그때까지 인간은 하늘을 날지 못했고, 인구 7500만 명이 넘는 나라에서 자동차는 겨우 8000대뿐이었고, 의사 중 10퍼센트만이 대학 교육을 받았으며, 설사는 주요 사망 원인이었다. 하지만 무한한 가능성이 있다는 분위기가 세계의 여러 대도시에서부터 확산되어 게일즈버그와 클라린다, 조플린 같은 도시까지 구석구석 번지고 있었다. 화이트 목사의 몇몇 신도들은 이미 몇 년 전에 기차를 타고 시카고에서 열린 만국 박람회에 참가했다. 그곳에서 영국의 사진작가 에드워드 마이브리지는 세계 최초로 유료로 첫 영화를 상영했고, 교량 건축 엔지니어 조지 페리스는 본인의 이름이 새겨진 커다란 철제 바퀴로 만든 짜릿한 놀이기구를 선보였다. 또 누구는 1900년 파리에서 열린 만국 박람회에 대한 기사를 읽었을 것이다. 박람회 관람객들은 놀라움에 입을 벌리고 전기 기기 전시관을 둘러봤다. 거대한 발전기가 거의 아무런 소음을 내지 않고 번갯불을 이용해 전기를 만들었다. 1900년에는 이런 발전기를 다이너모(dynamo)라고 불렀다. 그 이름은 이런 기기들이 어떤 변화를 가져올지 애써 가늠하던 관람객들을 흥분하게 했다. 그렇게 만들어진 전기는 밤을 정복하고, 체온을 조절하고, 고된 일을 이겨내게 하고, 또 훗날(너무 먼 훗날이라 당시 사람들 대부분이 목격하지는 못했지만) 컴퓨터를 작동시켰다. 파리의 다이너모 앞에서 헨리 애덤스는 경이와 우려를 섞어 역사의 목이 부러졌다고 말했다.

이날 새벽 찰리 화이트는 세상에 태어나 누나들의 사랑을 받았고, 얼마 후 어머니의 손에 이끌려 마당의 나무에 몸이 묶였다. 하지만 그런 방식은 전혀 로라 그레이브스 화이트답지 않았다. 그 밖에 다른 모든 어린 시절 기억 속에서 찰리는 어머니의 다정한 방치 덕에 행복했다. 찰리는 자유롭게 돌아다니고, 탐험하고, 불과 요새를 만들고, 카우보이 놀이와 인디언 놀이를 했다.

. . .

찰리가 처음 학교에 갈 준비를 하고 있을 때 아버지가 노동자 계층이 거주하는 캔자스시티 어느 동네의 가난한 교회를 운영해달라는 부름에 응했고, 덕분에 찰리의 세계가 넓어졌다. 다섯 아이를 키우는 비용은 목사 월급으로는 빠듯했고, 더 큰 도시로 옮긴 덕에 찰리의 아버지는 생명 보험 설계사로 일하며 추가 수입을 얻을 수 있었다. 교회를 연이어 구해내느라 여러 지역을 떠돌아야 했던 생활은 가정적인 남자에게는 버거웠다.

네 살인가 다섯 살 된 남자아이에게 캔자스시티는 대도시였다. 인구는 25만 명 정도이고, 웨스트 보텀스의 수많은 가축 사육장과 외양간에는 소, 돼지 양, 말도 그만큼 많았다. 화이트 가족이 기차로 캔자스시티를 향해 들어올 때 산들바람이 불며 캔자스시티의 번영이 만들어낸 고약한 냄새가 기차 안에 번졌다. 전 세계에서 캔자스시티보다 가축 사육장이 많은 곳은 시카고밖에 없었다. 캔자스시티를 찾은 사람들은 눈보다 코로 먼저 도시를 만났다. 찰리가 탄 기차가 수해를 입어 엉망이 된 유니언 기차역으로 들어올 때 창문 밖 정육 공장 위에 아머, 스위프트, 커더히 같은 이름이 새겨져 있었다. 화이트 가족은 짐을 찾은 뒤 북적이는 거리로 들어섰다. 찰리의 귀에 꽥꽥대는 가축 울음소리와 근처 선술집과 사창가의 음악 소리가 쉼 없이 들려왔다. 분주한 광경, 소음, 피와 똥이 풍기는 악취까지 캔자스시티는 온몸의 감각을 뒤덮었다.

다른 아이들이라면 겁에 질렸겠지만, 찰리는 아니었다. 찰리네 가족이 기차역과 높다란 절벽에서 가축 사육장 위로 어렴풋이 보이는 상업 지구를 연결하는 케이블카를 탔을 때, 찰리는 100년 넘게 살게 될 이 도시를 처음으로 가만히 쳐다봤다.

화이트 가족은 결코 부유하지는 않았지만, 화이트 목사의 근면성과 검소함이 열매를 맺었다. 1912년에 캔자스시티의 한 부촌 변두리에 3층짜리 아름다운 새집을 마련한 것이다. 정돈된 좁은 부지에 비슷비슷한 집들이 캠벨 거리를 따라 군인들처럼 줄을 이었고, 집들은 하나같이 전쟁 전 캔자스시티에서 흔히 찾아볼 수 있던 깊숙한 현관이 특징이었다. 앞날이 유망한 사람들이 모여 사는 이 거주지는 케이블카 거물 윌리엄 J. 스미스가 사는 호화로운 저택에서 서쪽으로 두 블록만 가면 있었다. 그랜드캐니언의 사암을 쌓아 강렬한 로마네스크 양식으로 지은 방 30개짜리 집은 백만장자의 거리라 불린 트루스트 거리에 있는 집 중에서 가장 컸다.

대저택들은 근사했지만, 찰리는 하이드 파크 초등학교 수업이 끝나면 반대 방향으로 탐험하러 가는 걸 더 좋아했다. 도시에 이제 막 이사 온 소년 찰리는 근처 언덕 꼭대기에 올라 도시 역사상 가장 원대한 건설 사업이 그 형태를 갖춰가는 광경을 지켜봤다. 가축 사육장 옆 기차역을 새로 짓는 공사였다.

찰리는 몇 시간이고 앉아서 거대한 공사 현장을 자주 구경했다. 건평이 약 79만 제곱미터에 달하는 유니언역은 당시 미국에서 세 번째로 큰 기차역이 될 터였다. 하지만 야심에도 불구하고 보자르 양식으로 지은 이 거대한 기차역은 미켈란젤로 시대와 별 차이가 없는 기술로 완성됐다. 남자들이 무거운 짐을 끄는 말과 노새를 힘껏 잡아당겼고, 또 다른 남자들은 곡괭이와 삽으로 건물의 토대가 될 거대한 구덩이를 팠다. 인간과 동물이 힘을 합쳐 산더미 같은 흙을 옮기고, 수많은 돌을 들어 올리고, 많은 양의 콘크리트를 쏟아부었다. 찰리가 3년이 넘는 시간 동안 추위와 더위를 뚫고 언덕 꼭대기로 수없이 돌아가는 동안 웅장한 건물이 올라갔다. 바닥에 테라초 타일을 깐 기차역 중앙홀은 천장 높이가 23미터나 되었고, 하나당 무게가 거의 2톤에 달하는 어마어마한 크기의 샹들리에가 공중에 달렸다. 공사는 찰리의 아홉 살 생일 무렵에야 마침내 끝났다. 캔자스시티의 새로운 기차역에는 1914년 후반부터 기차가 다니기 시작했고, 순식간에 미국에서 가장 이용객이 많은 철도역이 되었다.

그렇다고 찰리가 언덕 위에서 기차역 공사를 구경만 한 건 아니었다. 학교생활이 그리 빡빡하지 않아서 놀 시간이 차고 넘쳤다. 당시 '농구'라는 새로운 스포츠가 캔자스시티에서 인기를 끌었고, 실제로 농구를 고안한 제임스 네이스미스가 근처 캔자스 대학교에서 신생팀의 감독을 맡고 있었다. 찰리와 친구들은 과일 바구니를 벽 높은 곳에 고정해 골대로 삼고 그 열기에 동참했다. 또 스틱과 깡통으로 '시니(shinny)'라는 스트리트 하키 종류도 즐겨 했다.

성냥을 가지고 놀기도 했다. 하루는 친구들과 함께 마당에 모닥불을 피웠고, 찰리는 불 위를 뛰어넘기로 했다. 인디언 전사들이 전쟁에 나갈 때 추는 춤 동작이었다고 들었기 때문이다. 찰리는 이 춤을 추려고 술 달린 바지를 입었는데, 결국 불 위를 뛰어넘다가 그만 바지 술에 불이 붙었다. 놀란 찰리는 비명을 질렀고, 다행히 근처에 있던 찰리의 어머니가 담요를 들고 뛰어와 바지에 붙은 불을 껐다.

찰리는 이 구사일생의 경험에서 교훈을 얻어 몇 년 뒤 7월 4일 독립기념일에 터뜨린 폭죽의 불꽃이 어린 조카딸의 드레스에 옮겨붙었을 때 똑같은 방법을 써먹었다. 현관 깔개를 집어 들어 조카딸의 몸을 감쌌고, 덕분에 조카딸은 흉터가 생기지도 목숨을 잃지도 않을 수 있었다.

찰리는 생의 첫 8년 동안 자신의 삶이 전혀 평화롭지 않았다는 사실을 나에게도, 또 내가 아는 다른 누구에게도 말한 적이 없다. 그의 기억 속에서 이 8년은 원 없이 놀았던 유년기였다. 하지만 찰리가 어린 시절을 떠올릴 때마다 그의 기억은 한순간에 너무 많은 것이 변해버린 그날로 자연스럽게 돌아갔다. 찰리가 운명의 무심함을 처음 알게 된 바로 그날로.

· · ·

1914년이었다. 유니언역은 완공을 앞두고 있었다. 유럽과 아시아는 여전히 왕자와 파샤의 소유였고, 두 대륙의 식민지는 세계 전역에 흩어져 있었다. 5월 11일은 여느 때와 다름 없는 봄날로 시작했다. 찰리의 여동생이 다섯 살이 된 날이었다.

월요일이었고, 화이트 목사는 목사 가운을 벗고 생명 보험 회사 옷을 입었다. 그러곤 아침을 먹은 뒤 캠벨 거리에 있는 집을 나서서 시내로 향했다. 말이 끄는 택시를 부를 수도 있었지만 아마도 전차를 탔을 것이다.

찰리의 아버지는 거의 모든 도시에서 가장 높은 건축물이 교회 첨탑이나 대형 곡물창고였던 때를 기억할 만큼 나이가 들었다. 하지만 지금은 캔자스시티 시내 중심부에 자리한 12층짜리 고층 건물의 9층 사무실을 쓰고 있었다. 이 경이로운 고층 건물은 두 개의 기술, 바로 강철 가교 공사와 승객용 전기 엘리베이터가 만난 결과물이었다. 강철 대들보가 들어간 호텔이나 사무실 건물의 뼈대는 어떻게 보면 세로로 길게 세운 육교였다. 철교가 그렇듯 이 비교적 가벼운 프레임은 엄청난 무게를 견딜 수 있었고, 덕분에 가능성이 무한했다. 고층 건물은 미국 전역에 들어서기 시작했다. 한 통계에 따르면 1900~1910년 사이 10층이 넘는 새로운 고층 건물 세 채가 2주 간격으로 완성됐다. 분명 화이트 가족도 세계에서 가장 높은 건물인 뉴욕의 울워스 빌딩이 로어 브로드웨이에 거의 255미터 높이로 우뚝 세워져 최근에 문을 열었다는 소식을 접했을 것이었다.

화이트 목사의 사무실이 있던 캔자스시티의 글로이드 빌딩은 그 기록에 비할 바는 못 됐지만, 월넛 거리에 57미터 높이로 올라갔다. 1909년에 완공된 이 건물은 목우의 고장이 이제 신흥 도시가 됐음을 알리는, 빠르게 높아지던 스카이라인에 한몫했던 내셔널 뱅크 오브 커머스 빌딩 근처에 있었다. 글로이드 빌딩은 규모와 더불어 안전성을 자랑했다. 캔자스시티 최초로 철근 콘크리트로 만든 '완전 불연성' 건물로 이름을 알렸다.

그날 아침 10시쯤 찰리의 아버지는 책상에서 일어나 코트를 입고 모자를 쓰고 담배 파이프에 불을 붙인 뒤 볼일을 보러 사무실을 나섰다. 근처 시티 마켓까지 걸어가서 한 고객이 가입한 생명 보험의 보험료를 수금하러 갈 예정이었다. 복도의 승강기 앞에 왔을 때 그는 평소에 봤던 승강기 운전원이 없다는 점을 알아차렸는지도 모른다. 문은 열려 있었다. 대신 근무 중인 다른 운전원이 레버에 손을 올린 채 서 있었다.

이내 화이트 목사가 승강기 안으로 들어서려는 순간, 운전원이 갑자기 승강기를 작동시켰다. 승강기는 휘청거리며 위로 올라가기 시작했다. 문이 아직 열린 채로. 그 탓에 멈춰 있는 복도 층과 승강기의 올라가는 층 사이에 틈이 생겼고, 이제는 그 틈이 허리 높이까지 왔다. 너무 순식간에 일어난 일이라 화이트 목사의 발은 승강기 안으로 들어서는 대신 아래쪽 허공으로 향했다.

목사의 상체는 올라가는 승강기 속으로 힘껏 내동댕이쳐
지고 다리는 승강기가 오르내리는 수직 통로의 깊은 구멍 속
에서 덜렁거렸다. 위로 향하던 승강기가 목사의 상체를 위쪽
문틀에 하도 빠르고 세게 밀어붙이는 바람에 그 자리가 움푹
패일 지경이었다. 목사의 몸이 반은 승강기 안쪽에 반은 승
강기 밖에 끼인 모습을 보고 겁에 질린 미숙한 운전원은 허
둥거리며 승강기를 반대로 작동시켰다. 하지만 승강기가 아
래로 내려가면서 화이트 목사의 상체가 갑작스레 풀려 빠져
나오며 승강기 아래 수직 통로를 향해 떨어졌다. 찰리의 아
버지는 9층 높이에서 추락해 사망했고, 떨어지는 동안 몸이
이 벽에서 저 벽으로 부딪혔다. 그때 화이트 목사는 마흔둘
이었다. 승강기 바닥에서는 목사의 담배 파이프와 모자가 발
견됐다.

　나는 찰리에게 이 이야기를 최소 다섯 번은 넘게 들었지
만, 찰리는 충격적인 사고를 겪은 뒤에 자연스럽게 따라오는
"신이시여, 왜입니까?" 같은 원망을 단 한 번도 하지 않았다.
히틀러, 스탈린, 마오쩌둥처럼 역사상 가장 많은 살인을 저
지른 폭군들은 아직 살날이 수십 년 더 남은 세계에서, 이 선
량한 남자의 때 이른 죽음이 부당하다고 말한 적이 한 번도
없다. 찰리에게는 만약의 상황을 가정할 겨를이 없었다. 미
숙한 운전원이 승강기 운전을 맡지 않았으면 어땠을까? 화

이트 목사가 5분 일찍 또는 늦게 나섰다면 어땠을까? 담배를 두고 나와 다시 사무실로 돌아갔으면 어땠을까? 찰리에게 이미 일어난 일은 더 이상 손쓸 수 없는 과거였다. 이미 끝났고 어떻게 한들 바꿀 수 없는 일이었다.

하지만 마음의 평정을 찾는 건 쉽지 않았다. 비극적인 사고 직후 찰리는 슬픔이 너무 깊은 나머지 거의 먹지 못했다. 찰리의 어머니와 누나들은 찰리가 굶어 죽을까 걱정했다. 온 가족이 비통한 마음에 어쩔 줄 몰라 했다. "어머니는 망연자실했지." 찰리가 그때를 떠올리며 말했다. 찰리의 어머니는 갑작스럽게 혼자가 됐다. 다섯 아이가 딸려 있었고, 수입은 없었다.

찰리와 친구로 지내는 오랫동안 나는 몇 시간이고 한 자리에서 찰리의 인생 이야기를 들었다. 나는 머지않아 아버지의 죽음 이후 찰리의 성격이 바뀐 것을 눈치챘다. 툭하면 나무에 묶였던 장난꾸러기 소년은 찰리의 이야기 속에서 종종 등장했지만, 피할 수 없는 일이 일어난 뒤 찰리는 자립심이라는 갑옷을 입고 있었다. 겨우 여덟 살이었던 찰리는 허클베리 핀처럼 독립적이었고, 아트풀 다저(《올리버 트위스트》에 나오는 소매치기 소년을 주인공으로 만든 드라마 〈아트풀 다저〉의 주인공-옮긴이 주)처럼 지혜로웠다. 이 미묘하지만 중요한 변화를 돌이켜보니 찰리가 크나큰 상실을 겪고 극복한 후에 어떤 일이든 해낼 수 있다고 결심했다는 생각이 들었다. 운명을 마음대로 결정하거나 시간을 되돌릴 능력이 자신에게, 또 그 누구에게도 없음을 깨달은 찰리는 자신이 바꿀 수 있는 것들, 즉 행동, 감정, 세계관, 정신력을 바꾸기 시작했다.

4장

-

숨겨진 트라우마

어떠한 무언가가 불만족스럽다면
놀라워하지 마라.
그것이 우리가 삶이라고 부르는 것이다.

지그문트 프로이트

슬픔에 빠진 캔자스시티의 한 소년은 저녁밥을 입에 대지도 않은 채 숟가락으로 힘없이 그릇 가장자리에 음식을 밀어내고 있었고, 앞날이 막막하고 걱정스러웠던 소년의 어머니는 어떻게 하면 가족을 지킬 수 있을지 고민에 빠졌다. 그사이 저 멀리 오스트리아 빈의 의사 지그문트 프로이트는 상실과 트라우마라는 질문과 씨름 중이었다. '왜 어떤 사람들은 충격적인 사건에서 헤어나지 못하고 슬픔에 빠져 집착이나 악몽, 또는 당시 '히스테리' 반응이라 알려진 행동을 통해 끝없이 고통을 해소하려 했을까?'

프로이트가 아직 세계적인 유명 인사가 되기 전이었다. 사실 이 선구적인 정신분석학자는 일적으로 힘든 시간을 보내고 있는 데다 수제자였던 카를 융과도 심하게 다투고 결별한 뒤였다. 프로이트는 인간의 마음을 이해하는 데 뚜렷한 기여를 한 정신분석학이 힘을 잃을까 두려웠다. 꿈의 기능과 의미를 담은 프로이트의 책은 특정 지식인층에서 돌풍을 일으켰다. 하지만 그 당시 캔자스시티 시민 중에 프로이트의 이름을 아는 사람은 소수에 불과했을 것이다. 1914년에도 시가는 그냥 시가일 뿐이었다. 프로이트의 인간 심리에 대한 충격적이고 창의적이며 통찰력 있는 (그리고 자주 사실과 다른) 추측은 불붙은 도화선이었지만, 아직까지 폭탄이 터진 적은 없었다. 폭탄이 터진다면 빅토리아 시대의 억압적 도덕성에 눌려 있던 기둥을 무너뜨리고 20세기의 성적 솔직함을 허용할 터였다.

하지만 그때만 해도 프로이트는 불만스러웠다. 인간의 마음에 대한 프로이트의 생각은 살아가고 사랑하고자 하는 충동, 즉 생명력에 대한 자신의 이론에 뿌리를 두고 있었다. 생명력 혹은 성욕(리비도)은 다양한 발달 단계에서 각기 다른 애착의 형태로 드러나지만, 리비도는 늘 생존과 쾌락을 추구했다. 프로이트는 생명력을 그리스 신화 속 사랑의 신 에로스와 동일시했다. 하지만 급진적 이론을 편 그의 평판이 높아지고 더 많은 환자가 터키 카펫이 깔린 진료실로 찾아와 정신 분석을 의뢰하면서 그는 자신의 리비도 이론이 너무 단순하다고 마지못한 결론을 내렸다. 트라우마와 슬픔에 사로잡힌 일부 환자의 상태는 생명력과는 정반대되는 것처럼 보였다. 프로이트가 이전에 내놓은 개념인 '쾌락 원칙'이라는 근거로는 이 사실을 설명할 수가 없었다.

트라우마에 대해 프로이트의 데이터베이스는 크게 늘어날 참이었다. 화이트 목사가 죽은 뒤 세 달 동안 유럽 대륙은 속절없이 전쟁에 휩쓸려 수천만 명이 죽고 다쳤다. 그 끔찍한 전쟁은 그 시대의 다른 지식인들이 그랬듯 프로이트를 크게 동요시키고 환멸을 느끼게 했다. 프로이트는 후에 이런 글을 남겼다. "전쟁은 휩쓸고 간 자리마다 아름다운 시골 마을과, 지나는 길 위의 예술품이란 예술품은 보이는 족족 파괴했다. 뿐만 아니라 우리 문명이 일군 성취에 대한 우리의 자부심과 수많은 철학자와 예술가에 대한 우리의 존경, 그리고 마침내 국가와 인종 간 차이를 극복할 것이라는 우리의 희망마저 산산조각 냈다. 전쟁은 고결하고 공평무사한 우리 과학을 더럽혔고, 우리의 본능을 적나라하게 드러냈으며, 오랜 세기 동안 뛰어난 이들에게 지속적인 교육을 받으면서 완전히 길들였다고 생각한 우리 안에 있던 악마를 풀어놨다."

이 재앙으로 프로이트는 또 다른 힘, 그의 제자들이 그리스 신화 속 죽음의 신 타나토스를 떠올린 그 힘이 인간의 마음속에서 함께 작동하며 상처 입은 심리를 애도와 슬픔, 기어이는 죽음에 빠지게 한다고 결론 내렸다. 에로스와 타나토스. 삶과 죽음. 존재와 비존재. 프로이트의 말은 심리학 혁명을 일으켰고, 그 혁명은 소위 대전, 즉 제1차 세계대전으로 터져 나온 문학, 미술, 음악, 사회 혁명에 필적했다. 그의 진료실 의자가 일종의 문화적 클리셰가 된 지 한참 뒤 여러 세대에 걸친 프로이트의 계승자들은 심리적 손상이 인간에게 장기적으로 미치는 영향을 집중 연구했다. 한 세기 동안 온 세상에 전례 없는 폭력과 혼란이 이어졌다. 세계대전 이후 러시아혁명, 아르메니아인 집단 학살, 대공황, 공산주의자 숙청, 우크라이나 대기근, 난징 대학살, 피비린내가 진동한 제2차 세계대전, 홀로코스트, 그리고 식민지 독립을 위한 폭력적인 투쟁이 연이어 일어나며 의사들에게는 연구할 트라우마가 마를 새가 없었다.

찰리가 어릴 때 널리 쓰이던 '히스테리'와 '전쟁 신경증'이라는 개념은 이 고통의 세기 동안 만들어지고 수정되며 오늘날 외상 후 스트레스 장애(PTSD)라는 진단명으로 자리 잡았다. 이 심리적 외상의 증상은 치명적일 수 있으며 흔히 살인, 자살, 치사 사건으로 이어졌다. 2014년 미국의 한 추산에 따르면 전체 여성의 약 10퍼센트, 전체 남성의 약 5퍼센트가 삶의 어느 시점에 PTSD를 경험한다. 2014년은 찰리가 세상을 떠나고, 찰리의 아버지가 어느 5월의 월요일에 출근해 다시 집에 돌아오지 못한 지 100년이 된 해였다.

21세기 말이 되어서야 의사들은 타나토스(Thanatos, 프로이트가 만든 용어로, 자기를 파괴하고 생명이 없는 무기물로 환원시키려는 죽음의 본능-옮긴이 주)의 경계와 한계를 깊이 파고들며 왜, 그리고 어떻게 어떤 사람들은 죽음의 덫을 피해가는지 묻기 시작했다. 왜 어떤 사람들은 어떤 특징 때문에, 트라우마를 경험하고도 망가지거나 약해지지 않을까? 앞서 나는 홀로코스트 생존자인 위대한 스토아주의자 빅터 프랭클의 이야기를 했다. 프랭클은 《죽음의 수용소에서》에서 최악의 상황에서 정확히 이 질문의 답을 구했다. 프로이트의 뒤를 이은 빈 출신의 정신과 의사 프랭클은 의사로서 쓸모가 있었던 덕분에 나치 강제 수용소에서 2년 반 넘는 시간을 견디고 마침내 살아남았다. 그 시간 동안 프랭클은 끔찍한 스트레스와 트라우마를 목격했고, 잔인무도한 환경에서 어째서인지 여전히 다정하고 정직하고 품위 있는, 심지어는 더 자주 그런 행동을 보이는 이 수감자들에 놀라 할 말을 잃었다. 결국 프랭클은 극심한 고통 속에서조차 자신의 경험을 의미 있게 만드는 선택을 할 수 있다고 결론 내리고 "빛을 내려면 불타야 한다"는 말을 남겼다.

최근 수십 년간 트라우마 생존자를 연구하는 심리학자들은 그런 연구 결과를 더 발전시켰으며, 얼마 전 미국심리학회는 연구 결과를 바탕으로 스트레스 상황에서 '회복하는' 간단한 방법을 찾아냈다. 회복탄력성이 높은 사람들의 특징과 전략을 읽으면서 나는 어린 찰리 화이트를 대면했다.

미국심리학회는 트라우마 생존자들에게 '결단력 있는 행동을 하라'고 조언한다. 단, 이 행동은 세계를 바꾸지 않아도 심지어 결과를 내지 않아도 되지만 반드시 긍정적인 행동이어야 한다. 결단력 있는 행동은 우리가 처한 상황을 바꿀 수 없을 때조차 우리 의지를 통제할 수 있는 능력을 나타낸다. 프랭클은 다하우 강제 수용소에서 혹독한 추위에 강행군을 하며 노예 노동을 했던 때를 이야기했다. 고통 속에서 프랭클은 사랑하는 아내를 생각하고자 했다. 짧은 초월의 순간에 "나는 이 세상에 아무것도 남지 않은 남자가 비록 잠깐이지만 어떻게 해서 여전히 더없는 행복을 느끼는지 알게 됐다"라고 썼다. 프랭클의 의식적인 생각은 이 끔찍한 상황에서 할 수 있는 유일한 '결단력 있는 행동'이었고, 생명력을 내보이면서 타나토스를 힘껏 떨쳐버리고자 하는 그의 결심을 증명했다. 우울이나 불안에 빠졌을 때는 아무것도 하지 않는 것보다 긍정의 행동이 낫다. 행동은 또 다른 행동을 일으키고, 결심은 또 다른 결심을 부르고, 삶은 또 다른 삶을 만들어내기 때문이다.

우리는 찰리 아버지의 아찔한 비명횡사 이후 찰리의 이야기를 다시 시작하면서 이 소년 속 무언가가 이미 인간 존재에 관한 진실을 간파했음을 알 수 있다. 아이들은 마음대로

우울이나 불안에 빠졌을 때는
아무것도 하지 않는 것보다
긍정의 행동이 낫다.
행동은 또 다른 행동을 일으키고,
결심은 또 다른 결심을 부르고,
삶은 또 다른 삶을 만들어내기
때문이다.

할 수 있는 일이 거의 없지만, 찰리는 가능한 자기주장을 내세웠다. 하루는 어머니와 누나들에게 1년 동안 매일 밤 집 밖에서 자겠다며 엉뚱한 선언을 했다. 그리고 이내 그에 못지않게 놀라운 답이 돌아왔다. 어머니가 승낙한 것이다. "아이들은 원래 온갖 공상을 하잖아." 찰리는 오랜 시간이 지난 뒤 그때 일을 떠올리며 말했다. "그런데 우리 어머니가 내 공상을 실현시켜 줬지." 찰리는 캠벨 거리에 있는 집 현관에 간이 침대를 내놓고 밤마다 거기서 잠을 잤다. 7월 말의 후덥지근한 더위와 1월의 혹독한 추위를 견디면서. "그때 몹시 추웠던 아침이 기억나네. 어머니가 그렇게 하도록 내버려뒀지. 그게 중요했어."

로라 화이트는 크고 작은 방식으로 아들의 자신감을 키워 줬다. "너는 이제 이 집 가장이야." 찰리는 아버지가 죽은 뒤 어머니가 한 말씀을 기억했다. 그녀는 찰리가 집안 석탄 재고를 관리할 수 있을 만큼 강인해지자 가족의 작은 마당을 관리하고 확장하는 일부터 여러 크고작은 할 일과 책임을 찰리에게 맡겼다. "사람들이 길거리에 석탄을 버렸거든." 소년에게 석탄은 산더미처럼 많았다. "손수레를 가져와 석탄을 지하실 창으로 옮겨 석탄통에 붓는 게 내 일이었지. 그런 뒤 석탄불을 계속 꺼지지 않게 관리해야 했고." 찰리가 당시를 회상했다. "아침 4시쯤 일어나 타고 남은 석탄 덩어리를 꺼내고 새 석탄을 집어넣어 불을 피웠어. 어머니는 어릴 때 나에게 삶의 책임을 맡겼지."

이런 결정이 어떤 아이에게는 역효과를 불렀을지 모르지만, 찰리는 어머니가 자신을 믿어주자 속이 후련해졌다. 생존자로 대우해주니 계속 살아나갈 수 있었다. 아버지가 떠나고 나서 찰리는 '이제 철이 들 때'임을 받아들였다. 자기 상황을 부담이 아니라 기회라고 여겼다.

이런 점에서 찰리는 미국심리학회가 내세운 회복탄력성의 특징을 잘 보여주는 본보기였다. "자신의 문제 해결 능력을 믿고 본능을 신뢰하면 회복탄력성이 높아진다"고 심리학자들은 조언한다. 또 찰리는 자신의 어린 시절을 떠올리며 이렇게 말했다. "사실 규제랄 게 없었어. 우리가 가진 능력으로 성공하거나 실패했지. 어머니는 우리를 가르치지 않음으로써 가르쳤어. 우리가 각자 책임을 지게 했지."

또한 로라 화이트는 직접 모범을 보임으로써 아들을 가르쳤다. 지적인 여자였다. "강하고 자기주장이 분명했어." 아들 찰리가 말했다. "주관이 확실했지. 어머니의 원칙은 누구보다 높았어." 자립심과 자신감이 강하고 결단력 넘쳤던 그녀는 금세 종교 단체의 선교 여행을 관리하는 일자리를 얻었고, 하숙집을 운영하며 추가 수입을 얻었다. 그렇게 두 가지 일을 병행하며 힘들게 생활비를 벌었다.

찰리와 누나들은 수년간 캠벨 거리에 있는 집의 남는 방에 하숙하는 독신 남자들과 함께 식사했다. 식사 메뉴는 로라 화이트의 남부식 요리로 차린 '가정식'이었다(찰리는 어머니가 만든 빵과 스푼브레드(스푼으로 떠먹는 옥수수빵-옮긴이 주)를 유달리 좋아했다). 찰리는 음식을 썹으며 자신의 미래가 될 수도 있는 이 남자 하숙생들을 유심히 살폈다. 찰리는 그들을 '수준 높은' 남자들이라 판단했다. 지역 신문 발행 담당자 "조지 맨스필드 같은 남자들과 한 식탁에 앉았지". 그리고 후에 찰리의 누나 중 하나와 결혼한 전기 기사 잭 누난과도 밥을 같이 먹었다. 찰리는 특히 어머니가 교회에서 하는 일을 통해 캠벨 거리로 온 선교사들에게 마음이 갔다. 이들은 용감한 세계 여행자이자 치유자들이었다. 찰리는 그 식탁에 둘러앉은 귀감이 되는 존재들 사이에서 처음으로 의사가 된 자신을 그려봤다.

이야기가 너무 앞서가버렸다. 우리가 지금 이야기하던 주제는 트라우마와 회복탄력성이다. 빈의 프로이트 이야기를 하기 전 우리는 하루아침에 아버지를 잃고 슬픔에 빠져 거의 식음을 전폐한 소년을 보고 있었다. 학교는 여름방학에 들어간 직후였다. 파송 선교사들이 식탁에서 어떤 이야기를 그렇게 신나게 나눴는지는 이후에도 알려지지 않았다. 집안 분위기는 침울했다. 찰리는 힘들었던 그 순간을 떠올리며 말했다. "집안 분위기가 너무 가라앉아 있으니까 어머니는 내가 누나들 영향을 받지 않는 게 좋겠다고 생각하셨지." 로라 화이트와 딸들은 찰리를 달래보려 했지만, 찰리에게 필요했던 건 잃어버린 존재, 바로 남자 어른이었다. 찰리의 어머니는 찰리를 여름 캠프에 보내기로 했다.

도시 소년들(이후에는 소녀들까지)을 야생에서 생활하게 한다는 생각은 사회를 휩쓸던 거대한 변화의 또 한 가지 모습이었다. 산업화와 도시화는 빠르게 커지던 남성성을 위협했다. 영국 빅토리아 시대의 철학자 존 스튜어트 밀은 사회가 발전할수록 자연스럽게 영웅이 사라진다고 믿었다. 그는 "문명이 발달할수록 자연스럽게 도덕성이 약해지고 모든 투쟁에 서툴러진다"고 말했다. 심리학자 G. 스탠리 홀은 1904년에 출간해 큰 반향을 일으킨 저서 《청소년기》에서 어릴 때는 야생에서 자라고 커서는 가정에 집중해야 한다고 주장했다. 도시 생활은 소년들의 기백을 꺾어 그런 발전을 힘들게 만들었다. "소년들은 가만히 앉아 있는 동물이 아닙니다. 야생은 보이 스카우트 활동의 진짜 목표이자 성공의 열쇠입니다." 보이 스카우트 창시자인 로버트 베이든파월은 1907년 첫 캠프를 연 자리에서 이렇게 말했다.

한 학자의 계산에 따르면 찰리가 유년기를 보내는 동안 미국의 여름캠프 참가자 수는 10배 이상 증가했다. 20세기가 바뀔 무렵에 100명도 안됐던 참가자는 1918년에 무려 1000명을 넘겼다. 찰리의 어머니가 우연히 알게 된 이 캠프는 미국 가장 남서쪽 구석 미주리주 앤더슨시 오자크 산맥에 자리 잡은 작은 마을 근처 '소년십자군(Boy Crusaders)'이라는 곳이었다. 찰리가 거의 100년이 지난 뒤에 기억하기로 이 캠프의 소유주이자 누가 봐도 유일했던 직원은 독신 접골사였는데, 그의 가족은 캔자스시티 근처에서 잘 나가는 비수술 치질 전문 병원을 운영했다. 소년십자군은 청소년기 소년들을 대상으로 하는 캠프였지만, 슬픔에 빠진 아들을 구하고 싶은 로라 화이트의 간절함 덕에 찰리는 막판에 캠프 등록을 할 수 있었다. 캠프가 시작되기로 한 날에 곧 3학년이 되는 소년 찰리는 대부분 10대이지만 자기보다 연상인 소년 10여 명과 함께 기차를 타고 한 달간 산속 생활을 하게 될 앤더슨으로 향했다.

찰리는 스파르타식 캠프장에 도착하고 나서야 소년십자군이 극단적인 자연 회귀주의 캠프라는 사실을 깨달았다. "우리가 캠프에 도착하자마자 그 사람은 우리를 발가벗겼지." 찰리는 캠프 운영자를 이렇게 기억했다. "그 사람이 말했어. '옷을 다 벗도록 한다.' 우리는 한 달 동안 맨몸으로 원주민처럼 뛰어다녔지. 행복했어! 그냥 원주민처럼 살았어. 정말 험난한 생활을 했지." 접골사였던 캠프 운영자는 별다른 준비를 하지 않은 것 같았다. 캠프에 우유가 떨어지면 소년들 몇 명을 시켜 옷을 입고 근처 농장까지 걸어가서 우유를 사오게 했다. 식사는 대부분 간단한 오트밀이었는데, 찰리는 그 식단 덕분에 까탈스러운 식습관을 완전히 고쳤다고 말했다. "집에 돌아왔을 때 나는 원주민 같았지. 뭐든 가리지 않고 먹었어."

당시 알몸에 대한 생각은 지금과는 달랐다. 소년 클럽, YMCA, 심지어 공립 고등학교조차 소년들에게 알몸 수영을 시켰다. 조악한 수영복을 입고 수영하는 것보다 위생적이라는 생각에서였다. 그럼에도 알몸으로 한 달을 지내는 건 어딘가 이상한 일이었고, 친구 사이가 되어 찰리의 이야기를 듣고 또 들으며 나는 찰리가 캠프 이야기에서 무언가 빠뜨린 것이 있다는 생각이 들기 시작했다. 찰리 마음에 큰 상처를 남긴 무언가.

찰리는 '세상에서 가장 미친 캠프'에서 했던 믿기지 않는 생활을 설명한 뒤 소년십자군이 그해 여름 이후 몇 년도 안 돼 없어졌다고 덤덤하게 덧붙였다. 알몸 캠프에 참여한 소년들이 성추행을 당했다는 항의가 제기됐기 때문이다. 찰리가 말하기로 관계 당국이 이 사건의 진상 조사를 하자 그 접골사의 영향력 있는 가족이 연줄을 동원해 사건을 덮으려 했고 아들을 유럽으로 빼돌렸다. 그 캠프나 당시 사건 기록을 찾으려 해봤지만, 아무것도 찾을 수 없었다. 하지만 문제의 접골사가 캔자스시티를 떠나 유럽에서 오래 살았다는 사실은 확인했다. 그는 미술을 공부해 잘나가는 수채화가가 됐고, 런던의 여러 상류층 클럽에서 활동했다. 1940년에는 나치 독일에 점령당한 파리에서 지냈다. 제2차 세계대전 직후에 미국으로 돌아와 셔터쿼 관중들과 로터리 클럽을 대상으로 나치 정권에 대한 강연을 했다. 찰리는 종종《캔자스시티 스타》에 실린 그의 미술 비평 기사를 읽었다.

소년십자군은 규모가 큰 캠프는 아니었다. 찰리의 이야기를 듣고 이해한 바로는 캔자스시티에서 기차에 탄 소년들이 전부였을 수도 있다. 비좁은 곳에서 지냈음에도 불구하고 찰리는 자신은 성추행을 당하지 않았다고 한결같이 주장했다. "난 너무 어려서 피해를 입지 않았지." 그때만 해도 찰리의 말을 믿었다. 10대 소년들에게 성적 매력을 느낀 성범죄자는 더 어린아이는 건드리지 않았을 것이다. 하지만 찰리의 쾌활한 말투가 어딘가 거슬렸고, 찰리가 100세 생일이 지난 얼마 뒤에 녹음한 인터뷰를 들으며 내 의심은 확신으로 변했다. 각 한 시간씩 세 번에 걸쳐서 진행한 인터뷰에서 찰리는 그간 살아온 역사를 말로 풀어내며 녹음했고, 찰리의 가족은 찰리가 세상을 떠나고 난 뒤 나에게 이 녹음을 들려줬다.

녹음된 테이프를 듣는데 한 문장이 귀에 와서 박혔다. "캠프에 가서 난 정말 강인해졌지." 강인하다는 형용사는 찰리가 늘 껄껄 웃으며 장난스럽게 한 다른 이야기와 어울리지 않았다. 그저 소년들이 캠프에서 '정말 험난하게 생활했다'는 말을 다시 언급한 것일 수도 있다. 하지만 지그문트 프로이트라면 그 단어가 억누르고 있던 감정의 명백한 징후는 아닌지 질문할지도 모른다. 찰리는 희생양이 된 알몸의 10대 소년들 사이에 있던 여덟 살 소년이었다. 성폭행 피해자들이 종종 가해자가 되고 연상의 소년들이 자기보다 어린 남자아이를 성희롱하는 것은 안타깝지만 흔히 일어난다는 사실을 보여주는 기록이 많다. "난 너무 어려서 피해를 입지 않았지"라고 말할 때 찰리는 캠프 운영자의 성추행 혐의를 가리켜 이야기했다. 하지만 그런 환경에서 찰리가 연상의 소년 중 하나 혹은 여러 명의 희생양이 되었을 수도 있겠다는 생각이 번뜩 들었다. 그래서 그해 여름 찰리가 그렇게 강인해졌는지도 모른다.

찰리가 캠프에서 어떤 식으로든 정신적 외상을 없었다는 의심이 들자 이 이야기의 또 다른 부분이 새롭게 보였다. 이 이상한 캠프에 대한 이야기를 할 때 찰리는 대개 집으로 돌아가는 여정으로 마무리했다. 찰리는 하루빨리 집에 돌아가고 싶은 나머지 완행열차가 캔자스시티에서 남쪽으로 30여 킬로미터 떨어진 마틴시티에 멈췄을 때 기차에서 뛰어내려 가장 가까운 전차까지 혼자서 걸어갔다고 했다. 이 이야기를 처음 몇 번 들었을 때는 논밭과 드문드문 있는 마을을 헤치고 집까지 찾아가는 용감한 개구쟁이 꼬마의 이야기에 반했다. 하지만 그 이야기를 깊이 생각할수록 말이 되지 않았다. 기차는 시내를 크게 휘감고 돌아 가축 사육장 근처 오래된 기차역으로 향하기는 했지만, 당연히 걸어가는 소년보다 속도가 느리지 않았다. 또 여덟 살이었던 찰리는 지름길을 모조리 꿰고 있는 숙련된 여행자도 아니었다. 찰리는 기차로 조부모의 농장에 몇 번 간 적은 있지만, 캠프장까지 가는 길과는 지역이 달랐다.

찰리는 어서 집에 가고 싶은 나머지 기차에서 내린 걸까? 아니면 다른 캠프 참가자들에게서 얼른 달아나려고 내린 걸까? 찰리가 연상의 소년들에게 성희롱이나 괴롭힘을 당했다면 기회가 생겼을 때 최대한 빨리 소년들에게서 벗어날 충분한 이유가 됐을 것이다.

혼자서 기차에서 내린 이유가 무엇이었든 찰리가 마침내집에 도착했을 때 찰리의 어머니는 아들을 첫눈에 알아보지 못했다. 햇빛 아래서 한 달간 알몸으로 보낸 덕에 도토리마냥 갈색으로 타버렸기 때문이다. 로라 화이트는 아들에게 캠프 생활이 어땠는지 물었다. 찰리는 이후 남은 평생 이야기한 것처럼 즐거웠던 기억을 어머니께 들려줬다. 전부 사실이든 아니든 간에. 찰리는 어머니에게 더 이상 짐이 되지 않기로 결심했다. "나는 어머니를 정말 존경했지. 절대 어머니 속을 썩이지 않기로 했어." 찰리는 나중에 이렇게 설명했다. 찰리는 어머니를 지키는 최선의 방법은 좋은 경험이든 나쁜 경험이든 마음에 담아두지 않는 것이라고 생각했다. 살고 배우고 성장하기. 따라서 찰리가 들려준 캠프 이야기에서 분명한 사실은 결국 "우린 행복했어"라고 말한 그 장소에서 어떤 일이 벌어졌든 찰리가 결코 그때로 돌아가지 않았다는 것이다.

· · ·

찰리가 세상을 떠나고 얼마 뒤 찰리의 사위이자 나의 친구이며 이웃인 더그에게 나를 괴롭히던 소년십자군에 대한 의문을 이야기했다. 재능 있는 소송 변호사였던 더그는 앞뒤가 맞지 않는 이야기에서 빈틈을 찾아내는 능력으로 인정받는 자리에 올랐다. 알고 보니 더그 역시 찰리의 캠프 이야기에 나름대로 의문을 품고 있었고, 무언가 빠져 있다는 사실을 눈치챘다.

더그는 자기가 찾은 몇 가지 정황 증거를 제시했다. 더그는 2012년 겨울 펜실베이니아 주립 대학교 성추행 스캔들 뉴스가 쏟아질 즈음 찰리와 자주 같이 있었다고 했다. 전설적인 미식축구 감독 조 패터노의 경력은 오랜 시간 조감독을 지낸 제리 샌더스키가 힘없는 미성년자 소년들을 데리고 레슬링 교육이라며 성폭행을 하고 샤워를 하고 여행을 데려갔다는 사실이 알려지며 수치스럽게 막을 내렸다. 패터노 감독을 포함한 대학교 관계자들은 샌더스키가 성폭행을 저질렀다는 피해자들의 신고에 아무 조치도 취하지 않았다. 결국 펜실베이니아 대배심은 샌더스키가 수많은 피해자를 성폭행한 사건과 관련해 40건 이상의 혐의에 대해 유죄를 인정했다. 더그는 그 당시 찰리가 이 문제의 심각성을 별일 아니라는 듯 이야기해 놀랐다고 했다.

우리는 어린 찰리가 캠프에서 있었던 충격적인 경험을 별일 아닌 일로 넘기려 했다면 몇 년 뒤에 다른 사람이 비슷한 경험으로 입은 상처도 축소해야 한다고 느꼈을 것이라고 추측했다. 우리 아버지가 자식들이 멍과 뇌진탕, 골절을 입으면 흔히 보였던 반응이 떠오른다. 아버지는 자신도 비슷한 고통을 겪어봤지만 금세 괜찮아졌다고 우리를 안심시켰다. "잊어버려." 아버지는 이렇게 말하곤 했다. 이런 반응은 다른 사람의 고통에 무관심한 것처럼 보일 수도 있지만, 인내심과 희망을 키우려는 전략이기도 하다. "큰 충격을 안긴 사건을 잊는 능력을 키우는 것"은 미국심리학회가 제시하는 회복탄력성을 키우는 한 가지 도구이며, 그 능력을 키우는 한 가지 방법은 그런 사건이 장기적인 손상을 끼칠 힘을 최소화하는 것이다.

어린 나이에도 찰리는 잊고 살아가는 방법 말고는 다른 수가 없음을 알았다. "아주 행복했던 기억은 없어." 찰리는 언젠가 자신의 어린 시절을 이렇게 이야기했지만, 불행한 기억을 곱씹지 않기로 결심한 것에 가까웠다. 찰리는 "우리는 슬퍼하고 있을 시간이 없었지"라고 말하며, 이런 태도로 일찍부터 스토아주의자로 살았다. 다른 사람의 행동이나 결정, 운명, 모욕적인 행동에 쉽게 휘둘리지 않았다. 찰리는 "어째서 고통에 매달려 삽니까? 어제의 잘못을 바꿀 수 있는 방법은 없습니다"라고 주장한 작가 레오 버스카글리아의 조언을 앞서 실천했다. 또 미국심리학회는 이 문제를 이렇게 표현한다. "회복탄력성이 강한 사람들은 '고통을 극복할 수 없는 문제로 보지 않으려' 한다. 대신 트라우마를 고통스럽지만 더 강해질 기회라고 본다." 불행은 우리 내면의 올림픽 선수를 키워내는 힘든 훈련이라고 말한 에픽테토스의 말을 기억하자.

찰리는 그런 불행을 겪었을 때 여전히 소년이었고, 이따금 찰리의 마음이 아프지 않았다고 하면 거짓말일 것이다. 노년의 찰리가 어린 시절을 돌아봤을 때는 외로웠던 순간이 고통스러웠던 순간보다 더 힘들었다. 찰리는 자기 또래의 남자아이, 그리고 그 아이가 살아 숨 쉬며 세상에 존재하는 아버지와 함께 있는 모습을 봤을 때 밀려오던 고통을 생생히 기억했다. 그들은 함께 웃거나 점심을 먹거나 캐치볼을 하고 있었다. 찰리는 상실이 자기 뺨을 휘갈기고 슬픔이 마음을 울적하게 만들 때 이런 순간들이 가장 힘들었다고 말했다. 시간이 지나면, 즉 몇 달이 몇 년이 되면 찰리는 이 컴컴한 우울의 파도가 지나갈 거라고 믿게 됐다.

찰리는 이 사실을 깨닫고 결코 잊지 않았다. 이 깨달음은 찰리가 평생 동안 실패와 상실을 극복하는 자산이 됐다. "힘든 일은 모두에게 똑같이 찾아오지 않지." 찰리가 말했다. 실제로 어떤 사람들은 힘든 경험에 갇혀 살고, 또 어떤 사람들은 역경을 딛고 진정한 자유를 맛본다.

· · · ·

찰리는 모든 것, 심지어 매주 빼놓지 않고 가던 린우드 크리스천 교회 출석마저 재미있어 보이게 만드는 재주가 있었다. 로라 화이트는 목사의 아내로 사는 동안 주일 예배는 질리도록 참석한 것 같았다. 찰리는 교회에 보내놓고 본인은 집에 남았기 때문이다. "어머니는 '교회 가야지'라고 말하면서도 나랑 같이 가시지는 않았어." 찰리는 이렇게 기억했다. '보기 드문' 경우였다고 스스로 인정했지만, 찰리의 독립심이 커지고 있음을 보여주는 일이기도 했다.

찰리는 교회를 꽤 좋아했다. 주일 학교의 성실한 여교사가 가르치던 대개 따분했던 성경 공부는 도시 경찰대의 형사였던 그녀의 남편이 들려준 국경 지대의 범죄자와 개척자들의 모험 이야기로 활기가 돌았다. 찰리 역시 '훌륭한 가르침을 전한' 그 전도사의 말에 동의했다. 찰리는 야외 취침을 할 때 발휘했던 불굴의 끈기로 교회에 다녔고, 7년간 단 하루도 빠지지 않고 주일 예배를 참석한 끝에 상으로 배지를 받았다.

주중에는 집에서 도보 거리에 있는 부자 동네인 하이드 파크에 위치한 초등학교에 다녔다. 본인의 말로는 '그냥 평범한 학생'이었지만, 찰리의 교사들은 결코 동의하지 않았다. 특히 아버지가 돌아가시고 여름 캠프에 다녀온 뒤 교사들은 찰리에게서 같은 반 친구들에게는 없는 성숙한 모습을 봤다. 3학년 중반쯤 되자 교사들은 찰리를 4학년으로 월반시켰고, 다음 해에 5학년에서 6학년으로 또 한 번 월반했다. 그 이후 찰리는 반 친구들보다 2년이나 일찍 고등학교에 들어갔음에도 웨스트포트 고등학교 친구들과 쉽게 어울리고 열심히 친구를 사귀었다.

교육이 소수의 전유물이었던 미국 사회에서 적어도 찰리 같은 백인 아이들에게는 교육이 보편적으로 누리는 권리이자 요구인 사회로 빠르게 옮겨가던 중이었다. 인종 차별 교육을 하던 웨스트포트 고등학교는 그런 변화의 표상이었다. 빨간 벽돌로 지은 으리으리한 학교는 1908년에 문을 열었는데, 그때만 해도 14~17세 미국인 중 약 10퍼센트만이 학교에 진학했다. 9년 뒤인 1917년 찰리가 9학년에 들어갔을 때 그 10퍼센트는 약 세 배로 뛰어 있었다(한 세대 뒤에는 진학률이 70퍼센트가량 됐다).

고등학교가 (여러 방법으로) 인종 차별의 벽을 차츰 허물자 교육자들은 덩달아 늘어난 백인 남녀 학생 사교 클럽을 우려했다. 여러 논평은 물론 수시로 진행된 공개 토론회에서 목소리 큰 교장과 교육감들은 흔히 우월감에 젖은 이 사교 단체가 학생들을 분열시키고 비행을 조장하는 원흉이라고 지목했다. 한 예로 1904년 시카고 학교 당국은 "비밀 사교 단체가 학교를 여러 파벌로 분열시키고, 행동적·정서적 단합과 결속을 무너뜨리며 학생과 교사 간에 필요한 유익한 관계를 지속하기 힘들게 만든다"는 보고 자료를 냈다.

찰리도 전적으로 동의했다. "당시 고등학교 남학생 사교 클럽은 영향력이 엄청났지." 찰리는 자신을 웨스트포트 사교 클럽에 가입시켜 준 친구들을 애정이 담긴 말투로 이야기했다. 찰리가 활동한 델타 오미크론이라는 사교 클럽에는 사교 예법이 따로 있었는데, 예법은 클럽의 연장자들로 구성된 재판소의 정기 회의에서 정해졌다. "회의 때마다 인민재판이 이루어졌어." 찰리가 당시 기억을 떠올리며 말했다. "어린 회원 중 하나가 규칙을 어기면 자리에서 일어나 재판관들에게 모진 소리를 들어야 했지." 찰리는 모임 규칙을 어긴 친구들이 그 일을 겪고 눈물을 뚝뚝 흘린 걸 기억하지만, 책임을 묻는 이 방식이 "누구나 받을 수 있었던 큰 영향 중 하나"였다고 평생 굳게 믿었다. "동료의 비판만큼 귀한 건 없어. 우리는 고등학교에서 일찌감치 그 경험을 한 거지."

찰리와 클럽 친구들은 재미로 전차를 타고 일렉트릭 시티로 갔다. 일렉트릭 시티는 도시의 남쪽 끝, 반짝이는 불빛과 물이 콸콸 쏟아지던 분수, 그리고 스릴 넘치는 놀이기구가 있는 동화 나라였다. 소년들은 동네 골프장에 사라진 골프공을 찾으러 다니면서 골프를 독학으로 익혔고, 학교 근처 중심가에 몰려다니며 여자아이들 집을 차례로 찾아갔다. 어느 일요일 오후에는 "여섯 집쯤 돌았을 거야." 찰리가 말했다. 여자아이의 부모들은 찰리 패거리를 마냥 반기지는 않았다. 모두 담배를 피우고 담배꽁초를 바짓단에 떨어뜨렸기 때문이다. 하지만 찰리는 그때 활개치고 다니던 친구들 중 여러 명이 나중에 변호사, 판사, 의사, 사업가로 잘 나갔다고 말했다. 찰리와 제일 친하게 지낸 사교 클럽 친구 중 하나였던 찰스 파커는 1927년 로즈 장학금(영국 옥스퍼드 대학이 미국, 독일, 영연방 출신 학생들에게 주는 장학금-옮긴이 주)을 받고 옥스퍼드

대학교에 들어갔다.

그동안 줄곧 '일'은 찰리의 인생에서 학교와 친구만큼이나 중요한 자리를 차지했다. 이웃집 잔디를 깎고, 수확기에는 근처 농장에서 힘들게 일했다. 열여섯에는 전기 기사였던 매형 잭 누난의 수습생으로 일했다. 매일 학교가 끝나면 찰리는 시내에 있는 매형의 샹들리에 가게로 갔다. "설치해야 할 조명 기구를 한가득 안겨주면서 차 한 대를 내줬지. 그러면 오후 내내 온 집에 조명을 설치하러 갔어." 찰리가 당시를 회상했다. 많은 가정이 가스등에서 전등으로 바꾸고 있을 때라 수습생이었던 어린 찰리는 휘발성 가스관 연결을 끊고 반짝이는 전등을 연결하는 방법을 배웠다. 어떻게든 집은 태워 먹지 않으려고 애썼다.

찰리 화이트는 그해 고등학교를 졸업할 때 역경이라는 시험을 당하고 성공의 경험을 넉넉하게 쌓은 기분이었다. 찰리는 자기보다 연상인 반 아이들과 친구 사이로 지냈고 대등한 대우를 받았다. 어머니에게도 가계에도 보탬이 됐다. 아버지의 때 이른 죽음으로 빨리 철이 들어야 한다는 부담을 느꼈지만, 덕분에 자기 능력에 대한 조용한 자신감을 키울 수 있었다. 지혜와 책임감, 자기 절제력과 회복력을 갖췄다는 사실을 증명해 보였다.

이런 시기와 분위기 속에서 찰리는 거의 누구도 가본 적

없는 여행을 시작했다. 미래를 향한 항해이자 모험이자 긴
드라이브에 나섰다.

5장

–

서쪽으로, 서쪽으로

인생은 과감한 모험이던가,

아니면 아무것도 아니다.

헬렌 켈러

찰리가 여자친구의 차를 세차하는 모습을 발견한 아침이 지나고 얼마 뒤 나는 아이들과 집밖에 나와 있었다. 그때 찰리가 현관문을 열고 나오더니 우리에게 고함을 치며 손을 흔들었다. 보여줄 게 있다고 했다. 우리는 찰리를 따라 그의 집 옆에 난 문을 지나 뒷마당으로 갔다. 마당 저쪽 구석에는 널따란 집에 어울리는, 집과 똑같은 이끼색 장난감 집이 있었다. 오랫동안 사용하지 않았는지 낡고 거미줄이 쳐 있는데도 우리 아이들은 엄청난 놀거리를 찾은 것처럼 기뻐했다. "언제든 써." 찰리가 아이들에게 말했다.

찰리는 우리를 이끌고 다시 문을 지나 집 안으로 들어갔다. 집 거실에 (8월 중순이었는데도) 실물 크기의 커다란 산타클로스 모형이 놓여 있었다. "잠깐만, 이걸 보여주마!" 찰리가 눈을 반짝이며 말했다. 찰리가 민첩하게 몸을 굽혀 전선을 잡을 때 보니 균형 감각은 멀쩡해 보였다. 플러그를 벽면 콘센트에 꽂을 때 살짝 더듬거린 거 빼고는. 이내 산타의 눈에 불이 들어왔고 머리가 위로 젖혀지며 몸이 이리저리 움직였다. "호, 호, 호!" 익숙한 목소리가 들렸다. 팔을 흔들고 입을 움직이며 자동 산타클로스는 크리스마스 캐럴 몇 구절을 불렀다.

아이들이 영문을 몰라 내 쪽을 쳐다봤다. 노래하는 1.7미터짜리 산타는 분명 흥미로웠다. 하지만 어째서 산타가 이 무더운 여름에 어느 노인의 집 거실에 있었을까? 찰리는 딸이 준 선물이라고 설명했고, 이 유쾌한 친구를 보고 있으면 기분이 좋아서 치울 이유가 없었다고 했다. "나는 물건이 많은 게 좋아." 이렇게 말하고는 우리를 옆방으로 데리고 가 자신이 아끼는 오래된 결투용 권총 세트를 보여줬다.

그때부터 나는 틈만 나면 찰리의 집을 찾아갔고, 갈 때마다 어김없이 훌륭하거나 놀라운 이야기를 듣고 나왔다. 찰리와의 대화는 툭하면 수십 년, 수 세대를 오갔고 용감하고 재치 넘치는 엄청난 이야기의 연속이었다. 어떤 기억도, 자서전도 이 전부를 담지는 못한다. 남는 것은 선택되고 요약된 이야기다. 우리가 생략하는 이야기는 우리가 선택하는 이야기만큼이나 중요한 사실을 드러낼 수 있다. 찰리의 이야기는 한결같이 낙천적이었다. 찰리가 느낀 향수는 어떻게든 새로

찰리가 느낀 향수는
어떻게든 새로운 가능성을 열었고,
찰리가 지나온 과거는
미래를 위한 준비였다.

운 가능성을 열었고, 찰리가 지나온 과거는 미래를 위한 준비였다.

· · ·

가령 제1차 세계대전과 1918년 스페인 독감은 찰리의 이야기에 한 번도 등장하지 않았다. 끔찍한 두 사건 모두 찰리의 코앞까지 왔음에도 말이다. 열두세 살 된 소년은 자기보다 불과 몇 살 많은 청년이 유럽이 자초한 재앙에서 유럽을 구하기 위해 행진해가는 모습에 분명 가슴이 뛰었을 것이다. 그 젊은 군인들 중에는《캔자스시티 스타》에서 일했던 찰리보다 여섯 살 많은 소년 어니스트 헤밍웨이도 있었다.

군대는 그 지역의 영웅이 이끌었다. 어쨌든 충분히 가까운 곳 출신의 영웅.

캔자스시티는 미국 원정군 사령관이자 '블랙 잭'이라 불린 잘생긴 존 J. 퍼싱 장군을 자기네 도시 출신이라고 주장했다. 캔자스시티에서 160킬로미터가량 떨어진 도시 미주리주 라클레드에서 태어난 늠름한 퍼싱 장군은 얼마 전 멕시코의 혁명가 판초 비야를 추격하는 영웅적 업적으로 신문 지면을 장식했다. 이후 유럽에서도 공적을 쌓으며 조지 워싱턴 이후 처음으로 미 원정군 총사령관이라는 높은 자리에 올랐다. 후에 이 자리에 오른 사람이 한 명 더 있었다(2021년 율리시스 S. 그랜트에게 사후 계급을 부여하자는 법안이 발의됐다). 제1차 세계 대전이 끝난 뒤 캔자스시티는 퍼싱 장군을 기리기 위해 웅장한 전몰 용사 기념관을 세웠는데, 열흘 만에 지역 주민들에게 250만 달러를 모금해 건설 자금을 충당했다. 꼭대기에 불꽃이 타오르는 웅장한 건물이 언덕 위에 들어섰다. 몇 년 전 어린 찰리 화이트가 유니언역이 들어서는 걸 지켜봤던 그 언덕이었다.

스페인 독감도 근처에서 시작됐다. 흉포한 독감 바이러스는 캔자스주 시골 지역의 미군 신병 훈련소에서 처음 퍼졌다. 유니언역을 통해 전장으로 실려 간 군복 차림의 젊은이들은 바이러스를 미국 전역과 유럽으로 옮겨 나르며 가는 곳마다 세균을 퍼트렸다. 결국 세계 인구의 3분의 1이 감염됐고, 수많은 도시가 봉쇄됐다. 영안실에는 시체가 넘쳐났다. 시민들은 집에 머무르고 공공장소에서 마스크를 착용하라는 명령에 저항했다. 거의 70만 명에 달하는 미국인이 사망했는데, 감염자의 대부분은 한창때였다.

이 두 사건은 20세기에 벌어진 가장 극적인 사건에 들지만, 그렇다고 해서 찰리의 이야기는 아니었다. 그 모든 죽음과 고통이 세상을 어둡게 만들었지만, 찰리의 인생에는 해가 뜨고 있었다. 찰리는 심지어 고등학교 시절 젊음은 한때이며 전쟁과 질병 희생자들의 화장용 장작더미에서 한 이 경험을 헛되게 하지 말아야 한다는 사실을 이해한 것 같았다. 대신 고등학교 졸업반이었던 열여섯 살에 독립 선언을 하기로 마음먹었다.

자동차가 막 탄생했을 때 캘리포니아로 떠난 긴 여행은 찰리의 인생에서 결정적인 이야기가 되었다. 찰리의 집에서 이 이야기를 다른 어떤 이야기보다 자주 들었다. 찰리는 이 기억을 소중하게 간직했고 부적처럼 계속 떠올렸다. 마치 한 번의 중요한 경험을 기억하면 한 세기를 소환할 수 있을 것처럼.

술 달린 가죽 바지를 입고 모닥불 위로 뛰어오르던 시절부터 찰리는 캔자스시티를 만든 열병, 바로 서부로 가야 한다는 생각에 사로잡혔다. 아메리카 원주민 부족의 땅을 덮친 인간 파도, 즉 마차 행렬과 손수레 개척자들이 모여 캔자스시티에서 출발했다. 가능한 사람들은 말을 타고, 그렇지 않은 사람들은 걸어서 서쪽으로 향했다. 어깨높이까지 오는 풀밭의 바다를 통과하고 챙겨온 육포만큼이나 바싹 마른 사막을 건너 그들의 꿈처럼 험준한 산을 넘어갔다. 지는 해를 쫓아 계속 서쪽으로 갔다.

그들에 대한 기억이 아직 생생할 때, 찰리는 캔자스시티에 도착했다. 캔자스시티는 동부가 끝나고 서부가 시작되는 도시였고, 루이스와 클라크 원정대가 세계 역사상 제일 헐값에 거래된 토지이자 부동산 거래였던 루이지애나 매입지(1803년에 토머스 제퍼슨 대통령이 프랑스로부터 매입한 토지-옮긴이 주) 탐험을 시작한 곳이었다. 처음에는 선구적인 분 가문, 대니얼과 그의 아들들이 들어왔고, 이어서 산사람 짐 브리저, 스카우트 단원 키트 칼슨, 예언자 브리검 영, 그리고 비운의 도너 파티(1846년 일리노이주에서 캘리포니아로 향한 조지 도너와 제임스 리드 일행으로, 총 87명 중 절반이 눈보라와 배고픔 등으로 숨졌다-옮긴이 주)까지 들어왔다. 모두 금과 은, 자유, 표토를 찾으러 온 사람들이었고, 들소 사냥꾼이었으며, 복음 전도자들이었다. 수많은 미국인이 미래를 쫓아 강배와 4륜 우마차, 웨스트우드 호!, 철도를 이용해 카우강이 미 대륙의 중심지인 미주리주로 흘러드는 이곳을 통과해 지나갔다. 중요한 서부 트레일, 즉 캘리포니아 트레일, 산타페 트레일, 오리건 트레일이 모두 시작되는 곳.

찰리의 긴 여정은 이러한 과거와 미래가 만나는 시간이었다. 찰리의 여덟 번째 생일이 지나고 얼마 안 돼 포드 자동차가 경제사에서 가장 획기적인 혁신으로 꼽히는 산업용 생산라인을 선보였다. 미시간주 하일랜드파크에 있는 포드의 새로운 공장은 자동차 차체 제작 시간을 75퍼센트까지 단축했다. 생산 라인이 빠르게 추가되며 엔진, 변속기, 휠 부품 생산

과정에서도 비슷한 효과를 냈다.

1912년에 제작에만 12시간이 걸렸던 포드 모델 T는 1916년에는 불과 93분 만에 완성됐다. 이처럼 효율성이 어마어마하게 커지며 포드는 직원들의 월급을 거의 두 배 인상했고 자동차 한 대당 가격을 3분의 1까지 낮췄다.

포드의 모델 T는 미국을 깜짝 놀라게 했다. 저렴하고 튼튼하고 수리하기도 쉬우며 색상이 검은색이기만 하면 어떤 색이든 구매할 수 있는 이 단순한 자동차는 인간의 유전자 깊숙한 곳에 있는 무언가를 불러냈다. 그 이전 수천 년 동안 인간은 도보 거리를 도보 속도로 이동했다. 이제 이 씩씩대고 털털거리는 기계가 지리, 경제, 사회를 바꿔놓았다. 고속도로, 휴게소, 화물 자동차 휴게소, 모텔, 패스트푸드 식당, 쇼핑몰, 교외 지역 모두 이 한 가지 발명품, 즉 저렴하고 듬직한 자동차가 낳은 산물이었다. 자동차는 원할 때 가고 원할 때 멈추는 완벽한 자유였다.

하일랜드파크에 포드의 생산 라인이 들어서기 전에는 미국인 100명 중 1명이 자동차를 보유하고 있었다. 9년 후인 1921년에 그 숫자는 800퍼센트 이상 성장해 거의 10명 중 1명 꼴이 됐다. 미국인이 소유한 모든 자동차 중 약 절반이 모델 T였으며, 그중 상당 부분이 1913년 캔자스시티에 문을 연 포드의 두 번째 현대식 공장에서 생산됐다.

모델 T는 여러모로 자동차 시대의 탄생이자 자동차 문화의 요람이었다. 이렇게 해서 찰리의 세계는 또 한 번 큰 변화를 맞았다. 자동차는 사람들이 쇼핑하는 방식, 먹는 방식, 구애하는 방식, 죽는 방식을 바꿔놓았다. 또 거주 지역과 사교생활, 이웃과의 친분까지 변화시켰다. 자동차는 사람들의 신체 건강 상태를 바꾸고, 사람들이 숨 쉬는 공기의 냄새를 바꿨다. 말똥의 고약한 악취 대신 매캐한 배기가스 냄새가 났고, 마차 바퀴가 덜컹거리는 소리 대신 내연 기관이 웅웅거리고 털털거리는 소리가 들렸다.

이 변화의 용암이 막 문화의 외피를 뚫고 뿜어져 나올 때 찰리는 고등학생이었다. 찰리는 자유의 매력에 흠뻑 빠져 있었다. 찰리와 학교 친구 두 명은 모델 T를 몰고 미주리주의 캔자스시티에서 캘리포니아주의 로스앤젤레스로 가는 은밀한 계획을 세웠다.

어른들에게도 대담한 계획이었으니 세 고등학생에게는 말할 것도 없었다. 도로가 있는 곳도 상태가 형편없었다. 비포장도로이거나 바퀴 자국이 움푹 패어 있거나 진흙투성이 또는 먼지투성이였다. 많은 강에 다리가 연결되어 있지 않았다. 개울은 더했다. 교통 법규는 존재하지도 않았다.

플로이드 필드는 맨 처음 포드 T를 타고 모험한 사람 중 한 명이었다. 조지아공과대학교 학장이었던 필드는 제1차 세계대전이 끝난 직후 애틀란타에서 오리건으로 떠났다. 학생들이 '느림보 고물'이라고 불렀던 모델 T를 타고 살금살금 대륙을 횡단한 필드는 오가는 데 편도 4주가 걸렸다. 자연에서는 마음껏 속도를 낼 수도 없었다. 차선이 없는 도로와 길이 없는 용암층을 통과하고 산길을 낑낑대며 지나고 광활한 초원에서 무수히 생긴 마차 바퀴자국 위를 덜컹거리며 지나갈 때는 하루 110킬로미터 남짓을 이동했다. 필드 학장의 씩씩한 지구력과 모델 T의 내연 기관 덕에 조지아공과대학교의 느림보 고물은 지금까지도 명물로 사랑받고 있다.

찰리 일당도 비슷한 여행을 할 생각이었다. 그들은 여행이 얼마나 험난할지 알았다. 아니, 안다고 생각했다. 캔자스시티의 도로는 악명이 높았다. 찰리와 친구들이 고등학교를 졸업한 그해에 찰리보다 몇 살 위인 월트 디즈니라는 젊은 예술가는 찰리의 집과 멀지 않은 곳에서 사업을 준비하고 있었다. '애니메이션'이라는 새로운 예술 형태를 만들던 디즈니는 시내에 있는 뉴먼 극장에 단편 애니메이션 시리즈를 판매했다. 지역의 문제를 다룬 만화 영화로, 디즈니는 영화에 〈래프오그램(Laugh-o-Grams)〉이라는 제목을 붙였다. 이 영화는 뉴먼 극장의 소극장이 비는 밤에 장편 영화에 앞서 상영되었다. 디즈니가 만든 한 애니메이션은 캔자스시티에서 운전하는 게 얼마나 위험한지를 조롱했다. 디즈니는 '싸구려 자동차' 모델 T에 탄 두 승객이 차 몇 미터 위로 날아오르는 모습을 보여주는데, 바퀴 하나는 바위에 부딪혀 튕겨 나가고 다른 쪽 바퀴는 도로에 난 구멍에 빠졌기 때문이다.

관객들은 거의 살아 있는 것처럼 보이는 이 새로운 단편 애니메이션에 푹 빠졌다. 하지만 디즈니의 캔자스시티 사업은 성공을 거두지는 못했다. 찰리와 마찬가지로 젊은 디즈니도 캘리포니아로 향했다. 다만 디즈니는 기차로 갔다.

캔자스시티에 본사를 둔 한 조직은 미국을 자동차의 나라로 만들기로 마음먹었다. 초창기 마차 행렬을 떠올리는 이름 전미 올드 트레일 협회는 자동차 애호가들에게 미 대륙을 가로지르는 최초의 횡단도로 건설에 찬성해줄 것을 요청했다. 협회가 제안한 경로는 메릴랜드부터 일리노이까지 원래 있던 국도와 같았다. 거기서부터 도로는 분(Boone, 미국 서부 개척 시대를 연 대니얼 분을 가리킨다-옮긴이 주) 가문이 미주리주에 낸 길을 따라 이어졌다. 캔자스시티에 있는 이 길은 캔자스를 지나고 로키산맥을 통과해 남쪽의 뉴멕시코로 가서 사막을 건너 남서쪽의 로스앤젤레스로 이어지는 검증된 코스인 산타페 트레일을 따라갔다. 이 트레일을 홍보하기 위해 올드 트레일 협회는 서쪽으로 태평양까지 이어지는 작은 흙길과 좁은 농장 도로에 있는 울타리 기둥, 나무, 바위에 표지를 설치했다.

또한 트레일 가이드를 펴내고 그 길에 있는 어떤 잡화점에서 휘발유를 팔고 어떤 잡화점에서 교체용 타이어를 파는지 소개했다. 길 찾는 팁도 실었다. 흰색 농장에서 좌회전하거나 뒤틀린 나무 그루터기에서 급하게 우회전하라는 등의 안내였다.

찰리의 고등학교 남학생 사교 클럽 회원 중에 밥 롱이라는 친구가 있었는데, 그 친구 아버지가 '부유한 부동산 사업가'였다고 찰리가 말했다. 롱은 1917년식 모델 T 투어링 모델을 보유하고 있었는데 자전거 펜더, 체스터필드 좌석(등받이 높이가 같고 팔걸이가 있는 형태-옮긴이 주), 접이식 덮개가 달려 있었다. 자신의 자동차로 미국을 횡단하고 싶어 근질근질했던 롱은 1922년 5월 고등학교 졸업식이 끝난 뒤, 찰리와 다른 사교 클럽 친구인 에드거 스노를 끌어들여 캘리포니아로 출발했다.

롱은 여행 동지를 잘 골랐다. 찰리만큼 용감했던 에드거 스노는 말할 것도 없었다. 스노와 찰리는 반에서 가장 나이가 어려 친하게 지냈는데, 늘 본인들의 능력을 증명하려고 애썼고 둘 다 세계의 가능성은 무한하다는 생각을 품고 있었다. 스노는 여행하고 탐험하는 직업을 갖고 싶어 했다. 다른 사람들은 엄두도 내지 못하는 곳을 가고 그곳에서 발견한 이야기, 더 거대하고 좋은 이야기를 쓰는 일을 하고 싶어 했다.

스노는 사교 클럽 신문에 실릴 글을 쓰지 않을 때는 굳건한 탐험가의 꿈을 키웠다. 밥 롱이 제안한 캘리포니아 여행은 스노가 오래 품고 있던 뗏목을 타고 미시시피강을 건넌다는 생각을 잊게 만들었다.

스노가 꿈은 꿨을지라도 알지 못했던 사실은 이 T 모델 여행이 결국 스노를 세계에서 가장 유명한 해외 특파원으로 만들어준 직업의 출발점이었다는 것이다. 당시 유명했던 스노의 '세기의 특종'은 딱 10년 뒤에 나왔는데, 젊은 기자 스노는 중국의 외딴 내륙에서 반란군 우두머리를 찾아냈다. 서방 기자 중 처음으로 마오쩌둥을 인터뷰한 경험은 1937년 출간되어 큰 사랑을 받은 베스트셀러 《중국의 붉은 별》에 실었다. 이후 1950년대에 공산주의자 색출 광풍이 일며 공산주의자 동조자로 몰린 스노는 스위스로 자진 망명했고, 어린 시절 친구였던 찰리 화이트는 스노를 찾아갔다. 1970년 《타임》 표지 기사로 실린 스노의 마지막 독점 기사는 중국 국공 내전에서 승리를 거두고 한참 뒤 마오쩌둥과 했던 또 다른 인터뷰였다. 이 고령의 독재자는 스노가 중국을 다시 찾았을 때 리처드 M. 닉슨 대통령을 중국으로 초대했다. 나머지는 역사에 기록된 대로다.

하지만 이 이야기는 거의 50년이라는 시간을 몇 문장 안에 압축한 것이다. 1922년으로 돌아가서 세 소년이 함께한 여행,

그리고 그들이 만난 두 개의 걸림돌을 만나보자.

첫 번째 걸림돌은 부모님이었다. 찰리의 말에 따르면 롱은 부모님에게 여행 허락을 구하기를 주저했다. 반대할 것 같아서였다. 허락보다는 용서를 구하기가 쉽다고 믿었던 롱은 출발을 적당히 둘러댈 꾀를 내야 했다. 한편 찰리는 어머니가 여행을 기꺼이 허락해줄 거라고 확신했지만, 롱의 거짓말을 도우면서 규칙을 깨는 즐거움을 느꼈다.

두 번째 걸림돌은 세 아이에게 전략을 짜게 만들었다. 찰리와 에드거 스노는 여행에 쓸 여유자금이 없었다. 하지만 캔자스 대초원의 겨울 밀은 추수 준비를 마친 상태였다. 농장에서 일꾼을 많이 구했다. 세 사람은 부모님에게 대학 등록금을 마련할 계획이라고 말했다. 그들이 입 밖에 내지 않은 계획은 돈이 모이면 계속 서쪽으로 가는 것이었다.

· · ·

찰리 일당은 1922년 늦봄에 출발했고, 두 사람은 차 앞좌석에 앉고 나머지 하나는 뒷좌석에 팔다리를 되는 대로 벌리고 앉았다. 달리기 속도와 그리 다르지 않은 속도로 움직이며 세 소년은 마차 행렬의 뒤를 쫓아 천천히 도시를 빠져나가 희미하게 차선 표시가 된 들판을 가로질러 풀이 부풀어 오른 플린트 힐스를 지나 고지대의 평야로 나아갔다. 오직 올드 트레일 가이드북에 의지해 책에 표시된 곳을 차례로 조심조심 따라갔다. "실제로 도로도 지도도 없었어." 찰리는 이렇게 기억했다. "우리는 '이 길로 16킬로미터를 가면 큰 미국솔송나무가 나오는데 거기서 우회전한다' 이런 식으로 길 안내가 된 일종의 안내 책자를 가지고 있었지."

거의 모든 교차로에 손으로 그린 하루 6달러짜리 농장일 광고 안내판이 있었다. 찰리가 기억하기로 부자였던 밥 롱은 현금이 넉넉했고, 괜찮은 호텔이 있을 만한 큰 도시가 나올 때까지 계속 운전했다. 호텔에서 롱은 방을 하나 빌려 시간을 때웠고, 그동안 찰리와 스노는 근처 농장에서 부지런히 일했다. "우리는 동이 틀 때부터 해가 질 때까지 뜨거운 햇살 아래 밀을 쌓으며 일했어." 찰리가 당시를 회상하며 말했다.

도시에서 온 소년들은 배울 게 많았다. 첫날에 웨스트포트 고등학교 최연소 졸업생인 찰리와 스노는 헤더라는 원시적인 이삭 절단기의 사용법을 배웠다. 이 기계는 마구를 채워 연결한 말 네 마리가 회전하는 칼날이 든 원통을 끄는 방식이었으며, 기계가 밀을 베어 덜컹거리는 컨베이어 벨트로 올려 보내면 밀은 나란히 움직이는 마차 속으로 천천히 떨어졌다. 말들을 이끌고 따끔거리는 풀밭 사이를 통과하는 건 힘든 일이었다. 밀 티끌이 두 아이의 콧속에 가득 들어차고 땀에 푹 젖은 몸에도 달라붙었다. 커다란 마차가 꽉 차면 두 소년은 마차를 몰고 중앙 수거장으로 가서 밀을 단으로 묶은 뒤에 쌓아 탈곡할 준비를 했다.

"우리는 바닥에서 잠을 잤어." 찰리가 말했다. "진이 다 빠졌지. 가끔 말 물통에서 목욕을 하기도 했지." 나는 찰리에게 이 이야기를 여러 번 들었지만, 찰리의 놀라운 자신감은 단 한 번도 지루하지 않았다. 찰리는 열여섯 살에 비포장길을 달려 미국을 횡단했을 뿐 아니라 누구에게도 어디를 가는지, 언제 돌아오는지 알리지 않고 이 여행을 마쳤다. 빈털터리로 여행을 시작했지만, 어떻게든 해낼 수 있다고 확신했다. 농장 일에 문외한이었지만 빨리 배우고 열심히 일할 수 있다고 믿었다. 찰리가 혼잣말처럼 말했다. "재미있었지. 우리는 고작 고등학생이었잖아. 말에 마구를 어떻게 연결하는지도, 다른 모든 일도 전혀 할 줄 몰랐어. 처음 농장에 나갔을 때 농부들이 새벽 4시에 우리한테 마구 두 개를 던지면서 말했지. "말에 마구를 채워." 진땀을 뺐지! 마구를 거꾸로 채운 거야." 찰리는 빙그레 웃으며 기억을 더듬었다. "우리는 마침내 마구를 능숙하게 채웠고, 며칠 만에 전문가가 됐지. 고등학생이라면 다 그랬을 거야."

나는 그 말이 좋았다. 고등학생이라면 다 그랬을 거야. 찰리와 찰리의 용감한 친구 스노는 필요했던 용기가 있었을 뿐 아니라 본인들의 강점을 잘 알고 있었다. 나이 많은 일꾼들은 요령과 경험 면에서는 따라갈 수 없었지만, 찰리와 스노는 성장하고 적응하고자 하는 간절함으로 이를 만회했다. 수완은 회복탄력성과 사촌 격이다. 두 사람은 부족한 경험과 자격에 미리부터 가지고 있는 재료를 활용하는 수완을 발휘했다. 우선 젊은이들만이 가질 수 있는 배움의 자세로 임했다.

밀밭에서 열흘 정도 일한 뒤 찰리와 스노는 제법 믿음직한 일꾼이 되어 있었다. 탄탄한 근육과 인당 50달러를 얻었다. 두 사람의 주머니 안에서 뜨끈뜨끈한 돈이 느껴졌다. "우리 부자야! 캘리포니아로 가자!" 찰리는 이렇게 기억했다.

. . .

포드 모델 T를 운전하는 방식은 오늘날 운전과는 대단히 달랐다. 차 시동을 걸기 위해 운전자나 동승자가 탈부착식 수동 크랭크를 차 앞쪽 그릴 아래에 있는 구멍 안에 넣어 엔진을 작동시켰고, 초크를 조절하고 기화기에 휘발유를 부은 뒤 크랭크를 힘차게 반쯤 돌렸다. 이게 성공하면 작은 자석 발전기가 충분한 전류를 만들어내 첫 번째 연료통 속 연료를 점화시키고 엔진 시동이 걸렸다. 크랭크 조작이 초기 자동차 운전의 가장 위험한 부분 중 하나였는데, 연료와 공기가 잘못 섞이면 엔진이 역화를 일으키고 크랭크가 갑자기 휙 움직이며 손목이 부러질 수 있었다. 제대로 칙칙거리며 시동이 걸리면 포드의 4기통 직렬 엔진(후에 '4기통'이라 불리게 된)은 당시로서는 놀라운 20마력을 냈고, 이 에너지는 2단 변속기를 통해 뒷바퀴로 전달됐다.

차 내부 운전자의 정면 운전대에는 작은 레버 두 개가 튀어나와 있었다. 방향 지시등이나 와이퍼 조작 장치가 아니었다. 깜빡이도 와이퍼도 모델 T의 기본 사양은 아니었기 때문이다. 대신 왼쪽 레버는 엔진의 타이밍 조절, 오른쪽 레버는 속도 조절에 쓰였다.

차 바닥에는 금속 페달 세 개와 큰 레버 하나가 튀어나와 있었다. 한꺼번에 조작하면 기어가 작동됐다. 운전자는 가장 왼쪽 페달을 밟고 레버를 움직여 중립에서 저단 기어로, 그리고 고단 기어로 바꿨다. 중간 페달은 후진용이었다. 오른쪽 페달은 브레이크 조작용이었는데, 변속기 드럼을 마찰시켜 작동됐다(가속 페달은 없었다. 가속 장치는 운전대에 달려 있었다).

운전자가 노련하게 페달을 밟고 레버를 능숙하게 밀 수 있다면 모델 T는 시속 64킬로미터, 심지어 72킬로미터까지 속도를 낼 수 있었다. 단 도로가 멀쩡하고 순풍이 불어준다면.

로스앤젤레스까지는 2700여 킬로미터 거리였고, 시속 64킬로미터로 달리면 42시간 정도 운전해 가야 했다. 하지만 소위 털털이 자동차, 모델 T가 최고 속도를 내는 일은 좀처럼 드물었다. 울퉁불퉁한 미 서부의 비포장길에서 여행자들은 그 속도의 반만 내도 기뻐했고, 장애물과 막다른 길을 만나고 길을 잘못 들어서면 그나마도 더 느려졌다. 자동차 고장은 늘 위험 요소였다. 엔진이 쉽게 과열됐다. 심하게 파인 바큇자국 때문에 포드의 나무 바퀴에 금이 가기도 했다. 이 길을 주로 지나다니던 말들이 여기저기 편자못을 떨구고 가며 모델 T의 얇은 고무 타이어를 위태롭게 만들었다.

하지만 삼인방은 서두르지 않았다. 세 사람은 '얼빠진 삼인방'이라는 별명을 짓고 그 이름이 너무 마음에 든 나머지 롱의 차 옆면에 그 단어를 그려 넣었다. 셋은 뻣뻣한 강철 서스펜션 탓에 이리저리 덜컹덜컹 밀쳐지면서, 의자 아래 탱탱한 스프링 위에서 사방으로 흔들리며 털털거리면서 더 넓은 세계를 탐험하러 달려 나갔다.

. . .

1922년 캔자스에는 널리 알려진 자동차 길이 두 개 있었다. 애석하게도 나는 찰리가 세상을 떠난 뒤에 이 사실을 알게 됐다. 찰리 무리가 어느 길로 갔는지 재확인하고 싶었다. 찰리가 안내서 이야기를 해서 당연히 세 사람이 올드 트레일을 따라갔을 거라고 생각했다. 미국 대륙 횡단 자동차 여행에 대한 책을 최초로 낸 저자 A. L 웨스트가드는 책에서 이 길을 언급한다. "노면 상태, 풍광, 역사적 유적, 호텔 시설 어느 모로 보나 최고다."

이 길은 찰리와 에드거 스노에게 특히 매력적으로 보였을 것이다. 그래서 둘은 캔자스주 엠포리아를 통과해 지나갔고, 예비 언론인 에드는 세계적으로 이름난 이 지역 신문《엠포리아 가제트》를 한 부 샀을 수도 있다. 이 신문 편집자인 윌리엄 앨런 화이트는 어쩌면 미 중서부를 통틀어 당시 가장 유명한 사람이었다. 50년 동안 화이트의 사설은 전국으로 퍼날라지며 읽혔고, 미국 전 대통령 시어도어 루스벨트와 영화배우 더글러스 페어뱅크스 같은 유명 인사들이 그가 살던 대저택 레드 록스를 찾았다고 한다.

화이트는 두 소년이 캔자스를 지나갈 당시 신문에 상당히 자주 등장했는데, 막 인기를 얻기 시작한 극우 성향의 백인 비밀 결사 KKK단 반대 운동에 휘말렸기 때문이다. KKK단은 미국 중부에 해로운 포퓰리즘의 영향을 퍼뜨리고 있었다. 유럽에서 일어난 전쟁과 1920년 급격한 경기 침체의 여파로 다시 기승을 떨친 KKK단은 이민자와 유색인종으로부터 '순수한 미국의 정신'을 지키겠다고 약속했다.

화이트는 신문 지면을 통해 KKK단의 그 같은 저속한 약속을 맹비난했고, 신문사라는 연단이 너무 좁아 보이자 1924년에는 캔자스 주지사로 출마해 반KKK 공약을 내세웠다. 결국 화이트가 패배하며 캔자스주는 난감한 상황이 됐고, 그 반발로 증오의 열기가 꺾였는지도 모른다. 하지만 1922년에 있었던 갈등은 크고 격렬했다.

옛 서부 이야기를 좋아했던 찰리는 그 길을 좀 더 따라가면 나오는 중간 기착지인 도지시티에 더 마음이 끌렸을 것이다. 캔자스주 도지시티는 19세기 신흥 카우보이 도시 중 마지막 남은 가장 전설적인 도시였다. 총잡이 와이어트 어프와 배트 매터슨은 이곳에 있는 술집 롱 브랜치 살룬을 자주 찾았고, 부트 힐 공동묘지에 오래 머물지 않으려 애썼다. 남북전쟁 이후 짧지만 파란만장했던 수십 년 동안 텍사스 목장주들은 캔자스를 지나는 새로운 철로로 이어지는 치스홀름 트레일로 소를 몰고 가 소고기를 도시의 시장으로 운반했다. 하지만 이 시기에 정부 공여 농지에서 농사를 짓던 농부들이 캔자스 대초원을 차지하며 소몰이꾼들을 서쪽으로 자꾸 밀어냈다. 텍사스 소고기의 기존 목적지였던 애빌린은 앨즈워스에 자리를 내줬고, 앨즈워스는 짧고도 피비린내 나는 전성기 동안 탁 트인 방목장 위에서 '가장 사악한' 도시라고 알려지게 됐다. 그때 카우보이들이 일명 '서부의 소돔' 도지시티로 다시 발길을 돌렸다.

1883년 도지시티 선거에서 주민들은 정치 개혁론자들을 세워 도시를 악명 높게 만든 음주와 싸움, 매춘을 정리하게 했다. 시작은 롱 브랜치 살룬이었다. 관계 당국은 술집이자 매춘굴이었던 그곳을 불시에 단속했고 영업을 중단시켰다. 개혁론자들은 술집 주인이자 포주였던 루크 쇼트에게 도시를 떠나라고 했지만, 쇼트는 캔자스시티로 도주해 총잡이 친구 몇 명을 모았다. 쇼트가 매터슨, 어프를 비롯한 다른 몇 명과 도지시티로 돌아왔을 때 도시 경제는 수많은 카우보이들의 형편이 어려워지면서 침체를 겪었다. 고상한 척하던 도시의 정치인들은 성급하게 도덕적인 도시를 만들려던 결정을 재고하고 있었다. 쇼트는 총 한 번 쓰지 않고 롱 브랜치를 다시 열었다. 쇼트와 총잡이들은 후에 유명해진 사진의 포즈를 취하며 승리를 자축했다. 이 사진은 '도지시티 평화 위원회'라는 아이러니한 설명이 붙어 널리 알려졌다.

이런 이야기는 할리우드 영화에 지겹도록 등장하는 쨍그랑대는 박차와 술집 피아노를 연상시킨다. 하지만 모델 T를 탄 소년들에게는 40년도 채 지나지 않은 시절이었다. 실제로 찰리 일당이 한때 유명한 총잡이들이 말을 몰고 지나갔던 먼지투성이 중심가를 자동차로 지나갔다면 배트 매터슨과 와이어트 어프가 아직 살아 있을 때 지나간 것이다. 매터슨은 1922년에 뉴욕 어느 신문사의 스포츠 칼럼니스트였고, 다음과 같은 인상적인 논평을 남겼다. "우리는 같은 양의 얼음을 얻는다. 부유한 사람은 여름에 얻고, 가난한 사람은 겨울에 얻을 뿐이다." 유명한 말을 남기지는 않았지만 못지않게 파란만장한 삶을 살았던 어프는 서부 무성 영화 세트장의 자문 위원으로 일하며 자신의 전설이 세상에 나올 수 있도록 했다.

찰리 일당은 도지시티의 서쪽으로, 과거와 미래의 교차점이자 불과 수십 년 전 셀 수 없이 많은 들소 떼가 돌아다니던 땅을 향해 천천히 나아갔다. 그들이 부르릉거리며 들어간 도시의 노인들은 아메리카 원주민 부족인 코만치족이 침략했던 사건과 기병대가 보복했던 사건을 기억하고 있었을 것이다. 땅은 드넓고 하늘은 그보다 더 넓었는데, 평평한 지평선 저쪽 끝에서 반대편 끝까지 펼쳐졌다. 폭폭 증기를 내뿜는 애치슨, 토피카, 산타페 철도는 그들 뒤쪽 동쪽 지평선에서 얼룩처럼 나타나 점차 찰리 무리를 앞지르더니 뿌연 연기와 석탄재를 남기며 정차했다. 태양이 그 뒤를 쫓으며 까만색 가죽 좌석에 앉은 소년들의 몸을 태웠다.

찰리가 죽은 뒤 남은 서류 중에 그 자동차 여행을 떠난 지 거의 60년이 지나 밥 롱이 에드거 스노의 전기 작가와 진행한 인터뷰를 옮긴 글이 있었다. 롱이 기억하기로 얼빠진 삼인방은 후에 주간고속도로70호선이 된, 더 북쪽으로 난 길을 따라 캔자스주를 통과했다. 롱은 자신들이 비교적 덜 알려진 미들랜드 트레일을 따라갔다고 말했다. 이 길은 1859년에 콜로라도에 금을 찾으러 몰려든 사람들이 건설했으며, 파이크스 피크 기슭에 있는 도시 콜로라도스프링스까지 이어진다. 거기서부터 세 사람은 험악한 중부 로키산맥을 지나는 대신 남쪽으로 방향을 튼 뒤 곧 콜로라도주 라헌타 근처 올드 트레일 루트를 따라갔을 거라고 롱은 말했다. 라헌타는 세 사람의 할아버지 세대인 정착민들이 1864년 샌드크리크에서 평화롭게 야영하던 샤이엔족과 아라파호족 여자와 아이들을 학살한 장소에서 멀지 않았다.

• • •

모험가 삼인방은 음식과 연료를 구하기 위해 차를 세운 뒤 작은 잡화점에 들렀다. "주유소는 없었어." 찰리가 말했다. "잡화점에서 주유를 했지. 휴게소도 없었고. 내 기억엔 잠잘 곳도 없었지. 그냥 바닥에서 잤어. 물론 비가 오면 차 밑으로 들어갔지."

삼인방이 지는 해를 지나 차를 몰 때 작은 자석 발전기로 움직이던 헤드라이트는 속도에 따라 밝아졌다 어두워졌다 했다. "밤에 운전을 하면 최소한 시속 30킬로미터로 달려야 충분한 전력을 얻을 수 있었어." 찰리가 설명했다. "속도를 낼수록 헤드라이트가 더 잘 작동했지. 하지만 도로 상태가 너무 안 좋아서 거의 차 밖으로 튕겨 나갈 지경이었다니까."

이제 찰리 일당은 콜로라도 남부의 탄전을 지났다. 노동자 파업에 따른 폭력과 폭압으로 악명 높은 곳이었다. 8년 전 콜로라도 주지사는 주 방위군을 파견해 파업한 광부들이 머무는 러들로 야영지라고 알려진 천막촌을 쑥대밭으로 만들었다. 콜로라도 채광회사 직원들, 즉 대부분 이민자와 아프리카계 미국인으로 이루어진 파업 노동자들은 이름이 곧 부와 권력인 광산 소유주 존 D. 록펠러 주니어에게 저항했다. 주 방위군이 말과 기관총이 탑재된 장갑차를 타고 도착했다. 캠프 위 산등성이에 자리를 잡고 포격을 개시했다.

최소 광부 일곱 명이 죽었다. 여성과 아이들 10여 명이 대피호에 숨어 있다가 주 방위군이 그들 위에 있던 텐트에 불을 놓는 바람에 질식사했다. 러들로 학살이라고 알려진 이 비극은 폭력 사태로 번져 이 지역 내 광산 보안요원, 현장 감독, 관리자들의 보복성 살해를 불러왔다. 이 전쟁은 우드로 윌슨 미국 대통령이 미 정규군을 파견해 질서를 회복하면서 중단됐다.

찰리는 산타페 트레일의 초기 교역소였던 라헌타를 지나
가면서 풍경이 점차 변했다는 것만 기억했다. 찰리 무리는
수백 킬로미터에 걸친 회갈색 초원을 지나 키 큰 수풀이 우
거진 푸른 관목지에 들어섰다. 서쪽 멀리 들쭉날쭉한 상그레
데크리스토산맥이 눈거품 이는 보라색 파도처럼 지평선을
가득 채웠다. 삼인방이 등반했다면 그 지평선에서 로키산맥
을 통틀어 가장 험준한 봉우리 중 몇 개를 찾았을 것이다. 대
신 세 사람은 통통거리는 차를 남쪽으로 돌려 산을 오른쪽에
두고 더 쉬운 횡단 지점을 향해 통통거리며 운전해 갔다.

. . .

여행을 떠난 지 일주일이 지났을 때 타이어에 펑크가 났다.
차 안에 잭이 없어 셋 중 가장 힘이 센 에드거 스노가 안간힘
을 쓰며 한쪽 모퉁이를 들어 올렸고, 그사이 남은 두 사람이
스페어타이어를 갈아 끼웠다. 세 사람은 다시 펑크가 나지
않도록 조심하면서 다음 도시로 살금살금 운전했고, 그곳 잡
화점에서 타이어 네 개를 샀다.

언제까지고 산과 나란히 달릴 수는 없었다. 교차 지점은
세 사람이 뉴멕시코 국경에 가까워지고 도로가 레이턴 고개
를 향해 올라가기 시작할 때 나타났다. 경사가 가팔라지자

4기통 고물차가 한계에 달해 끼익- 끽- 소리를 냈다. "경사가 너무 가팔라서 차가 나가질 못하는 거야. 그래서 한 사람이 운전하고 다른 두 사람은 밖으로 나가서 차를 밀었어." 찰리가 말했다. 번갈아가며 운전을 하면서 "우리는 말 그대로 차를 밀어서 레이턴 고개를 넘었지. 차가 정말 가벼웠고, 우리는 힘이 넘쳤으니까."

고개 남쪽으로 달려 내려가는 동안 시원한 산 공기에 땀이 금세 말랐다. "여행객이 운 좋게 산을 내려가면서 일몰을 본다면 그 아름다운 광경을 영원히 잊지 못할 것이다." A. L. 웨스트가드는 이렇게 쓰면서 다음과 같은 경고도 덧붙였다. "운전자들은 곧 대부분의 다른 주에서 나타나는 장애물보다 피하기 더 힘든 아도비 흙, 화산석, 길게 펼쳐진 모래밭 등의 자연 장애물을 피해야 할 것이다."

뉴멕시코주에 있는 작은 마을 라스베이거스(그럼에도 네바다주에 작은 점처럼 존재하는 동명의 도시 라스베이거스 면적의 거의 두 배였던)에서 세 사람은 다시 서쪽으로 방향을 틀어 외딴 관목지와 남서부 사막을 지나갔다. 이곳은 미국 본토에서 가장 나이가 어리고, 원초적이며, 이국적인 땅이었다. 불과 10년 전인 1912년 두 달 사이에 뉴멕시코주와 애리조나주가 각 47번째, 48번째 주로 편입되며 미국 국기에 별을 더했다. 두 개 주는 합치면 미주리주보다 3.5배 더 컸지만, 인구는 미주리주의 5분의 1이 채 되지 않았다. 인구 밀도가 낮은 캔자스주도 스페인어와 나바호어가 영어만큼이나 널리 사용되는 이 탁 트인 야생 지역들보다 인구 밀도가 7배 높았다.

이 시골 지역의 메사(꼭대기가 평평하고 주위가 급경사를 이룬 탁자 모양의 지형-옮긴이 주)와 뾰족한 산봉우리는 눈이 휘둥그레진 관광객들에게는 생경한 풍경이었다. 스페인 포교소의 아도비 점토로 만든 광장과 나바호족 양치기들의 반구형 진흙집 호건이 그렇듯이. 미개한 아메리카 인디언들의 호전적인 애국심을 보여주는 이야기를 듣고 자란 세 사람은 이제 아메리카 원주민들 사이에서 주니족, 나바호족, 호피족의 땅을 천천히 지나고 있었다. 원주민들은 그들을 반겨주었다. "밤에 원주민 야영지에 도착했더니 우리에게 뱀고기 같은 음식을 주더군." 찰리가 말했다. 찰리가 이야기를 꾸며냈을지도 모르겠다 생각했는데, 주니족이 늦봄에 즐기는 전통 별미가 옥수수빵을 곁들여 먹는 메뚜기튀김이라는 사실을 알게 됐다.

산맥 서쪽으로 가자 험난한 도로는 더 험난해졌다. "자갈조차 없고, 온통 흙과 모래뿐이었어." 찰리가 당시 기억을 떠올렸다. 여러 차례 그랬듯이 포드 자동차가 길에 빠졌을 때 차가 가벼워 세 사람이 끌어올리면 빼낼 수 있었다. 더 큰 차를 모는 운전자들은 그럴 수가 없었다. 얼빠진 삼인방은 물

령한 흙바닥에 깊이 빠진 덩치 크고 무거운 차들 옆을 지나쳤다. "차가 끝없이 보이더군. 대형차들이 길에 빠져서 좀처럼 나오질 못했지."

햇볕이 뜨겁게 내리쬐는 애리조나의 황량한 길에서 세 사람이 탄 차가 고장 났다. 90년이 지난 뒤 찰리는 휠 베어링이 '타버렸다'고 기억했다. 그처럼 황량한 곳에 발이 묶인 기억은 어제처럼 생생했다. "외진 산길이었고 다니는 차도 없었어. 그냥 앉아서 빈둥거렸지. 뭘 어째야 할지 몰랐으니까. 한 시간쯤 거기 그렇게 앉아 있었어."

세 시간이었는지도 모른다.

아니면 다섯 시간.

시간이 얼마나 지났을까. "농부 하나가 작은 픽업트럭인 소형 포드 모델 T를 타고 나타났어." 찰리가 그때를 기억했다. 모델 T의 놀라운 기능 중 하나이자 엄청난 성공을 거둔 이유는 이 하나의 기계 장치를 다양한 용도로 쉽게 개조할 수 있다는 점이었다. 부유한 밥 롱의 관광용 자동차는 눈 깜짝할 새 이 애리조나 농부가 운전하는 오리지널 포드 트럭으로 개조할 수 있었는데, 뒷좌석과 좌석 아래 스프링을 떼어내 그 자리에 튼튼한 목제 상자를 장착하기만 하면 됐다. 게다가 모델 T의 작동 원리는 어느 정도 노련한 땜장이라면 누구나 이해할 수 있을 만큼 단순했다.

100년이 지난 지금, 자동차는 훨씬 더 복잡해졌고, 전문 지식과 장비를 갖춰야만 오일을 갈거나 와이퍼액을 보충하는 일 이상의 전문가가 될 수 있다. 하지만 사람들이 일상의 기술에 대한 기본 지식을 갖추는 일은 여전히 중요해 보인다. 찰리와 친구들이 자신들의 고장 난 자동차를 이해했던 것처럼. 학생들에게 간단한 웹사이트를 만드는 법을 배우라고 독려해야 한다. 물이 새는 수도꼭지를 교체하고 정원에 식물을 키우는 법을 배울 수도 있을 것이다. 지식은 자신감을 낳는다. 지식은 변화가 세상을 속수무책으로 휩쓸어가는 적군이라는 생각을 멈추게 만드는 확실한 해결책이다.

"얘들아, 무슨 일이냐?" 농부가 트럭의 속도를 늦추며 소리쳤다.

"바퀴 하나가 타버렸어요. 휠 베어링이요." 찰리는 이렇게 대답했다고 한다.

놀랍고 다행스럽게도 농부는 이렇게 말했다. "나도 저번 달에 그런 적이 있었지." 농부는 길가에 차를 세우고 목제 트럭 상자에 손을 넣어 필요한 부품을 꺼내면서 말했다. "나한테 남는 게 하나 있어."

"그렇게 농부가 우리한테 남는 휠 베어링을 줬고, 우리는 그걸 끼우고는 다시 출발했어. 하느님이 우리를 지켜주신 거겠지?" 찰리가 말했다.

더 위험 요소가 많은 열악한 사막에서 하루는 차가 과열되어 '스코어링', 즉 엔진 실린더 내벽이 긁히며 손상됐다. 라디에이터 물이 끓어 말라버리고 나서야 삼인방은 물이 떨어졌다는 사실을 깨달았다. 수 킬로미터는 가야 가장 가까운 도시가 나오는 이곳에서 차를 다시 굴러가게 만들어야 했다. 아니면 열사병에 걸리거나, 심지어 죽을 수도 있었다. 엔진을 식힌 뒤 마지막 남은 탄산음료를 병째로 라디에이터에 부었다. 거품이 끓어올라 긴가민가했지만, 계획은 먹혀들었다. 세 사람은 살금살금 운전해 다음 잡화점까지 갔다.

　차를 더 달려 모하비 사막에서 하룻밤을 보낸 뒤 깨어보니 아메리카 원주민 남자 하나가 차 옆에 조용히 앉아 있었다. 새벽 한기 때문인지 담요를 어깨에 두르고 있었다. 남자는 참을성 있게 기다린 뒤 인사를 건넸다. 세 아이는 남자와 아침을 나눠 먹었고 남자의 영어 실력을 칭찬했다. 영어 실력보다 더 놀랍게도 남자는 하버드 대학교에서 학위를 받았다고 답했다.

　얼빠진 삼인방은 2주 동안 도로에서 평균 시속 약 10킬로미터로 이동한 뒤 먼지투성이 포드를 몰고 샌가브리엘산맥 서쪽 비탈을 따라 내려갔다가 로스앤젤레스로 들어섰다. 이후의 모습과 비교하면 이 20세기의 대도시는 "작은 도시에 불과했지. 집이 약간 있고 그사이에 오렌지나무가 자라고 있었어. 사방이 오렌지고 또 오렌지밭이었지." 찰리는 이렇게 기억했다.

세 사람은 잔디깎이 기계보다 그리 더 정교하지 않은 기계 장치를 타고 대륙의 절반을 횡단해 처음으로 바다를 마주했다. 본인들의 상황 대처 능력과 낯선 이 몇 명의 친절 말고는 누구의 허락을 구하지도 도움을 받지도 않았다. 하지만 여행자들이 흔히 그렇듯 기가 꺾일 대로 꺾인 세 사람은 거기까지 오느라 선견지명과 에너지를 몽땅 써버렸다는 사실을 깨달았다. 가던 길을 멈추자 이제 어떻게 집에 갈지가 문제였다.

세 사람은 캘리포니아 전 지역을 통틀어 아는 사람이 딱 하나 있었는데, 겨우 알고 지내는 사이였다. 찰스 '버디' 로저스는 찰리 화이트보다 한 살 많았고 캔자스시티에서 마차로 왕복 하루 거리인 캔자스주 올레이스 출신이었다. 둘 다 어렸을 때 큰 도시였던 올레이스와 근처 캔자스주 도시들을 잇는 전차 노선이 생기면서 올레이스의 농장 소년들에게 가능성의 세계가 열렸다. 버디 로저스는 캔자스시티 음악계의 가능성을 붙잡고 연주자로서의 재능을 갈고닦았고, 웨스트포트 지역 소년들은 콘서트나 댄스파티에서 버디 로저스를 만난 적이 있었을 것이다. 그들은 로저스가 학교를 그만두고 어머니와 함께 할리우드로 가서 영화계 진출을 시도했다는 소식을 흥미진진하게 지켜봤다.

결국 그 시도는 꽤나 성공적이었다. 올레이스를 떠난 지 5년 만에 버디 로저스는 빅스타가 되어 '국민 남자친구'로 유명세를 떨쳤다. 1927년에는 아카데미 첫 작품상을 수상한 영화 〈날개〉에서 클라라 바우의 상대역 주연 배우로 출연해 할리우드 역사에 이름을 남겼다. 후에 배우 메리 픽퍼드와 바람을 피워 결국 1936년 픽퍼드는 영웅적인 슈퍼스타 더글러스 페어뱅크스와 세상을 놀라게 한 이혼을 한다. 반면 그 이후에 시작된 로저스와 픽퍼드의 결혼 생활은 영화계에서 가장 오래 지속되며 1979년 픽퍼드가 사망하면서 끝난다. 1982년 오스카는 다시 한번 버디 로저스에게 인도주의상을 안겼다. 그동안 이 상을 받은 스타는 폴 뉴먼, 프랭크 시나트라, 오드리 헵번, 앤젤리나 졸리 등이 있다.

모두 나중에 일어난 일이다. 그때만 해도 버디 로저스는 꿈꾸는 무명의 10대였다. 그리고 지금 그의 집 앞에는 캔자스 시티에서 온 세 소년, 그곳을 지나가던 아는 사이인 아이들이 와 있었다. 세 여행자는 어찌어찌해서 로저스를 찾아 '로스앤젤레스에 있는 아담한 시골집'에 도착했다고 찰리는 말했다. 로저스는 그곳에 살면서 영화 일을 배우고 있었다. 찰리가 어떻게 거기까지 왔는지 설명하자 로저스는 세 사람을 데리고 들어가 아침을 차려줬다. 세 여행자는 그 집에서 오랜 시간을 머물며 그날 밤 야영을 했지만, 다음 날 아침 "로저스에게 얹혀살지 않기로 했다"고 찰리는 말했다. 로저스와 로저스의 어머니는 당연히 그 결정을 응원했다.

하루이틀은 캘리포니아 부동산 투자를 고민하는 부모님을 위해 정찰을 온 척하며 부동산 홍보 행사에 참여해 공짜 음식을 얻어냈다고 찰리가 말했다. 제과점에서 무료 시식 빵을 먹기도 했는데, 제빵사가 뻔질나게 드나드는 셋을 잡아내면서 아쉽게 끝났다. 두 계획 모두 지속적인 해결책은 아니었고, 곧 집으로 돌아가야 할 필요가 절실해졌다.

롱에게 돌아가는 여정은 그저 부모님의 자비를 바라기만 하면 되는 일이었다. 롱은 낡은 포드를 몇 달러에 팔고 호텔에 투숙해 부모님에게 도와달라고 전보를 쳤다. 몹시 화가 난 롱의 어머니는 즉시 기차로 로스앤젤레스까지 달려와 아들을 데려갔다.

찰리와 에드는 도움을 청할 곳이 없었다. 밀 수확으로 번 돈은 바닥이 났다. 부자 친구의 모델 T는 사라졌다. 버디 로저스의 집 문은 굳게 닫혔고, 인정 많은 부동산 중개인이 준 음식은 이미 다 먹은 뒤였다. "기차를 몰래 잡아타야겠다고 생각했지." 찰리가 설명했다.

단 한 가지 문제가 이 계획의 걸림돌이었다. "우리 둘 다 기차 무임승차를 해본 적이 없었어."

로스앤젤레스의 조차장까지 걸어간 뒤 철도 측선을 가로

질러 살금살금 기어서 동부행 기차를 찾아갔다. 두 사람은 발각될 위험을 줄이려면 기차가 움직일 때 올라타야 한다는 정도의 철도 상식은 있었다. 하지만 기차가 너무 빨리 달려서는 안 되는데, 속도가 빠르면 움직이는 금속 덩어리에 올라탈 때 위험이 그만큼 커지기 때문이었다. 제일 올라타기 좋은 기차는 막 출발한 기차였다.

두 사람은 목표물을 발견한 뒤 바퀴가 끼익 소리를 내며 움직일 때까지 웅크리고 있었다. 그렇게 숨어 있다가 후다닥 튀어나와 선로를 따라 전력 질주해서 기차 위로 풀쩍 뛰어 올랐다. 설레고 뿌듯한 마음으로 편히 몸을 기대고 가려는데 엉뚱한 방향이었다. "동쪽으로 가는 줄 알았던 화물 열차에 올라탔는데 북쪽으로 가는 차였어." 수십 년이 지난 뒤 찰리가 픽 웃으며 말했다.

하루 종일 달린 기차는 '샌프란시스코 근처'에서 멈췄다. 찰리와 에드에게는 좋은 소식과 나쁜 소식이 있었다. 두 사람은 기차를 잡아타는 법을 배웠지만(좋은 소식), 집과 전혀 가까워지지 않았다. 그리고 둘은 빈털터리였다.

두 사람은 철도 조차장에서 걸어 나와 뭐라도 먹을 것을 찾아 헤매다가 미국 철도 역사상 최악의 노조 파업이 벌어지는 와중에 자신들이 철도 위에서의 삶을 시작했다는 사실을 알게 됐다. 전쟁 기간에 철도 산업을 국영화한 연방 정부는 이제 다시 민간 기업에 철도 운영권을 넘기고 있었다. 민간 운영사들은 비용을 절감하기로 했다. 상점 노동자들의 임금 12퍼센트 삭감안은 전국적인 파업을 불러왔다.

두 사람은 조차장 주변 안내판을 보고 이 사실을 알게 됐다. 철도 기업들은 파업 불참자, 즉 대체 인력을 위한 임시 수용 시설을 설치해 파업 기간에도 기차가 계속 굴러가도록 했다. 한 안내판에 대체 인력 수용 시설 한 곳에서 일할 웨이터와 식당 보조를 구한다는 광고가 붙어 있었다. "광고판에는 농산물을 동부로 운반하는 차량의 냉각을 담당하는 멕시코 노동자들의 식사 서빙을 할 직원을 구한다고 적혀 있더군." 찰리는 이렇게 기억했다. 광고판에 적힌 대로 무일푼 여행자 두 명은 오클랜드 어딘가의 경비가 철통같은 보안벽이 둘러쳐진 문 앞에 도착했다. 웨스턴퍼시픽 철도에서 근무하는 무장 경비원들이 두 소년을 아래위로 훑어본 다음 지나가라는 손짓을 했다. 두 사람은 채용 담당자들에게 자신들을 소개했다.

이후 열흘 동안 찰리와 에드는 개조한 객차 안에서 대체 노동자들에게 음식을 날랐다. 급여는 하루 3달러였고, 다행히도 숙식이 제공됐다. 매일 두 사람의 주머니가 조금씩 더 두둑해졌고, 각자 30달러가 모였을 때 그 정도면 무사히 집에 갈 수 있겠다는 계산이 나왔다.

이제 마음이 급해진 두 사람은 또다시 여객 열차에 무임승차하는 모험을 하기로 했다. 조차장으로 돌아온 둘은 증기를 뿜어내는 열차 한 대를 발견했다. 문을 닫는다는 신호인 경적을 기다린 뒤 차량 뒤편으로 쏜살같이 달려가 지붕으로 연결되는 사다리를 붙잡았다. 기차가 꿈틀거리며 출발할 때 기차 칸 꼭대기로 기어올라 바닥에서 보이지 않도록 몸을 납작 엎드렸다. 두 사람 아래로 우르릉거리며 움직이는 덩어리가 점차 속도를 냈다.

기차는 샌프란시스코만 지역에서 동쪽으로 향했다. 석양을 뒤로하고 북쪽으로 방향을 틀어 새크라멘토와 오로빌을 지나 다시 동쪽으로 향했다. 깊은 밤은 무임승차객을 숨겨주었고, 기차는 페더 리버 캐니언을 통과해 시에라네바다산맥을 올라갔다. 하지만 산에 밤이 찾아온 뒤 뚝 떨어지는 기온에는 미처 대비하지 못했다. 둘은 몸을 떨며 부둥켜안았다. "에드와 나는 몸을 객차 지붕에 묶었고, 밤에 협곡을 지나다가 얼어 죽을 뻔했지." 찰리가 슬픈 듯이 기억을 떠올렸다.

다행히 추위는 오래가지 않았다. 새벽녘에 애처로운 두 소년은 산맥에서 네바다주 북서부에 있는 블랙록 사막을 향해 내려갔다. 이 사막은 7월이면 보통 수은주가 30도를 훌쩍 넘는다. 길었던 밤새 빽빽한 소나무 숲을 통과하고 헐벗은 암석 절벽을 지나온 뒤에 나타난 광활한 사막은 기묘하고 강렬했다. 블랙록 사막은 회갈색 분필 가루로 뒤덮인 거대한 탁자이고, 거대한 몸집의 배우들이 멀리 아지랑이에 둘러싸인 산봉우리 관람객들을 앞에 놓고 연극 상연을 준비하는 무대 같아 보인다. 나는 찰리에게 그 광활한 사막이 어떻게 변했는지 한 번도 말하지 않았지만, 내가 찰리를 알게 된 무렵에 그 사막은 예술과 신비주의, 마약과 섹스, 미래주의, 격세유전이 어우러진 떠들썩한 축제인 연례 '버닝 맨' 페스티벌 장소로 유명했다. 매년 여름 6만 5000명 정도가 이 축제를 찾았다. 과연 찰리가 내 말을 믿었을지 모르겠다.

기차가 멈출 때 물이 바닥난 엔진 보일러에 물을 보충하는 급수탑 하나 말고는 아무것도 없는 곳이었기 때문이다. 두 사람은 열차 제동수가 먼지 속으로 뛰어들어 기차를 멈추고 객차를 차례로 검사하는 바람에 식겁했다. 제동수가 두 사람이 탄 객차까지 와서 지붕 위에 있는 둘을 발견하고는 아래로 내려오라고 말했다. 두 사람은 자기들을 사막에 두고 가지 말라고 애원했지만, 제동수는 꿈쩍하지 않았다. 열차의 물탱크는 거의 가득 찼고, 경고를 보내는 경적이 울렸다. 두 사람을 쫓아낸 제동수는 이내 다시 승무원실로 걸어갔다.

태양이 작열하는 광활한 사막을 휙 둘러보며 두 무임승차객은 선택의 여지가 없다고 확신했다. "사막에 고립될 수는 없었으니까." 찰리가 설명했다. 속닥거리며 회의를 한 끝에 찰리와 에드는 멀리 작은 마을로 향하는 척 느긋하게 걸어갔다. 기차가 자신들과 제동수 사이에 왔을 때 '인디언처럼' 살금살금 엔진 쪽으로 다가가 선로와 객차 틈 사이로 적의 동태를 살폈다.

두 사람 위쪽 보일러는 이제 가득 찼고, 보일러 화실 속 불꽃은 다시 증기를 뿜어냈다. 엔진 앞쪽에 턱수염처럼 튀어나온 부분이 있었는데, 배장기라고 하는 금속 돌출부였다. 단어의 원래 뜻인 소 밀치개(cowcatcher)라는 이름에서 그 쓰임새를 짐작할 수 있었다. 기차가 외딴 초원에서 선로 위를 통과하는 동물을 만나면 기차가 천천히 전진하는 동안 이 배장기가 동물들을 밀어내 흩어지게 해줬다. 이 쐐기 모양의 장치는 쓰러진 나무와 작은 바위, 심지어 선로 위의 눈을 밀어내는 역할도 했다. 무엇보다 두 사람이 보기에 엔진의 각도 때문에 운전석에 있는 사람들은 아래의 배장기를 볼 수 없었다.

기차 밑을 다시 한번 힐끗 쳐다본 두 사람은 제동수가 기차 위로 다시 올라가면서 그의 발이 사라지는 것을 봤다. 찰리와 에드는 쏜살같이 배장기 쪽으로 달려가 그 위에 올라탔다. "그렇게 240킬로미터를 간 것 같네." 찰리가 이야기했다.

이 추격전은 대륙의 반을 달리는 동안 이어졌다. "쫓겨나고 튕겨 나갔지. 그리고 다시 새로운 기차를 잡아탔고." 찰리가 말했다. 파업 때문에 모든 게 더 힘들어졌는데, 태업을 막기 위해 경비원이 추가로 고용되었기 때문이다. 찰리와 에드는 기차 외부 틈새와 숨을 만한 곳을 속속들이 파악했다. 객차 계단이 당당히 최고의 은신처에 등극했으며, 기차가 역에 정차했을 때 경비원이 제일 먼저 살펴보는 장소이기도 했다. 배장기는 아찔함 그 자체였다. 기차가 굉음을 내며 엄청난 힘으로 배장기를 앞으로 밀고 나갔다. 하지만 서너 시간이 지나자 극도로 불편했고 또 위험했다. "주로 숨은 곳은 석탄 운반차와 급행 화물 차량 사이에 있는 석탄차 뒤 좁은 빈 공간이었지. 거긴 경비원들이 잘 안 봤거든. 거기 주로 숨었어."

이 은신처에도 단점이 있었다. 기차가 터널을 지나갈 때마다 "이 석탄을 태워 움직이는 기차는 뜨거운 재를 끊임없이 쏟아냈지." 로키산맥을 올라가는 동안만 터널이 수십 개는 됐다. 기차 굴뚝에서 터널 천장으로 쏟아져 나온 재는 다시 기차 위로 떨어졌다. "그 뜨거운 재가 우리 위로 쏟아지던 게 아직도 기억나." 찰리가 말했다.

한두 번인가는 고용된 경비원들이 두 사람을 발견했다.

"우리는 그 사람들을 '기차 형사들'이라고 불렀지." 그들은 찰리와 에드를 기차역에서 구치소까지 끌고 갔다. "밤새 우리를 가둬두고 아침을 배불리 먹인 뒤에 쫓아냈어."

찰리와 에드는 그러는 사이 여러 차례 철도 위에 살던 남자들과 임시 수용 시설에서 함께 지냈다. 두 사람은 일꾼들이 아래위로 자신들을 훑어보는 게 싫었다. "나는 손목시계를 차고 있었어. 처음 떠돌이 일꾼들의 막사에 갔더니 일꾼하나가 이렇게 말하더군. '꼬마야, 시계는 벗어두는 게 좋을거야. 그것 때문에 죽고 싶지 않으면.'"

"그 이후에는 손목시계를 발목에 차고 다녔지."

찰리는 내가 길 건너편에서 집에 찾아오는 동안 이 캘리포니아 모험을 처음부터 끝까지 여러 차례 이야기했다. 이 이야기를 서너 번 들은 뒤에야 찰리가 한 번도 두려움이라는 말을 꺼낸 적이 없다는 사실을 깨달았다. 나는 조차장의 위협적인 모습을 그려보기 시작했다. 팔다리를 잘라낼 듯한 커다란 바퀴를 달고 무시무시한 무게로 달리는 기차, 사막의살인적인 더위와 쥐가 난 손으로 배장기를 움켜잡고 있는 모습을 상상해봤다. 손목시계를 차지하려고 소년의 목을 찌르는 남자들을 떠올렸다. 왜 찰리는 두렵지 않았을까? 정말 두렵지 않았을까?

나는 찰리가 당연히 겁에 질렸다고 믿었다. 하지만 또 그

러지 않고는 어떻게 집에 돌아갔겠는가? 조지 R.R. 마틴의
장편 소설《왕좌의 게임》에 다음과 같은 멋진 대화가 등장한
다. 브랜이 아버지에 묻는다. "사람이 겁에 질려도 용감할 수
있나요?" 그러자 아버지가 답한다. "그때가 유일하게 용감해
질 수 있는 순간이란다." 찰리는 용감한 이야기를 하면 더 용
감해지기 쉽다는 사실을 알고 있었다. 우리는 이야기를 낙
관적으로도 비관적으로도 할 수 있다. 패배의 기억을 곱씹을
수도 있고 투지의 기억을 곱씹을 수도 있다. 실패를 강조할
수도 있고 성공을 강조할 수도 있다. 찰리는 삶의 즐거운 부
분만 줄기차게 이야기했고, 덕분에 더 행복하게 살았다고 믿
는다.

  찰리의 이 에피소드는 늘 똑같은 이별 장면으로 끝났다.
두 소년은 미주리 퍼시픽 철도의 무개화차를 타고 있었다.
마침내 두 사람을 집으로 데려다줄 노선이었다. 두 소년이
유일한 승객이었다. "콜로라도 로키산맥을 통과하던 기억이
나네. 에드와 나는 거기 누워서 로열 협곡을 지나갔지." 찰리
가 말했다.

  16킬로미터 길이의 이 협곡은 아칸소강이 인적미답의 시
간 동안 빚어낸 숨 막히는 절벽과 골짜기로 이루어져 있는
데, 협곡 안에서 하늘은 띠 모양으로 좁아지고 강은 바위벽
에 둘러싸인다. 두 소년은 이 풍경을 지나면 그들의 긴 여정

은 관목과 대초원 한가운데 예전과는 사뭇 다를 장소인 집으로 이어지며 따분하게 막을 내리리라는 사실을 알았을 것이다. 두 사람이 멋진 왕국의 기사로 지냈던 영광스러웠던 순간에 비하자면. "우와! 이렇게 호화로울 수가!" 차 한 칸이 다 우리 차지야." 찰리가 에드에게였던가 아니면 에드가 찰리에게였던가 이렇게 말했다. 두 사람은 등을 대고 누워 기차가 강기슭을 따라 천천히 도는 동안 좁아진 하늘을 가만히 올려다봤다. 솜뭉치 같은 구름이 협곡의 한쪽 가장자리에서 다른 쪽 가장자리로 흘러갔다. 찰리는 그 장면을 거의 한 세기 동안 마음의 눈으로 생생하게 떠올릴 수 있었다. 그리고 이렇게 말했다. "야, 이게 인생이지."

6장

−

내가 선택한 대로
떳떳하게

인간이 살고 있는 이 세상은

자신이 바라보는 각도에 따라

그 모양이 달라진다.

아르투어 쇼펜하우어

내가 찰리를 만난 해는 애플이 처음 아이폰을 선보인 해이기도 했다. 얼마간은 왜 그렇게 야단법석인가 싶었다. 글쓰기가 나의 업이고 하도 오래전에 이 일을 시작해서 타자기로 작업을 해왔기에, 처음에는 컴퓨터를 값비싼 타자기 정도로 여겼던 것이다. 아이폰의 작은 터치스크린 키보드는 형편없는 타이핑 장치처럼 보였다.

인정하건대 내가 완전히 헛다리를 짚은 것이다. 인간이 처음 불을 사용할 때 내가 옆에 있었더라면 그 얼리어댑터들이 멀쩡한 나무 막대기를 홀랑 태워 먹었다고 투덜댔을지 모른다. 찰리라면 그런 실수는 하지 않을 것이다. 변화를 통한 성장은 새로움에 대한 열망에서 시작된다는 사실을 알았기 때문이다.

찰리와 에드거 스노가 미주리 퍼시픽 철도의 무개화차를

타고 로열 협곡에서 나와 높은 대초원으로 접어들었을 때 두 사람은 어딘가 대단히 낯선 집으로 향하고 있었다. 스마트폰과 마찬가지로 1922년에 등장한 혁명적 기술은 사람들 간의 거리를 줄이고 창의성을 깨웠으며 문화를 전복하고 유명인들의 지위를 높여줬다. 후에 '라디오'라고 알려졌지만, 라디오가 나온 초기에 이 기적 같은 무선통신은 하도 새로워서 이름조차 미정이었다. 라디오가 세상에 나오기 몇 달 전인 1922년 2월, 《캔자스시티 스타》는 신문 1면에 시범 방송 소식을 실었다. 이 기사는 어느 문장에서는 '무선 전화'라고 쓰고, 또 어느 문장에서는 '무선 전화 연주회'라고 썼다. 민영 라디오 방송을 처음 시작한 사람들은 라디오를 뭐라고 불러야 할지 쉽사리 정하지 못했지만, 빅뉴스라는 사실만은 직감했다.

물론 어떤 기술도 무(無)에서 탄생하지는 않는다. 19세기 물리학자들은 수백 년 전 아이작 뉴턴이 씨를 뿌린 분야를 연구하면서 우주는 파동 형태로 움직이는 에너지로 가득하다는 사실을 알아냈다. 더욱이 인간은 이 에너지를 한 파동의 정점에서 다음 파동의 정점까지의 거리, 즉 '파장'에 따라 여러 방식으로 느낀다. 빛은 정점과 정점 사이의 거리가 10억분의 1미터인 작은 파동을 내며 움직이는 에너지다. 약 3900억 분의 1미터짜리 파동과 9000억 분의 1미터짜리 파동 사이에는 우리 눈에 보이는 모든 색과 모든 대상, 즉 모든 무지개, 모든 렘브란트 작품, 모든 일몰, 모든 연인의 얼굴이 있다. 심지어 'X선'이라 부르는 더 짧은 파동은 살아 있는 사람의 골격과 장기를 눈에 보이게 해주는 기능이 있음이 밝혀졌다. 한편 마리 퀴리 같은 과학자들은 비극적 결과를 맞으며 (마리 퀴리는 오랜 방사선 피폭으로 백혈병에 걸려 사망했다고 알려졌다-옮긴이 주) 그런 고주파 방사선이 생명을 앗아갈 수 있다는 사실을 발견했다.

초기 연구자들의 연구를 토대로 이탈리아의 발명가 굴리엘모 마르코니는 파동의 정점에서 정점 사이의 길이가 수백 미터에 달하는 긴 파동, 즉 장파를 이용해 공기 중으로 정보를 전달하는 방법을 알아냈다. 1895년 마르코니는 전선을 사용하지 않고 모스 부호 신호를 성공적으로 주고받았다. 이 획기적인 발견은 곧 해양 산업에서 그 쓸모를 톡톡히 발휘했다. 역사상 최초로 선박은 보이지 않는 거리까지 멀리 항해를 나간 뒤에도 통신을 주고받을 수 있었다. 찰리는 세상을 충격에 몰아넣은 영국 출신의 의사 홀리 크리픈 박사의 이야기를 듣고 자랐다. 1910년 크리픈 박사는 아내를 독살하고 정부와 함께 배를 타고 캐나다로 향했다. 영국 런던 경찰국은 배에 탄 마르코니 무선 통신사에게 크리픈 체포령을 내리고, 배가 부두에 정박했을 때 이 악당은 체포됐다.

이보다 더 극적인 사건도 있었다. 찰리가 여섯 살이던

1912년에 초호화 증기선 타이태닉호에 탑승했던 마르코니 통신사들은 북대서양에서 이 대형 선박이 난파했을 때 700명이 넘는 탑승객을 구출한 공로를 인정받았다. 이 젊은 통신사들은 배가 침몰하며 마르코니 무선 장치가 고장 날 때까지 긴급 조난 신호를 보냈다.

그때쯤 다른 혁신가들은 이미 마르코니를 뛰어넘어 장파 에너지로 목소리와 음악을 전송하기 시작했다. 그들의 실험은 점차 발전해 1920년에는 미국 정부가 민영 라디오 방송국을 인가하기에 이르렀다. 한편 미국 연방 표준국은 집에서 광석 검파기를 사용해 라디오 수신기를 만들 수 있는 설명서를 발행했다. 공식 인가를 받은 라디오 방송국의 수는 1922년 단 몇 곳에서 불과 12개월 뒤 전국 600개 수준으로 늘어났다.

가장 먼저 운영 인가를 받은 방송국 중 하나는 WDAF였는데, 일간지 《캔자스시티 스타》가 소유하고 운영했다. 신문사들이 특히 방송 분야에 많이 진출했는데, 라디오가 종이 신문을 대체할지도 모른다는 우려에서였다. WDAF 방송국은 캔자스시티에서 2월에 진행한 '무선 전화 연주회'라는 개국 방송을 성공적으로 마친 덕에 찰리와 친구들이 캘리포니아로 떠났을 무렵에는 정규 방송을 시작했다. 찰리는 집에 돌아온 뒤 처음으로 광석 라디오 수신기를 만들었다.

일단 채널이 열리면 방송사는 이 채널을 채워야 했다. 생소한 라디오는 사람들의 귀를 사로잡을 수는 있었지만 오래 붙잡아두지는 못했다. WDAF는 캔자스시티 상공 회의소에서 제공하는 옥수수, 밀, 돼지고기 등의 상품 가격 변동 소식을 매일 들려주면서 초반에 대성공을 거뒀다. 사방 수천 킬로미터 안에 있는 농부들이 채널을 고정하고 중요한 정보를 얻었다. 그 밖에도 디트로이트의 라디오 방송국에서 헤비급 프로 권투 시합을 방송했고, 스포츠 방송이 탄생했다. 시카고 방송국에서는 폴 레이더라는 전도사가 브라스 밴드와 함께 최초로 라디오 설교를 했다. 하지만 여전히 무언가가 더 필요했고, 찰리가 여행에서 돌아온 직후에 라디오는 재즈를 만났다.

1922년 9월 22일 금요일 밤, 찰리의 열일곱 번째 생일이 몇 주 지난 뒤였다. 상공 회의소가 주말 동안 문을 닫아서 WDAF는 이동식 방송 장비를 들고 캔자스시티 시내에 있는 뉴먼 극장으로 갔다. 이 극장에서 몇 개월 전 월트 디즈니의 첫 번째 단편 영화가 상영됐다. 영화를 올리지 않을 때 뉴먼 극장의 대형 무대에서는 버라이어티 쇼가 열렸다. 이날 밤 주요 공연자는 쿤-샌더스 노벨티 오케스트라라는 9인조 지역 밴드로, 밴드 리더는 달콤한 노래를 부르는 듀오 드러머 칼턴 쿤과 피아니스트 조 샌더스였다.

더 훌륭한 뮤지션도 있었다. 가장 대표적으로 베니 모텐과 모텐이 이끈 캔자스시티 오케스트라가 있었다. 캔자스시티 오케스트라는 빌 '카운트' 베이시, 지미 러싱, 벤 웹스터, 월터 페이지 같은 재즈 거장을 배출했다. 이들은 젊은 세대의 캔자스시티 뮤지션들에게 영감을 줬는데, 메리 루 윌리엄스, 레스터 영, 그리고 누구보다 큰 성공을 거둔 불운한 천재 찰리 '버드' 파커가 대표적이다. 하지만 쿤-샌더스 밴드는 백인 관객들을 위해 연주하는 백인 뮤지션 그룹이었고, 그래서 KKK단이 한창 활동할 때도 무사히 라디오에 나갈 수 있었다. 쿤-샌더스 밴드는 활기찬 튜바로 흥을 돋우고 쿤은 신나게 드럼을 두드리고 밴조를 퉁겨 리듬감을 높인 댄스용 재즈 브랜드를 만들어냈다.

청취자들은 이날 방송에 열광했다. 뉴먼 극장에서 한 공연은 대성공을 거둬 WDAF는 쿤-샌더스 오케스트라를 밤 공연자로 예약하고 우아한 호텔 밀레바흐에서 열린 밴드의 야간 공연을 실시간으로 방송했다. 방송 진행자 리즈 피츠패트릭은 '밤도둑들 말고는 심야 공연을 누가 듣겠느냐'면서 처음에는 회의적이었다. 하지만 알고 보니 밤도둑의 수는 상당했다.

WDAF의 라디오는 대체로 깨끗한 전파를 멀리 캐나다까지 보내며 밴드의 음악이 나가는 곳마다 팬을 만들어냈다. 감미로운 노래를 부르는 밴드의 두 리더는 밴드 이름을 '쿤-

샌더스 나이트호크 오케스트라'로 바꿨다. 점점 더 많은 청취자가 직접 만든 광석 라디오로 나이트호크를 접했고, 심야 재즈의 열기는 온 국민을 홀리며 쿤-샌더스는 '라디오를 유명하게 만든 밴드'로 알려지게 됐다. 가게마다 수제 광석 수신기보다 정교한 최첨단 수신기를 가득 쌓아두고 팔았는데, 세련된 나무 상자에 '필라멘트 가감 저항기', '재생 코일 다이얼' 같은 초현대적인 부품이 장착되어 있었다. 아이들은 부모님에게 늦은 밤까지 밴드 음악을 듣게 해달라고 졸랐다. 나라 전체가 방송 역사상 최초의 테마곡 중 하나였던 샌더스가 작곡한 짧고 신나는 곡 〈나이트호크 블루스〉의 가사를 아는 것 같았다.

쿤과 샌더스가 나이트호크 블루스를 연주하기 시작하면
모두 몸을 흔들기 시작하죠.
라디오에 주파수를 맞추고
둥둥둥, 인사해요!
태평양에서 대서양까지, 다시 대서양에서 태평양까지
당김음 리듬의 후렴이 들릴 거예요.
모두에게 선언해요.
나이트호크 블루스를 들어요!

심야 열혈 청취자들 중에는 이제 고등학교를 졸업하고 세상 물정에 밝은 찰리 화이트도 있었다. 삶의 이 단계에 있는 많은 젊은이처럼 찰리도 어디로 가야 할지는 알고 있었지만 어떻게 가야 할지는 알지 못했다. 캠벨 거리에 있는 집 꼭대기 층의 처마 아래에서 나이트호크의 노래에 맞춰 발을 구르면서 찰리는 깨달았다. 나이트호크의 인기는 업템포 댄스 밴드를 무수히 만들어냈다. 캔자스시티 소년 둘이 라디오 최고 인기 스타가 될 수 있었다면 찰리를 가로막는 건 무엇이었을까? 찰리는 밴드를 결성해 나이트호크의 곡을 연습하고 재즈를 연주해 대학 등록금을 벌 수 있었다.

　딱 한 가지 문제가 있었다. 찰리는 연주할 줄 아는 악기가 없었다. 묵묵히 앉아 피아노 수업을 들을 인내심이 없었다. 하지만 집안에 음악의 피가 흐르기는 했다. 찰리의 누나들은 3인조 그룹을 결성해 인기를 얻었고, 그중 한 누나는 전문 뮤지션이 되었다. 1927년 이전 무성 영화 시대에 모든 영화관은 오르간이나 피아노를 기본 장비로 갖추고 있었고, 영화관에서 뮤지션은 스크린에 상영 중인 작품에 맞는 음악을 즉흥적으로 연주했다. 찰리의 누나는 캔자스시티에서 제일 잘나가는 영화관 뮤지션 중 한 명이었다.

　찰리는 고등학교 친구 하나에게 중고 테너 색소폰을 샀다. 판매 가격에는 운지법에 대한 간단한 지도와 소리를 내는 부분인 마우스피스에 대한 충분한 정보도 포함되어 있었다. 찰리는 거기서부터 시작했다. 나이트호크를 들으면서 색소폰에 조용히 숨을 불어넣고 한 음 한 음 맞춰갔다. 음이 모두 맞춰지면 밴드를 따라서 연주했다.

수십 년이 지난 뒤 찰리가 말했다. "수입이 없으면 만들어야지. 일자리를 찾아야지." 물론 언제나 말처럼 쉽지는 않다. 하지만 찰리는 중요한 사실을 정확히 짚어냈다. 사람은 대개 평생을 가도 다 활용하지 못하는 창의성과 가능성을 지니고 있다. 피카소는 "어린아이는 모두 예술가"라고 말했다. 찰리는 자기 안의 음악가를 발견하고 그 예술가가 숨 쉴 수 있게 해줬다. WDAF 심야 방송은 찰리의 수습 기간이었다. "나는 밤마다 쿤-샌더스 방송을 들었고 밴드를 따라 연주했어. 그렇게 색소폰 연주법을 익혔지. 수업을 들은 적은 한 번도 없어." 찰리가 말했다.

· · ·

한편 찰리는 여름이 끝나갈 때쯤 다시 철도 임시 노동자로 일해서 돈을 조금씩 벌었다. 파업자들이 늘어선 피켓 라인의 팽팽한 긴장감은 여전했지만, 찰리는 안전하게 지나가는 방법을 찾아냈다. 찰리에게는 말쑥한 하얀색 플란넬 바지가 하나 있었다. 잘 차려입은 사환이 입을 법한 옷이었다. 플란넬 바지를 입고 책가방 안에 작업복을 몰래 집어넣고는 파업자들이 늘어선 줄을 아무 저지도 받지 않고 통과했다.

"사람들은 이렇게 말했지. '그냥 사무실에서 일하는 애야.'" 찰리가 기억하기로는 그랬다. 안에 들어가서는 작업복으로 갈아입고 교대 근무를 한 다음 샤워를 했다. "하얀색 플란넬 바지를 입고 걸어 나갔지."

찰리는 철도 회사에서 받은 급여로 새로 입학한 캔자스시티 단기 대학 등록금을 냈다. 여기서 단기 대학의 역사는 굳이 언급하지 않겠다. 하지만 분명 이건 찰리와 현대 세계가 함께 성장한 걸 보여주는 또 한 가지 예다. 찰리에게 단기 대학은 저렴한 비용으로 의사가 되겠다는 목표를 향해 첫걸음을 내딛는 수단이었다. 이 새로운 선택지에는 잔디 덮인 대학 캠퍼스와 종탑이 없는 대신 혹독함이 있었다. "그동안 다녔던 학교 중 제일 힘들었어. 정말 지독했지." 찰리가 언젠가 나에게 말했다.

교수진은 무언가 증명해야 한다고 느꼈던 것 같다. 학생들도 분명 그렇게 느꼈다. 찰리는 학교의 기준이 너무 높고 학생들도 너무 근면해서 나중에 미주리 대학교로 전학했을 때 상대적으로 공부하기 쉬웠다고 말했다.

매일 밤 자정이면 색소폰을 꺼내 들고 마치 나이크호크 오케스트라의 연주 단원처럼 또 다른 연습 시간을 가졌던 찰리는 낮에 색소폰을 힘들게 들고 다니면서 틈만 나면 연습할 준비를 했다. 찰리의 친구 하나는 밴조를 배우고 있었다. 가끔 날씨가 따뜻한 밤이면 두 사람은 전차를 타고 도시 남쪽에 있는 드넓은 스워프 공원으로 가서 보트 창고에서 카누를 빌려 호수 위에 떠다니며 즉흥 역주를 시작했다. 몇 년 만에 찰리가 연주할 수 있는 노래는 300곡을 넘었다.

찰리는 계획한 대로 돈을 벌기 시작했다. 찰리가 즉석에서 만든 밴드는 고등학교 댄스 순회공연에서 큰 인기를 얻었다. 어린 관중들은 인기곡을 활기차게 연주한 대가로 몇 군데 음이탈이 난 걸 눈감아줬다. 1923년 대히트한 노래는 위대한 아프리카계 미국인 작곡가 제임스 P. 존슨이 작곡한 타악기 소리가 돋보이는 〈찰스턴〉이라는 곡이었다. 이 곡은 사우스캐롤라이나에서 탄생한 스텝으로 이루어진 댄스 열풍을 일으켰다. 모두가 무릎을 두드리며 엉덩이를 실룩였다. 그뿐만 아니라 찰리와 친구들은 폭스트롯과 왈츠도 훌륭하게 연주해냈다. 덕분에 시내의 메인스트리트 극장에서 일주일간 공연 계약까지 맺었다.

캔자스시티 젊은이들에게는 참 좋은 시절이었다. 스캔들을 사랑하던 칼럼니스트 웨스트브룩 페글러가 '대초원의 파리'라고 불렀던 캔자스시티는 단속이 해제된 무절제의 시대로 접어들고 있었다. 발단은 금주법을 전면 거부한 사건이었다. 가축 사육장을 하던 아일랜드 이민자 팬더개스트 가문은 특정 층에 대한 자선 활동, 적극적인 선거 조작, 또 가끔은 살인이라는 방법으로 정당 조직을 확실히 장악했다. 멤피스와 시카고, 멀리 서쪽 도시들 사이에 있는 이 광활한 지역은 따분하고 고상을 떨 수도 있었지만, 정치적 보스 톰 팬더개스트가 장악한 캔자스시티에서 파티는 날마다 이어졌다. "죄악을 목격하고 싶으면 파리는 잊고 캔자스시티로 가라." 오마하에서 온 한 기자는 관광 산업에 기적 같은 효과를 불러온 폭로 기사에서 결국 이렇게 선언했다.

캔자스시티는 큰일이 순식간에 일어나는 곳이었다. 부동산 개발업자 제시 클라이드 니콜스는 도시 남쪽에 완만한 계단처럼 늘어선 돼지 농장을 도시의 은행가, 변호사, 상인, 의류 제조업자, 곡물 중개인, 철도 운영자, 정육업자, 엔지니어, 목재 재벌, 공장주를 위한 대저택과 고급 주택이 모인 계획지구로 단숨에 바꿔버렸다. 니콜스는 구불구불한 거리와 막다른 골목, 골프장, 폴로 경기장을 설계했다. 미국 최초의 보행자 전용 쇼핑몰을 짓고 컨트리클럽 플라자라고 이름 붙인 뒤 유럽풍 조각상, 물이 졸졸 흐르는 분수, 세비야 대성당에서 영감을 받은 탑으로 장식했다.

아프리카계 미국인들은 니콜스의 편협한 이웃들 사이에

서는 환영받지 못했지만, 그 수는 퉁명한 이웃들 못지않게 크게 늘었다. 미국 남부의 농장에서 나와 흑인 대이동(1914년부터 1950년 사이 600만 명이 넘는 흑인이 미국 남부의 인종 차별을 피해 북부로 이주한 사건을 일컫는 용어-옮긴이 주)에 합류한 노예의 후손들은 캔자스시티 이스트사이드에서 번창했다. 테네시 출신의 선박 요리사 헨리 페리가 옛 전차 차고에 훈제 고기 식당을 열고 캔자스시티에 바비큐 광풍을 일으켰다. 얼마 뒤인 1920년에는 나라 전역에서 몰려든 기업가들이 이스트사이드 YMCA에서 만나 흑인 야구 프로 연맹을 만들었다. 이렇게 생긴 캔자스시티 모나크스 구단은 금세 최강팀으로 올라섰다. 당시에는 18번가와 바인 지구에 서 있으면 아프리카계 미국인 유명 인사가 지나가는 걸 볼 수 있었다. 그들 모두 그 지역을 찾아왔기(일부는 살려고 왔기) 때문이다. 야구 투수 새철 페이지, 콘트랄로 성악가 메리언 앤더슨, 벽화가 헤일 우드러프, 기업가 에파 맨리, 작가 제임스 웰든 존슨, 작곡가 듀크 엘링턴이 대표적이다. 작가이자 정치 조직가 로이 윌킨스는 후에 시민권 운동을 통해 미국 흑인인권단체 NAACP를 이끌게 되는데, 젊은 기자로 당시 현장을 취재해 영향력 있는 흑인 주간지《캔자스시티 콜》에 실었다.

찰리가 살던 캔자스시티는 수많은 젊은 몽상가들에게 농장과 미래 사이에 놓인 중간 기착지였다. 디즈니랜드의 설립자 월트 디즈니는 캔자스시티 시내 남쪽에 있는 화려한 유원지 일렉트릭 파크에서 영감을 얻어 디즈니랜드를 만들었다고 말했다. 월트 디즈니는 이 소도시를 찾아 마술 같은 유압 리프트를 타고 물이 튀는 분수에서 인간의 조각상이 나타나는 모습을 경이로워하며 구경한 방문객 수천 명 중 하나였다. 디즈니는 카니발 놀이기구 주변으로 세심하게 가꾼 정원을 유심히 관찰하고, 유원지를 도는 미니 기차를 타고, 밤이 되자 불빛이 반짝이고 불꽃이 터지는 환상적인 광경을 입을 떡 벌리고 지켜봤다.

네브래스카 동부 출신에서 온 10대 소년 조이스 클라이드 홀은 판매할 엽서 두 상자를 들고 유니언역에 도착했다. 이 두 상자는 시간이 흘러 미국 최대 연하장과 포장지 제국인 홀마크가 된다. 또 캔자스 시골 출신의 10대 소녀 퀸랜은 우아하게 홈드레스를 바느질하기 시작했다. 그녀가 만든 회사는 오랜 시간 세계 최대의 양장점 자리를 지켰다.

제1차 세계대전이 끝난 뒤의 캔자스시티였다. 최고의 시절인 동시에 최악의 시절이었다고 할 수 있다. 몽상가들을 위한 캔버스였으며, 부패와 KKK단의 돼지우리였다. 디킨스가 혁명 시대 프랑스, 그리고 사실상 모든 장소와 시대에 대해 쓴 것처럼 빛의 계절과 어둠의 계절은 하나의 만년 달력에 같이 엮여 있었다. 이를 통해 사람들은 각자 명예로운 삶의 방식을 찾아야 했다. 찰리는 미래를 빚에 걸고 이렇게 말했다. "부정적으로 살면 온몸이 힘들지. 부정적인 사람은 무너져 내리게 돼 있어. 낙천주의라는 양식을 먹지 못하니까." 낙천주의자는 어둠을 부인하지 않는다. 찰리 같은 낙천주의자들은 어둠으로 가라앉지도 어둠 속에 숨지도 어둠에 굴복하지도 않는다.

· · ·

찰리의 고등학교 친구들 몇 명은 이제 캔자스시티 서쪽 로렌스시에 있는 캔자스 대학교 학생이 됐다. 다른 친구들은 도시에서 반대 방향으로 몇 시간 가면 나오는 미주리 대학교에 입학했다. 선택의 순간에 찰리는 캔자스의 남학생 사교 클럽 피 카파 프사이를 방문했다. 클럽 멤버들이 찰리에게 여학생 사교 클럽 하우스에 세레나데 투어를 함께 가자고 했다. 90년이 지났는데도 찰리는 노래를 부르던 남학생 중 하나가 덤불 속에 오줌 누는 모습을 여대생들이 손가락으로 가리키며 웃었던 것을 아직도 기억한다(심지어 금주 운동가 캐리 네이션의 고향이자 '절대 금주 중이던' 캔자스에서조차 금주법은 실패로 돌아갔다). 결국 찰리는 더 제정신이었던 사람, 즉 로즈 장학금을 받고 미주리 대학교에 진학한 주일 학교 친구 찰스 파커에게 영향을 받았다.

파커는 남학생 사교 클럽 베타 테타 파이 회원이었고, 찰리는 1924년 미주리 대학교에 입학한 직후 클럽 가입 서약반에 들어갔다. 찰리는 자신과 함께 가입 서약을 한 남학생 19명이 입으로 물을 뱉어 벽난로의 불을 끄라는 지시가 떨어지며 호된 신고식을 치렀던 일을 오랜 시간이 지난 뒤에 떠올렸다. 수도는 두 층 위에 있었다. 서약한 학생들은 오리걸음으로 거기까지 올라가야 했다. 계단을 수도 없이 오르락내리락하는 동안 상급생들은 웃으며 계단 꼭대기에서 그들 입에 물을 들이부었다. "마침내 불을 껐지만, 다음 날 아무도 서약반에 갈 수가 없었어. 오리걸음으로 하도 오래 계단을 오르내리다 보니 다리가 너무 결려서."

찰리는 말을 이어갔다. "지옥 같은 신고식 주간에 남학생 사교 클럽에서는 신입생들을 때렸어. 가장 끔찍하고 치졸한 수법을 썼지. 상상할 수 있는 사악한 짓은 뭐든 했어. 어느 날 밤에는 도시에서 15~25킬로미터 정도 밖에 있는 묘지로 나를 데려가더니 이렇게 말하더군. '이 남자 이름과 사망일을 찾아와.' 그러고는 자정쯤에 나를 혼자 두고 가버렸지. 홀로 남아 묘지를 온통 헤매고 돌아다니면서 묘비 표석을 보고 이 남자의 이름을 찾은 뒤에 걸어서 도시로 돌아가야 했지. 25킬로미터까진 아니었을 거야. 도시에서 1.5킬로미터 정도

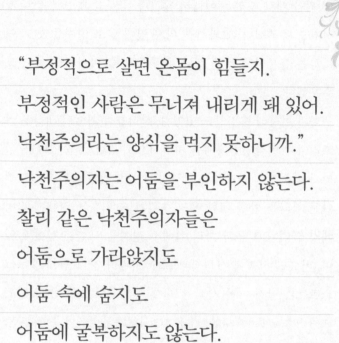

"부정적으로 살면 온몸이 힘들지.

부정적인 사람은 무너져 내리게 돼 있어.

낙천주의라는 양식을 먹지 못하니까."

낙천주의자는 어둠을 부인하지 않는다.

찰리 같은 낙천주의자들은

어둠으로 가라앉지도

어둠 속에 숨지도

어둠에 굴복하지도 않는다.

밖에 안 됐을 텐데 그때는 25킬로미터처럼 느껴진 거지."

찰리는 고등학교 사교 클럽만큼이나 베타 테타 파이에서 하는 생활도 좋았다. 그리고 단기 대학에서 힘든 시간을 보낸 뒤라 대학 생활은 어렵지 않았다. 공부를 하면서 음악 할 시간도 충분했다. 교과서를 의자 옆에 놓고 연주를 했고 연주하는 틈틈이 공부를 했다. 친구들과 술 마시며 놀 시간도 충분했다.

한편 어둠의 순간들도 있었다. 찰리를 반겨줬던 세상은 아프리카계 미국인들에게는 치명적으로 위험할 수 있었다. 찰리가 미주리 대학교에 입학하기 1년 전, 백인 소녀를 강간했다는 혐의를 받던 대학 흑인 수위가 술 취한 무리에게 감방에서 끌려나가 근처 다리 위에서 린치를 당한 사건이 있었다. 비슷한 시기에 사회학과 교수 하나가 강의 중에 홀로코스트보다 앞서 나온 개념인 '순혈'주의(순수한 혈통만을 선호하고 다른 종족의 피가 섞인 혈통은 배척하는 주의—옮긴이 주)의 타당성을 부인했다는 이유로 비난을 받았다.

학생들이 대체로 그랬듯이 찰리에게도 그런 문제는 딴 세상 일이었다. 그보다는 더 사소한 일들을 걱정했다. 컬럼비아와 미주리강 쪽 캔자스시티를 연결하는 다리가 없다는 사실이 그중 하나였다. 학생들 무리가 놀거리를 찾아 요란스럽게 강 서쪽으로 가면 돌아오는 편 마지막 페리를 놓치기 십

154

상이었다. 어느 날 밤에는 찰리가 강을 건너는 지점에 너무 늦게 도착하는 바람에 눈보라 속에 차 안에서 잠을 잔 적도 있다고 했다.

아무 걱정 없이 1년간 대학 생활을 한 후 찰리는 미주리 대학교 의과대학에 지원할 자격을 얻었다. 그 과정은 시험, 지원, 면접 순으로 진행되는 오늘날과는 완전히 달랐다. 정해진 정규 교육 학점을 이수한 학생은 학부 상급생 자격으로 의대 수련 과정에 지원할 수 있었다. "서류를 보내기만 하면 됐지." 찰리가 그때를 회상했다.

의사가 되겠다는 꿈은 어머니가 운영하던 하숙집 식탁에서 처음 씨앗을 뿌렸다. 식탁에서 찰리는 의료 선교사들이 들려주는 이야기에 푹 빠졌다. 그리고 그 꿈은 누나 중 하나가 의사와 결혼하면서 활짝 꽃을 피웠다.

어떤 목표를 보고 자연스럽게 이런 생각이 들 수 있다. '어쩌면 이룰 수 없는 꿈이겠구나.' 이때 할 수 있는 일은 '없는'이라는 말이 없는 척하는 것이다. 찰리는 그걸 기가 막히게 잘했다.

찰리는 물약의 시대와 염기 서열 분석의 시대 사이, 현대 의학이 시작되던 문턱에서 의사 교육을 받았다. 의학은 미래로 가기 위해 악취가 진동하는 과거에서 벗어나야 했다. 찰리는 항생제가 등장하기 전 미국인의 주요 사망 원인이 심장병이나 암이 아니었던 시절에 의대를 다녔다. 이런 질환은 대부분 노인들의 사망 원인이었고, 찰리가 의대를 다닌 시기에는 인구의 대다수가 노인이 될 때까지 살지 못했다. 대부분이 같은 바이러스성 질환과 세균성 질환으로 사망했고 이 질환들은 인류를 오랜 시간 줄기차게 괴롭혔지만 여전히 정보도 치료법도 많지 않았다. 아동 사망률은 걷잡을 수 없이 높았으며, 미국인 다섯 중 하나는 다섯 살이 되기 전에 사망했다. 외과 치료는 기껏해야 기초적인 수준이었고 장기간 효과를 보이는 경우는 드물었다. 비타민과 호르몬이 인체의 화학 작용에 어떤 역할을 하는지는 추측만 했을 뿐 체계화되지는 않았다.

찰리가 학생이었을 때 캔자스시티에서 가장 유명한 의사는 아서 허츨러였다. 앞서가는 유럽 과학자들에게 병리학 교육을 받은 허츨러는 캔자스주 남쪽에 있는 도시 위치토 인근에 병원을 설립하고 캔자스 시골 전역의 환자들을 치료했다. 또 자주 캔자스시티에 가서 학생들을 가르쳤다. 20세기 초반을 대표하는 의사였던 허츨러조차 회고록에서 심각한 무력감을 느꼈다고 이야기했다. 허츨러는 의사가 주로 이바지한 부분은 태도였다고 적었다. 수많은 질병을 눈앞에서 본 이 노련한 의사는 회복 가능성이 있는 환자와 곧 사망할 환자를 구분할 수 있었다. 의사가 환자를 대하는 태도는 환자와 환자 가족이 하루빨리 회복하거나 불가피한 상황을 준비하는 데 도움을 줄 수 있었다. 하지만 질병의 피해에 대해서는 이렇게 답했다. "의사들이 이때 실제로 치료한 질병이 하나라도 있었는지 모르겠다. 의사들은 통증을 완화하고, 뼈를 접합하고, 상처를 꿰매고, 사내아이들의 종기를 짜내는 일을 했다."

별다른 치료법이 없었기에 환자들은 돌팔이 의사와 사기꾼을 찾아갔다. 찰리가 처음 의료계에 들어섰을 때 이 세계는 여러모로 현란하지만 무능한 서커스단의 판이었다. 1920~1930년대 신문은 논조와 형태 면에서 실제 기사와 사실상 구별하기 힘든 '뉴스 기사', 즉 실제로는 법의 규제를 받지 않는, 알코올이나 마약 성분이 잔뜩 들어간 강장제 광고를 실었다. 이 중독성 강한 묘약은 탈모부터 암, 통풍, 임질, 헛배, 심장병까지 다양한 병을 치료한다고 광고됐다.

가장 많은 사람을 끌어모은 돌팔이들은 불법 치료와 매스컴의 힘을 활용해 미국 중서부 지역에서 많이 나던 콩과 월아이처럼 세력을 확장해나갔다. 미주리주 세달리아의 E. 버질 닐이 대표적이다. 닐은 우편 주문을 받는 거대 기업을 설립한 뒤 키와 가슴 크기를 키우고 진단받지 않은 온갖 질병을 고친다는 알약을 팔았다. 자신이 만든 기적의 재료를 닐은 '마전자철'('마전자'에는 독성이 대단히 강한 스트리키닌이 미량

들어 있다)이라고 불렀고, 닐은 유명 선수들을 홍보 모델로 썼다. 야구 선수 타이 콥, 권투 선수 잭 뎀프시가 마전자철의 효능을 홍보했다.

아이오와주 머스카틴의 노먼 베이커 역시 희대의 돌팔이였다. 1925년 라디오 방송국을 연 뒤 베이커는 음모론과 특허약을 적절히 결합해 파상풍에 효과가 있다는 테레빈유, 맹장염을 치료한다는 양파 습포제, 뇌종양을 고친다는 알 수 없는 가루를 섞어서 끓였다. 베이커는 면허를 소지한 의사들이 부패했다고 주장했다. 라디오에 나와 소아과 의사는 아동 성추행범들이라고 설파했다. M.D.(의학 박사)는 '한 푼 더(more dough)'의 약자라고 했다.

1929년에 베이커는 캔자스시티에 사는 찰스 오지아스 박사가 만든 치료제를 우연히 알게 됐다. 오지아스 박사는 정체를 밝히지 않은 재료를 섞어 장액을 만든 뒤 이 장액을 종양에 주입하면 암을 치료할 수 있다고 장담했다. 베이커는 이 치료제를 라디오에서 홍보했고, 얼마 후 침상이 100개에 이르는 암 진료소를 열어 운영했다. 그리고 또 다른 '치료제'도 홍보했는데, 일리노이주 출신의 해리 혹시가 가족 대대로 내려온 제조법으로 혼합해 만든 약이었다. 법정 소송에서 제조법을 밝히라는 요구를 받자 베이커는 혹시가 조언한 대로 클로버와 옥수수수염, 수박씨를 물에 넣고 끓였다고 인정했다.

이후 베이커는 라디오 청취자와 수박씨를 챙겨 아칸소주의 온천 도시 유레카스프링스 언덕 꼭대기에 있는 빅토리아풍 호텔로 병원을 이전했다. 복도는 자신의 대형 고급 승용차와 어울리는 보라색으로 칠하고 진료실에는 방탄유리를 설치해 새로운 환자들이 사기를 당해 죽어가며 내는 고통스러운 신음이 새어 나가지 않도록 막았다.

이보다 더한 돌팔이이자 더 유명한 사람이 존 로물루스 브링클리였다. 브링클리는 캔자스주 밀퍼드에서 라디오 방송국과 진료소를 운영했다. (그게 뭐였든) '절충 의학'으로 의사 면허를 받은 브링클리는 치료 약을 찾는 족족 써먹었다. 사람들에게 잊힌 민간요법, 한약, 척추 지압사, 접골사, 동종요법 의사, 그리고 더 진귀한 치료자에게서 차용한 약이 대표적이다. 그의 대표적인 치료법은 발기 부전 남성에게 염소 고환을 이식하는 시술이었다. "남자의 나이는 곧 생식선의 나이입니다." 브링클리는 이런 주장을 줄기차게 펼쳤다.

브링클리는 국내 최대의 라디오 청취자들 사이에서 엄청난 추종자를 만들어냈다. 비결은 '염소 고환 치료제' 홍보와 교리 중심의 설교, 엘리트 계층에 대한 비판과 아이들을 위한 옛날이야기를 적절히 섞는 것이었다. 작은 도시 밀퍼드는 인당 750달러를 기꺼이 내고 염소 고환을 이식받으려고 전국에서 몰려온 남자들로 북적거렸다. 그 수는 브링클리가 염소 고환의 더 많은 효능을 '발견하면서' 늘어났다. 염소의 생식 선은 당뇨, 고혈압, 뇌전증, 귀먹음, 마비, 여성 불임, 비만, 치매 치료에 효능이 있다고 알려졌다.

베이커와 브링클리 둘 다 미국의사협회의 표적이 됐다. 브링클리는 이 의사 단체를 '정육사 협회'라고 불렀다. 두 사람은 1930년대에 미국에서 추방당한 뒤 멕시코의 국경 도시 비야 아쿠냐에서 새로운 라디오 방송국을 설립했는데, 이 방송국은 미국 법이 허용하는 것보다 10배 더 강한 영향력을 행사했다. 이 지역의 철조망은 강한 전파 신호를 잡느라 웅웅거리는 소리를 냈다. 대공황이 한창일 때도 연간 수백만 달러를 벌었다고 알려진 두 사람 다 참다 못해 미국으로 돌아가 공직에 도전했다. 노먼 베이커는 아이오와주 상원 선거에서 패했고, 브링클리는 경선에서 패해 캔자스 주지사 선거 운동에 나서지 못했다.

바로 이 돌팔이 의술은 찰리가 받은 의대 교육이 길들이고자 했지만 끝내 길들이지 못했던 변경 지역이었다. 하지만 나는 깨끗하게 보관된 찰리의 강의 노트를 보고 찰리에게 주어진 무기가 너무 빈약해서 충격을 받았다. 1920년대 의대생들은 수백 개에 달하는 질병과 장애의 이름과 증상을 외웠지만, 그들이 배운 치료법은 질병 수에 비하면 턱없이 적었다.

찰리가 부흐빈더 박사와 상처와 결핵을 연구하든 슈레거 박사와 수술을 연구하든 폴록 박사와 신경학을 연구하든, 연구 대상이 매독이든 뱀에 물린 상처든 비강 종양이든 설사든 매번 허점은 같았다. 치료제가 없었다.

가령 찰리는 임질 치료 약과 치료법으로 질산은 연고, 머큐로크롬 정맥 주사, 멸균 우유 근육 주사, 전립선 마사지 등이 있다고 배웠다. 또 편도 제거술은 류머티즘, 심장병, 관절 질환, 안질환, 신장 질환, 위장관 질환 등의 치료법으로 권고되었다고 찰리는 진지하게 말했다. 약한 감기에는 코카인 스프레이액을 권했다. 정말 많은 환자들이 의사들끼리 공모해 병을 일부러 키운다는 음모론을 제기하는 라디오 치료사들의 감언이설에 넘어갈 만도 했다. "실제로 우리가 할 수 있는 일은 환자 옆에 앉아 기도하는 것뿐이었지." 찰리가 한참 시간이 흐른 지금에야 인정했다.

그렇다고 찰리가 특별히 목가적인 사람은 아니었다. 찰리의 해부학 교수는 유명한 생화학자 에드거 앨런이었다. 앨런은 여성 호르몬 에스트로겐을 분리해내고 에스트로겐의 기능을 기록해 의학 역사에 이름을 남겼다. 학생들은 앨런이 이룬 업적과 노련한 리더십에 경외감을 느꼈다. 하지만 앨런의 평판조차 찰리의 장난기를 억누르기엔 역부족이었다. 찰리가 당시 기억을 이야기했다. "어느 날 밤에 우리는 앨런 교수님이 에스트로겐 연구에 썼던 원숭이 사체를 하나 빼돌렸어. 원숭이 뇌를 익힌 다음에 각자 맛을 봤지." 잠시 말을 멈추고 생각하던 찰리는 이렇게 덧붙였다. "당시 의대생들은 종잡을 수 없는 천방지축들이었어."

의대 생활의 대미를 장식한 수업은 지독히 힘들었던 마커스 핀슨 닐 박사의 병리학 강의였다. 수업은 1927년 2월 1일에 처음 시작됐다. 닐 교수는 나긋나긋한 말투를 쓰는 남부 사람이었는데, 앨라배마에서 자라고 버지니아에서 학교를 다녔다. 갸름하고 귀족적인 얼굴에 작은 금속테 안경을 썼다. 찰리는 좁은 줄이 쳐진 공책 종이 200장 정도를 캔버스 천을 입힌 바인더에 고정해 들고서 교실에 들어섰고, 자리에 앉기 무섭게 펜을 부지런히 굴리며 진도를 따라갔다. 찰리가 공책에 적은 제목에 따르면 닐 교수는 질병을 연구하는 학문인 병리학의 '역사와 정의'부터 시작해 곧 '병인학, 순환계 변화, 역행성 변화, 선천성 이상, 기형, 염증, 독극물, 돌연사, 전염병, 전신 질환, 종양, 조혈 기관, 순환계, 림프절, 비장, 호흡계, 소화계, 췌장, 간, 비뇨기, 남성 생식기, 여성 생식기, 근육, 뼈, 관절, 신경계'까지 빠르게 진도를 뺐다. 이 모든 것을 4개월 만에 미친 듯한 속도로 가르친 뒤 마지막에 기말시험을 쳤다.

찰리는 종이 앞뒷면에 단정하고 꼼꼼하게 필기를 해 거의

400페이지에 걸쳐 세상에 알려진 모든 질병과 부상의 증상, 치료법, 예후를 자세히 기록했다. 닐 교수는 환자 병력을 기록하는 방법을 설명했다. 또 전반적인 검사를 실시하는 ('신경과민 환자'에게 직장 검사를 실시할 때는 각별한 신경 써야 한다는 등의) 적절한 방법을 알려줬다.

찰리는 상처를 치료하는 방법을 배웠다('기름으로 더러워진 상처에 테레빈유나 휘발유를 사용하면 기름기가 제거되고 살균 기능을 한다'). 종기를 절개해 짜내는 방법과 종기의 더 위험한 사촌 옹종을 수술로 제거하는 방법을 배웠다. 감염에는 일광요법, 즉 햇빛을 처방하도록 배웠고, 혈전증에는 침대에서 한 달간 '절대 안정'을 취할 것을 지시하도록 배웠다. 또 쇼크 환자에게는 커피를, 치질 환자에게는 아편 좌약을 처방하라고 배웠다. 독성이 강한 물질인 수은은 다양한 질병에 선택할 수 있는 치료제였다. 장차 일반의가 될 찰리와 동료 수련생들은 여러 질병의 균으로 '자가 백신'을 만들어 면역학을 실험해보라는 가르침을 받았다. 방법이 복잡하지는 않았지만, 효과가 아주 크지도 않았다. 이 미래의 의사들은 병든 장기나 상처에서 감염 물질을 추출한 뒤 용액에 혼합하는 방법을 배웠다. 이렇게 만들어진 혼합액을 다시 환자에게 주입하며 면역 반응을 유발하기를 기다렸다.

찰리는 고된 한 주 한 주를 보내며 자신이 선택한 직업의 오류와 맹점뿐 아니라 중요한 사실까지 알게 됐다. 닐 교수가 마지막 강의를 마치자 찰리는 힘들게 공책을 훑으며 기말 시험을 준비했다. 캔버스 천을 덮은 공책은 1920년대 후반 일반의를 위한 개론서였다. 변비부터 암, 성병, 골절, 결핵, 유아 황달까지 자주 접하게 될 모든 질병의 처방을 불충분하게나마 담고 있었다.

찰리는 집에서 보내오는 약간의 돈과 색소폰을 연주해 번 돈으로 생활비를 냈다. "금요일, 토요일마다 바빴어." 찰리는 끝없는 학교 무도회를 떠올리며 말했다. "매주 금요일 오후에는 여학생 사교 클럽 같은 데서 하는 댄스 파티에서 연주를 했지. 여학생 클럽과 남학생 클럽을 통틀어 학교의 학생 클럽 회원은 전부 알았던 것 같아. 걔들이 여는 파티에서 연주를 했으니까." 찰리는 언제나처럼 이렇게 말을 끝맺었다. "근사한 인생이었지."

. . .

1927년 미주리 대학교 졸업식에서 찰리는 의학 학사 학위를 받았다. 찰리의 나이 스물한 살 때였다. 이유는 기억하지 못했지만, 찰리의 어머니는 졸업식에 참석하지 못했다. 대신 편지 한 통을 보냈다.

나는 여러모로 로라 화이트 여사를 존경하게 됐다. 그녀의 세계는 남편의 이른 죽음으로 산산조각 났지만, 화이트 여사는 대가족을 부양하기로 결심했다. 찰리는 어머니를 아주 좋아했다. 친구가 된 지 얼마 안 됐을 때 찰리는 내게 자신의 어머니가 일과 신앙, 육아를 노련하게 오가며 '올해의 어머니'로 선정되었다고 자랑스럽게 말했다. 하지만 오늘날 기준으로 보면 자녀들을 거의 방치하다시피 했다. 찰리가 기억하기로 어머니의 육아는 단 한 문장으로 요약할 수 있다. "그냥 옳은 일을 해라." 이 같은 단순함은 우리 세대의 헬리콥터 부모에게서는 찾아볼 수가 없다. 나의 육아 실수는 (많이 저지르기도 했고) 다정한 방치보다는 과도한 간섭에서 비롯된다.

로라 화이트는 아들이 옳은 일을 할 거라고 믿었고, 아들의 능력에 대한 그 같은 믿음은 찰리의 자신감을 확 키워줬다. 찰리에게는 여전히 그런 자신감이 보였다. 아이들에게는 스스로 선택하고, 자기 나름의 교훈을 얻고, 자기 행동의 결과를 책임지고, 툭툭 털고 일어날 자유가 필요했다. 자녀를 과잉보호하는 오늘날의 부모들로서는 가장 실천하기 어려운 교훈이리라. 로라 화이트는 세상이 대부분 안전하고 마음먹은 대로 되는 것처럼 아들을 가르쳤다. 갑작스러운 세상의 공격으로 남편이 죽었음에도 불구하고 그렇게 믿었다. 찰리는 어머니를 통해 모든 일이 잘될 거라는 믿음을 갖게 됐다.

나는 찰리가 죽은 이후에 이 말이 어떤 의미인지 더 제대로 이해했다. 찰리의 유품 중에는 어머니가 졸업식 날 보낸 편지가 있었는데, 편지에서 그녀는 어린 아들에게 필요했던 어머니이자 아버지가 되고자 애썼다. 편지 내용은 다음과 같았다.

주님의 축복을 받은 내 아들에게.

졸업식에 함께하지 못해서 짧은 러브레터를 보내야겠다고 생각했어. 나의 깊은 사랑과 다정한 마음이 너와 함께 한다는 거, 오늘이 네 엄마에게 자랑스럽고 행복한 날이라는 거 잘 알겠지. 네 아버지가 얼마나 자랑스러워했을지 계속 생각했어. 아버지는 늘 네가 대학을 가야 한다고 말했지. 내가 너에게 품은 기대와 꿈과 더불어 네가 가장 좋은 삶을 만들어갈 능력을 갖췄을 거라는 아버지의 소망을 늘 가슴에 품고 있었단다. 아버지는 늘 당신의 어여쁜 아들에 대한 기대와 욕심이 컸지. 좋은 아버지는 아들이 자기가 바라는 사람이 되기를 바란다잖니. 간호사가 너를 아버지 팔에 건네준 순간부터 아버지가 세상을 떠나는 순간까지 너는 아버지의 자랑이었단다.

나와 네 아버지의 기도는 늘 네가 떳떳하게 살고 너와 너를 사랑하는 모든 사람에게 자랑스러운 삶을 살게 해달라는, 그리고 네 자신을 믿게 해달라는 거였어. 너는 고귀한 직업, 올바른 길을 택

했고, 그 업의 훌륭한 전통을 따르는 사람이 되겠지. 모든 인생이 그렇듯 모든 직업에서도 이것만은 기억해둬. 올바른 길과 잘못된 길이 있고, 누군가는 올바른 길로 가고 누군가는 잘못된 길로 갈 거야. 그리고 나머지는 그사이 뿌연 안개 속에서 이리저리 휩쓸려 다니겠지.

내 진심은 다 표현하기 어렵지만, 내가 너를 사랑하고 믿고 너에게서 기쁨을 얻고, 또 너의 행복을 위해 기도한다는 건 알 거라고 믿어. 이토록 귀하디귀한 아들을 주신 주님께 감사해. 오늘이 너에게는 별로 특별한 날이 아닐지도 모르지만, 나중에 돌아보면 어느새 그런 날이 되어 있을 거야.

　찰리는 이 편지를 87년간 소중히 간직했다. 수십 년이 지나도록 유난히 따뜻했던 어머니의 편지글을 자주 이야기했다. 이 편지는 찰리가 마지막 숨을 내쉴 때도 그의 곁에 있었다. 찰리의 어머니는 찰리를 믿었고, 찰리에게서 기쁨을 찾았고, 찰리는 어머니의 바람대로 올바른 길을 갔다.

　떳떳하게 살았다.

7장

–

계속하기로 하다

경험하기 전에는

아무것도 현실이 되지 않는다.

존 키츠

찰리가 소년과 남자 사이 어딘가의 청소년기라는 이상한 경계에 있을 때 라일 윌리츠가 캠벨 거리에 있는 집 근처로 찾아와 찰리의 큰누나에게 구애를 하기 시작했다. 윌리츠에게는 꽤나 유리한 점이 있었는데, 그의 매력에 빠진 사람이 누나만은 아니었기 때문이다. 찰리도 빠졌다.

윌리츠는 찰리보다 아홉 살 연상이었는데, 찰리 나이에 9년이면 엄청난 시간이다. 특히 뒤따라갈 발자취도, 아버지도 없는 소년에게는 더욱 특별하게 느껴졌을 것이다. 이렇게 맺은 우정과 롤모델이 얼마나 중요했는지는 찰리가 큰 매형을 청사진 삼아 자신의 미래를 설계하기 시작했다는 사실에서 알 수 있다. 윌리츠는 젊은 의사였고, 덕분에 찰리는 자신도 의사가 될 수 있다고 믿게 됐다. 하지만 실망스럽게도 노스웨스턴 대학은 찰리를 받아주지 않았다.

이후에 일어난 일은 그야말로 찰리 화이트다웠다. 입학을 거절당한 일은 큰 충격이었지만, 찰리는 무력하게 주저앉지 않았다. 이 실망스러운 경험은 도전이자 자신의 능력을 시험할 기회가 될 수 있었기 때문이다. 찰리는 시카고행 기차를 타고 에번스턴에 가서 노스웨스턴 대학 의과대학 학장실을 찾아갔다. 미리 약속을 잡지도 않았으면서 안내데스크에 가서 자신을 소개한 뒤 자리에 앉아서 학장이 만나줄 때까지 기다렸다.

　미주리주에서 온 청년 하나가 대기실에서 끈질기게 기다리고 있다고 전했을 때 학장의 얼굴에 떠올랐을 당혹스러운 표정이 그려진다. 분명 학장은 호기심에 지고 말았다. 찰리가 학장실로 안내를 받고 들어갔기 때문이다. 찰리는 속사포처럼 자신의 입학을 거절한 것은 학교의 큰 실수였다고 설명했다. 라일 윌리츠가 격려의 말을 건네며 찰리에게 고된 노스웨스턴 의대 생활을 감당할 수 있을 거라는 자신감을 심어줬는지도 모른다. 당연히 찰리는 자신의 공부 습관을 보여줄 증거로 미주리 대학교 성적표를 준비해서 갔다. 찰리가 무슨 말을 했든 통했다. 학장을 설득해 입학 허가를 받아냈기 때문이다.

　나는 내 아이들과 이 부분을 놓고 언쟁했다. 아이들은 이제 더 이상 얼굴을 내보인다고 출세할 수 있는 시대가 아니라고 말한다. 회사를 구하고 인맥을 쌓고 기회를 잡는 일까지 모두 온라인에서 일어난다. 전자 양식을 채워서 온라인으로 이력서를 올리고 버튼을 눌러 운명을 확인한다. 하지만 내가 그걸 믿는지는 잘 모르겠다. 기술은 변하지만 사람들은 변하지 않는다. 사람과 사람의 만남은 늘 중요할 것이다. 오늘날 자신 있게 의견을 피력하는 성실한 젊은이들은 한 세기 전만큼이나 큰 설득력을 지닌다. 자기 사정을 말로 설득해 명문 의과대학에 들어가는 건 더 이상 불가능할지도 모른다. 하지만 그래도 우리는 여전히 우리 스스로에게 최고의 지지자가 될 수 있다. 다른 누구도 나 자신처럼 나에게 해줄 수는 없다. 거절의 위험이라면 찰리는 이미 입학을 거절당했다. 학장실에서 찾아가서 잃은 건 없었다. 오히려 얻기만 했다.

비슷한 사례로 컨트리 음악 명예의 전당에 오른 가수이자 배우 크리스 크리스토퍼슨에 대한 이야기가 있다. 크리스토퍼슨이 청년 시절 베트남에서 고향으로 돌아왔을 때 그에게 있는 거라곤 헬리콥터 조종사로 훈련받은 경력과 자신에 대한 강한 믿음뿐이었다. 크리스토퍼슨은 자신이 쓴 노래가 주목받을 가치가 있지만 세상이 알아주지 않았다고 믿었다. 그는 헬리콥터 한 대를 빌려 내슈빌 외곽으로 날아가 슈퍼스타 조니 캐시의 집 잔디밭에 착륙했다. 캐시가 무슨 일인지 확인하려고 밖에 나왔을 때 크리스토퍼슨은 자신의 노래가 담긴 테이프를 건넸다.

그 정신이 찰리 화이트에게도 있었다.

나에게 '찰리다운 순간'은 열일곱 살 때 찾아왔다. 지역 신문사《덴버 포스트》의 스포츠부에서 주말 밤에 경기 결과를 타이핑하고 간단한 기사를 쓰는 일이 있다는 이야기를 들었다. 스포츠 담당 기자에게 전화해 면접을 보고 싶다고 요청하는 일은 내가 그때까지 한 일 중에 가장 어려웠다. 무서웠다. 전화기는 우리 집 부엌 벽에 걸려 있었고, 수화기는 뱅글뱅글 꼬인 긴 줄에 붙어 있었다. 수화기를 들고 전화를 걸 때 수화기 무게가 180킬로그램쯤 나가는 것 같았다. 전화기 다이얼의 숫자를 돌릴 때마다 다시 포기하고 싶었다.

이내 걸걸한 목소리가 전화기 너머로 들려왔고, 나는 목이 타서 한 마디도 내뱉기 힘들었다. 기자는 단번에 퇴짜를 놨다. 그도 그럴 것이 고등학생이 대도시 신문사의 일자리를 구한다고 하니! 며칠 뒤 기자에게 다시 전화하는 일은 더 힘들었다. 세 번째 전화는 고문 그 자체였다. 하지만 세 번째 전화에서 면접을 보기로 했고, 그 면접으로 일자리를 얻어 신문 기자 일을 시작했다.

실망스러운 경험은 사람의 힘으로 어쩔 수 없는 외부적 요소 중 하나이고, 따라서 스토아주의자에게는 신경 쓸 가치가 없는 일이다. 하지만 그 일에 어떻게 반응할지는 찰리 스스로 결정할 수 있었다. 찰리는 계속하기로 했다. 몇 마디 지원서보다 자신을 더 잘 소개할 수 있었다. 그래서 또다시 실망할 위험을 무릅쓰고 자신이 원하는 보상을 쫓았다. 그리고 1927년 어느 날 찰리 화이트는 고작 스물두 살에 노스웨스턴 대학 의과대학에 입학했고, 바로 학장에게 한 약속을 실천하기 시작했다.

찰리가 학장에게 말한 모든 것이 정확히 그대로였다. 찰리는 충분히 똑똑했고, 누구보다 공부했으며, 동기들과도 쉽게 친해져 학장은 자신이 내린 결정을 후회할 이유가 전혀 없었다. 증거는 찰리의 1학년 성적이었다. 산부인과에서 아이를 안전하게 출산하는 의술(과 관련 생식 보건) 과목은 A-를 받았다.

법의학과 신경학은 A, 소아과와 피부과에서는 B를 받았다. 처음에 입학을 거절당했던 찰리는 결국 반 평균을 훌쩍 웃도는 성적을 받았다.

당시 광란의 20년대(미국의 1920년대를 표현하는 용어로, 제조업의 성장과 소비자 수요 증가로 예술, 문화 산업도 발전한 시대였다-옮긴이 주)가 정점에 달했고, 매주 금요일과 토요일 밤마다 찰리는 시카고 주변 연주 무대에서 색소폰을 불었다. 찰리에게 음악적 영감을 준 쿤-샌더스 나이트호크는 활동 무대를 시카고로 옮겼고, 그곳에서 갱단 두목 알 카포네가 가장 좋아하는 밴드로 알려졌다. 찰리는 계속해서 연주 중간중간 교과서를 펼쳐놓고 공부했다.

또 찰리는 도시 구급차의 구급대원으로 교대 근무를 시작해 추가 수입을 벌었다. 1920년에 대표 응급 구조사였던 셈이다. 찰리는 어느 광란의 밤에 호출을 받고 시카고 암흑가의 총격전 현장으로 출동했다. 조직 폭력배 한 명이 심각한 납 중독 증상을 보이며 길에 누워 있었다. 남자의 일행인 여자는 제정신이 아닌 채로 찰리에게 어떻게 좀 해달라고 애원했다. 수련의였던 찰리가 쓰러진 남자 옆에 무릎을 꿇고 앉아 맥박을 확인해보니 남자는 전혀 가망이 없었다. 남자 뒤로 점점 크게 번지는 시뻘건 웅덩이가 그 증거였다.

"수혈을 받지 않으면 살 가망이 없습니다." 찰리가 말했다. 하지만 당시 의사들이 알던 기초적인 수준의 수혈 지식은 장볼 목록이나 적을 만한 작은 종이 두서너 장이면 다 기록할 수 있었다. 때로 수혈은 효과가 있었다. 하지만 어떨 때는 수혈한 피가 독성 반응을 일으키는 듯했다. 연구자들은 그때도 여전히 혈액형 분류법에 대한 세부 정보를 계속 연구 중이었다.

그 폭력배의 여자친구는 마지막까지 보여준 용감한 결단에 후하게 보상하겠다고 했다. 그래서 찰리는 구급차에 있는 물건을 뒤져 긴 고무관과 정맥 주사기 두 개를 찾아냈다. 바

늘 하나는 자신의 팔에 찔러 넣고 다른 하나는 죽어가는 남자의 팔에 찔러 넣은 뒤 찰리와 폭력배의 여자친구는 고무관에 찰리의 피가 차오르는 것을 지켜봤다. 환자와 그를 치료한 찰리의 혈액형이 적합했는지는 끝까지 알 수 없었다. 그 무모한 실험은 다친 남자를 살리지 못했기 때문이다.

하지만 남자친구를 잃은 여자는 찰리의 노력에 감동을 받아 자신이 한 약속을 지켰다. 돈다발을 꺼내더니 넉넉히 떼어내 찰리의 손에 쥐여줬다.

생각지 못한 행운이었다. 찰리에게는 이미 그 돈을 쓸 곳이 있었기 때문이다. 여름휴가가 다가오고 있었고, 얼마 전 찰리는 태평양 횡단 유람선 회사의 시카고 사무소를 방문해 다음 태평양 횡단 유람선에서 댄스 밴드 연주를 하겠다고 제안했다. 제안은 받아들여졌고, 찰리는 여름 유람선에 탑승해 시애틀에서 일본을 거쳐 중국으로 갔다가 돌아오겠다는 뮤지션들을 어렵지 않게 섭외했다. 보수는 적었지만 유람선 요금이 무료였고, 음식이 풍족했다. 무엇보다 좋은 점은 승객들이 항해가 끝날 때마다 모자를 돌려 밴드에게 팁을 준다고 알려져 있었다.

공연이 끝난 뒤에야 찰리는 해결하지 못한 한 가지 문제를 고민하기 시작했다. 시카고에서 시애틀까지 가는 기차 요금. 마치 기도가 응답을 받은 것처럼 찰리는 죽은 남자의 여자친

구에게 받은 아직 따뜻한 돈뭉치를 들고 있었다. 돈은 기차
비를 내고도 남았다.

. . .

찰리는 그 항해를 일기로 기록했고, 그 일기장은 85년도 더
후에 찰리가 세상을 떠날 때 여전히 찰리의 물건 사이에 있
었다. 찰리는 항해를 떠나기 전 자신이 좋아하는, 대개 느리
고 감성적인 노래 수십 곡의 가사를 일기장 앞부분에 옮겨
적었다. 라디오에서, 그리고 78회전 레코드로 인기를 끌었던
노래 모음이었다. 아마도 관중의 노래 신청이 없을 때 밴드
가 연주하고 노래할 수 있는 곡 목록을 만들고 싶었던 것 같
다. 〈작은 꿈의 통나무집〉은 밴드 리더였던 폴 화이트먼이
만든 최신 유행곡이었다. 〈누구의 연인도 아닌〉은 수많은 밴
드가 다시 부른 만인의 애청곡이었다. 〈러시아 자장가〉는 천
재 작곡가 어빙 벌린이 새로 발표한 환상적인 왈츠곡이었다.
그 외에도 많았다.

여름 날짜가 적힌 뒤쪽 페이지는 찰리가 한 근사한 모험을
터질 듯 담고 있었다. 격식을 차린 매일 저녁 만찬, 애프터눈
티 댄스, 밴드 연주를 곁들인 일요일 브런치. 찰리는 바다에
서 보낸 첫 일주일 동안 유람선에서 먹은 갖가지 음식을 낱

낱이 기록했다. 이후 며칠간 폭풍우가 휘몰아치며 파도가 미친 듯이 일고 뱃멀미에 시달리면서 이 열정은 사그라졌다. 그 후 찰리는 무도회 사이사이 침대에서 더 오래 머물며 영국 작가 필립 기브스의 인기 소설《젊은 무정부주의자들》을 읽었다.

이 책은《위대한 개츠비》가 나온 지 1년 뒤에 출간되었으며 잃어버린 뿌리와 붕괴된 도덕 등 공통된 주제를 다뤘는데, 찰리가 긴 생을 사는 동안 서양 문화에서 여러 차례 되풀이된 비관주의를 드러냈다. 젊은이들은 의지할 곳이 사라졌다. 가치와 덕행은 과거의 유물이 됐다. 세계는 혼란으로 치달았다.《위대한 개츠비》의 작가는 "한 세대가 성장하면 모든 신이 죽고, 온갖 전쟁이 일어나고, 사람에 대한 믿음이 모조리 흔들리는 광경을 목격할 것"이라고 언젠가 말한 적이 있다. 기브스는《젊은 무정부주의자들》에서 신뢰가 흔들리는 상황을 비슷하게 묘사한 바 있다. "인간의 머릿속에서…… 오랫동안 이어져온 생각, 신뢰의 토대, 인간의 마음속 많은 희망과 환상, 사회생활의 오랜 규율이 깨졌다."

잘 보존된 찰리의 일기장을 훑어보면서 침대에서 기브스의 소설을 읽으며 보낸 찰리의 시간이 내 마음을 사로잡았다. 찰리처럼 내 아이들도 환멸과 비관주의로 점철된 시기에 성인이 됐다. 2020년도는 암울해 보이지만 1920년대만큼은

179

아니다. 나는 찰리가 제대로 대처했다고 생각한다. 찰리는 이 소설을 재미있게 읽었지만, 작가의 어두운 세계관에 동조하지는 못했다. 찰리는 일생 동안 상황이 실제보다 더 나빠지거나 더 나아질 거라고 생각한 적이 단 한 번도 없었다. 삶은 우리가 생각하는 것처럼 확실치도, 보이는 것처럼 절망적이지도 않다는 사실을 어린 나이에 알게 됐기 때문이다.

유람선은 부산스러운 일본 요코하마항에 정박했고, 그곳에서 찰리와 친구들은 얼마 전 비극적인 지진이 남긴 피해를 목격했다. 이후 배는 마닐라로 향했고, 찰리는 마닐라의 무도장에서 예일 대학교 남학생 다섯 명이 젊은 여성들을 상대로 '변변찮은 성적을 거두는' 모습을 즐겁게 지켜봤다. 유람선이 홍콩에 도착했을 때 찰리의 가슴과 콧속에 지독한 감기가 찾아왔다. 8월 말에 찰리 일행은 호놀룰루로 돌아왔고, 여전히 정기 공연을 하고 종점항에 도착할 때마다 승객들에게 기분 좋게 팁을 받았다. 그때 찰리는 급히 집으로 가서 잠시 캔자스시티에 들렀다가 마지막 학기를 위해 의대로 돌아갔다.

중국으로 가는 여정은 정말 아름다웠고, 그 여행으로 찰리의 시야가 넓어졌다. 그렇다고 찰리의 인생을 바꿔놓을 정도는 아니었던 것 같다. 아시아 여행은 모델 T를 타고 한 캘리포니아 여행과도 비슷했다. 이제 스물세 살이 된 별 근심 걱정 없는 젊은이라면 눈을 크게 떠야 했을지도 모르지만, 당시 찰리는 정신을 똑바로 차리고 만반의 준비를 갖춘 상태였다.

찰리는 오래전에 세상을 어떻게 마주할지 결정을 마쳤다. 어린아이일 때 찰리 자신의 이야기, 바로 용기와 성공의 이야기를 본인에게 하기 시작했고, 그대로 실현되기 전까지 그 이야기에 따라 살고 행동했다. 찰리는 우리가 새로운 대륙으로 나아가든 그저 하루하루 여행하며 살든 늘 미지의 세계로 향해간다는 사실을 알았다. 그 미지의 세계를 친구처럼 대하는 법을 배웠지만, 삶은 그 반대의 모습을 알려줬다. 찰리는 놀라운 나이까지 살았지만, 미지의 세계가 친구인 적은 단 한 번도 없었다.

경험은 우리를 만들어간다. 그리고 우리는 경험을 우리 삶의 이야기로 바꿈으로써 우리의 경험을 만들어간다. 우리는 경험에 의미를 부여한다. 1920년대 후반에 유명세를 누렸던 시인 E. E. 커밍스는 이렇게 썼다. "일단 우리가 우리 자신을 믿는다면, 호기심, 놀라움, 즉흥적인 즐거움, 또는 인간의 정신을 드러내는 모든 경험을 감당할 수 있다."

우리가 우리 자신을 믿는다면……

찰리는 노스웨스턴을 졸업한 뒤 고향으로 가 인턴 과정, 즉 의사가 되겠다는 목표를 이루기 전 마지막 단계를 거치고자 했다. 찰리에게 캔자스시티 종합병원에서 첫 출발을 하라고 조언한 사람은 라일 윌리츠였다. 이 병원은 미국에서 환자의 지불 능력과 상관없이 치료를 보장하는 최초의 병원 중 하나였다. 벽돌과 석회석으로 지은 거대한 병원 건물은 캠벨 거리에 있는 찰리의 집에서 1.5킬로미터 정도 떨어진 언덕 위에 있었다. 찰리가 집과 시내를 오가는 동안 수없이 지나다녔을 것이다. 하지만 찰리는 의사로 처음 병원 문을 열고 들어갔을 때 머리 위 돌에 새겨진 셰익스피어의 문장을 새로운 눈으로 바라봤을 것이다. "자비란 억지로 강요된 것이 아니라 하늘에서 대지로 떨어지는 부드러운 비와 같소"(셰익스피어의《베니스의 상인》속 포셔의 대사-옮긴이 주).

찰리가 태어날 때쯤 약 50만 달러를 들여 지은 캔자스시티 종합병원은 제빙 시설부터 전염병에 걸린 어린이들을 위한 별동 등 최신 설비를 자랑했다(내가 캔자스시티에서 사귄 또 다른 친구는 어릴 때 수막염에 걸려 그 별동에서 힘든 시간을 보냈다고 했다. 지독히 외로운 이야기였다).

그 병원은 모든 환자를 받아줬고, 도시의 응급 환자 대부분을 치료했다. 찰리가 기억하기로 그 병원은 캔자스시티에서 응급 환자 치료 시설을 갖춘 유일한 병원이었다. 안 그래도 흥미진진했던 수련의 생활에 더해 종합병원 인턴들은 시의 구급차에서 근무했다. 인턴들은 병원에서 일하는 동시에

일단 우리가 우리 자신을 믿는다면,

호기심, 놀라움, 즉흥적인 즐거움,

또는 인간의 정신을 드러내는

모든 경험을 감당할 수 있다.

우리가 우리 자신을 믿는다면.

도시 이곳저곳을 다니며 근무하느라 너무 바빠서 집에 갈 시간이 없었다. 병원은 5층에 인턴들을 위한 기숙사를 운영했고, 그들은 말 그대로 직장에서 살았다. 이런 상황에서 천천히 적응하고 있을 여유는 없었다. 종합병원 인턴들은 병원 수영장의 깊은 곳에 던져져 가라앉거나 헤엄쳐야 했다. "정말 많은 일을 줬어." 찰리는 당시를 행복하게 떠올리며 이렇게 덧붙였다. "할 수만 있다면."

급격히 발전하던 도시의 공공 병원이었던 캔자스시티 종합병원은 온갖 질병과 부상을 치료했다. 찰리는 '불결한 환자'의 수술실부터 계절성 전염병 환자들의 격리실까지, 산부인과 병동부터 조직 폭력배들이 총탄이나 면도칼에 맞아 다쳐서 오는 응급실까지 부지런히 모든 것을 보고 경험했다.

찰리는 배움의 갈망을 보여주는 이야기를 자주 했다. 어느 토요일 아침에는 언더우드 박사의 호출을 받고 동료 인턴들과 함께 수술실로 불려가 대단히 중요한 편도 제거 기술을 배웠다. 그 시대의 의사들이 다 그랬듯 찰리는 편도가 원인인 수많은 질병을 배웠다. 목구멍에 있는 이 작은 기관을 떼어내는 수술은 건강 재설정 버튼이라고 알려졌다. 따라서 그들이 받게 될 수업은 그 어떤 수업보다 필요한 수업이었다.

하지만 인턴들이 이 정보를 머릿속에 집어넣으려고 모였을 때 언더우드 박사는 환자가 예정된 시간에 나타나지 않았다고 유감스럽게 말했다. 수술실의 흥분이 가라앉았다. 그때 찰리가 큰소리로 말했다. "저도 있습니다." 언더우드 박사는 잠시 찰리의 말을 이해하지 못한 것 같았다.

"제 편도를 잘라내셔도 됩니다." 찰리가 자원해 나서며 코트를 벗고 옷깃을 느슨하게 풀었다. 수술대 위에 올라가서 거울이 보이는 곳에 자리를 잡았다. 찰리는 거울로 수술을 지켜봤고, 동료 인턴들은 찰리의 벌린 입 주변에 모여들었다. "우리는 그렇게 살았어. 말도 안 되는 일을 개의치 않고 저질렀지." 찰리는 그런 상황이 얼마나 말도 안 되게 들리는지 내 얼굴 표정을 재미있다는 듯 지켜보며 말했다.

찰리는 '대개' 인턴들이 이보다 더 자발적으로 일했고, 관리 감독도 덜 받았다고 했다. "우리는 알아서 먼저 출근해서 알아서 일했어. 그리고 대체로 잘해냈지." 찰리는 어깨가 탈구되어 팔을 덜렁거리며 병원에 도착한 환자 이야기를 자주 했다.

진단은 쉬웠다. 하지만 인턴 중 누구도 탈구된 어깨를 맞춰본 사람이 없었다. 그들은 에테르로 환자를 마취한 뒤 처치에 들어갔다. "우리는 탈구 정복을 할 수가 없었어." 찰리는 부상당한 부위를 원위치로 되돌린다는 의미의 의학 용어를 사용해 말했다. "우리 셋 다 시도해봤지만 안 됐어." 팔은 막무가내로 덜렁거렸다.

인턴들은 자존심을 죽이고 병원 담당의를 불렀다. "의사는 곧장 왔지. 우리를 쳐다보더군. 환자는 아직 잠들어 있었어. 담당의는 어깨뼈를 너무 쉽게 맞추고는 돌아갔어."

인턴들은 눈빛을 교환했다. 아직 마취에서 깨지 않은 채 졸고 있는 환자를 쳐다봤다. "우리는 서로를 쳐다보며 말했지. '이제 우리도 할 수 있어.'"

그렇게 찰리와 다른 인턴들은 그 처치를 다시 시도해보기로 했다. 세 사람은 환자의 어깨를 구멍에서 빼냈다. 진정제를 투여받은 환자는 잠들어 있었다. "계속해서 시도했지만 이번에도 어깨를 맞추지 못했지." 찰리가 회상했다. 팔을 아무리 이리저리 움직여봐도 베테랑 의사의 무심한 동작을 따라할 수가 없었다. 좌절한 그들은 다시 아까 그 노의사를 호출했다.

"담당의가 와서 어깨를 다시 원위치로 맞춰놨어." 찰리가 말했다. 그리고 인턴들은 마침내 자유로운 병원 운영의 단점을 알게 됐다. "의사는 우리 세 사람을 바라보며 이렇게 말했지. '이봐, 자네들, 환자 좀 그냥 놔두게.'"

나중에 각 인턴은 한 달간 단독 왕진 업무를 배정받았다. 병세가 너무 심각하거나 다른 이유로 병원에 올 수 없는 도시 곳곳의 환자들은 전화 교환대에 연락해 의사를 보내달라고 요청했다. '근무' 중인 인턴들에게는 자동차(소위 '환자용

차')와 도시의 길을 속속들이 아는 운전사가 배정됐다. 찰리는 의료 기기와 기본 의약품으로 가득 찬 가방을 들고 첫 왕진에 나섰다. 긴 하루가 끝날 때까지 왕진 요청은 20~25번 정도 들어왔다. 그리고 다음 날이 왔다. "좋은 공부가 됐지." 찰리가 곰곰이 생각하다 말했다. 가령 찰리는 맹장 파열과 고통스러운 신장 결석을 구분하는 법을 배워 일단 구급차를 불렀고, 그 후에는 아스피린과 수액, 넉넉한 용기를 처방했다.

무엇보다 겸손함을 배웠다. 자신이 배운 의료 지식으로 대부분의 환자들에게 해줄 수 있는 것이 얼마나 적은지 금세 깨달았기 때문이다. 찰리는 배운 지식으로 고통스러운 종기를 짜내고, 국소 화상에 연고를 바르고, 심한 자상을 꿰맬 수 있었다. 하지만 실제로 진단을 내린 대부분의 병은 치료할 수 없었다. 항생제를 비롯해 다른 선진 의약품이 나오기 전이었기 때문이다. 간단한 엑스레이는 이후에 나온 인체 영상 촬영 기술이었다. 찰리는 피부 아래 뼈를 본 적도 없어서 손으로 더듬으며 골절을 치료했다. 골절된 뼈를 많이 맞췄는데, 사람들은 여전히 손으로 자동차 크랭크를 돌리다가 역화가 되는 바람에 수시로 팔과 손목, 손이 부러져 왔기 때문이다. 찰리는 가방에 보호용 깁스 붕대를 만들 붕대와 회반죽을 넣어 다녔다. 찰리는 '맞자극(특정 자극을 부드럽게 하기 위한 반대 자극-옮긴이 주)' 이론으로 무장한 채 왕진에 나섰다. 그 이론에 따르면 의사는 감염을 퇴치하기 위해서 면역 체계를 자극해야 한다. 인기 있는 치료약은 겨자 연고였다. 왕진의는 환자의 집 주방에 있는 마른 겨자와 밀가루를 같이 부은 뒤 그 가루를 따뜻한 물과 섞어 반죽을 만들고 그 반죽을 환자의 가슴에 펴 바른다. 그게 도움이 됐냐고? 그게 그들이 할 수 있는 최선이었다.

찰리는 어떤 환상도 품지 않았다. 찰리는 일찌감치 결론을 내렸다. 의사가 해줄 수 있는 최선은 대부분의 병이 절대 안정과 적절한 영양, 충분한 수분 섭취, 그리고 자연이 있으면 점차 완치될 거라고 안심시키는 말이었다. "대부분 보조적인 치료였지. 마음을 편하게 해주려고 돕고 애쓰면서 몸이 절로 치유가 됐거든……" 찰리가 말했다.

또 인턴들은 공중 보건 기능도 수행했다. 치료는 못해도 예방은 할 수 있다는 바람으로. 그들은 사람들의 집을 찾아 영양가 있는 식단에 대한 조언을 해주고 적절한 위생 관리법을 알려줬다. 찰리와 동료들도 자유롭게 제 의견을 말했는데, 그럴 수 있었던 것은 의사를 상대로 한 소송은 사실상 전례가 없었고 의료 보험도 거의 알려지지 않았기 때문이다. 심지어 신출내기 의사의 실력을 의심하는 경우도 별로 없었다. 하지만 찰리는 머지않아 신뢰가 가장 효과적인 약인 분야에서 자신이 불리한 위치에 있다는 사실을 깨달았다. "사람들이 약간 의심 어린 시선으로 날 쳐다봤지. 내가 너무 어려 보였으니까! '의사세요?' 환자들은 이렇게 물었어." 찰리는 좀 더 나이 들어 보이길 바라며 거의 90년 동안 콧수염을 길렀다.

찰리는 환자용 차로 왕진 근무를 마치고 나서 응급 상황이 발생하면 병원 구급차를 다시 탔다. 무법천지인 캔자스시티의 거리를 구급차로 이동하는 것은 대단히 위험하고도 오싹한 일이었다. "이 운전자들은 제정신이 아니었어." 찰리가 말했다.

오랜 시간이 지난 뒤까지도 찰리는 유난히 위험했던 운전을 기억했다. 제 마음대로 구급차에 탄 거슬리는 사람이 있었다. "《스타》 기자 하나가 구급차 출동 요청이 올 때마다 기삿거리를 찾으려고 어슬렁거리며 따라왔지." 찰리가 설명했다. "아주 기분 나쁜 사람이었어. 한번은 출동 요청이 와서 현장에서 환자를 처치하는데 병원에 다시 데려갈 필요가 없었지. 그랬더니 이 기자가 이렇게 말하더군. '침대가 비어 있으니까 돌아가는 동안 누워서 좀 갈게요.'"

"구급차 운전사들은 늘 과속을 했어. 당시에는 지금과 달리 뒤쪽이 아니라 옆으로 문이 열렸지. 31번가와 트루스트 거리에서 방향을 트는데, 두 바퀴 위에 올라가 있는 기분이 들더라고. 문이 활짝 열린 거지. 이 기자가 탄 침대가 곧장 밖으로 굴러 나가버렸어."

1년간의 병원 생활은 찰리의 인생 그 자체였다. 그 모습을 가까이서 보느니 찰리의 어머니는 차라리 멀리 사는 편이 속 편했을지도 모른다. 병원은 심지어 사랑에 눈을 뜨게 해준 곳이기도 하다. 그곳에서 찰리는 한 병동에서 일하는 매력적인 10대 밀드러드 크리스텔을 만났다. 둘 사이에 불꽃이 튀었고, 찰리는 어렵게 시간이 났을 때 밀드러드에게 데이트 신청을 했다. 둘은 서로에게 끌렸다.

찰리는 훌륭한 이야기꾼이었지만, 밀드러드 이전에 진지하게 사귄 여자친구를 언급한 기억은 없다. 내 감이 틀릴 수도 있지만, 찰리가 사랑에 뒤늦게 눈떴다는 느낌이 들었다. 어쨌든 찰리는 동급생들보다 두 살 어렸고, 다른 동기들이 구레나룻을 기르고 연애를 할 때도 여전히 어린아이였다. 대학 데이트 나이트에도 바싹 달라붙어 춤을 추며 키스를 하는 대신 무대에서 색소폰을 불었다. 찰리의 연애 경험이 얼마나 있었든 밀드러드와의 만남은 어딘가 달랐고, 두 사람은 찰리의 인턴 기간이 끝나자마자 결혼을 했다.

그리고 마침내 찰스 화이트 박사가 됐다! 그러나 한 가지 문제가 있었다. 당시 대부분의 의과대학과 달리 노스웨스턴은 인턴 신분의 졸업생에게 의사 면허 시험 응시 자격을 주지 않았다. 찰리가 인턴 과정을 마쳤을 때는 너무 늦어서 시험에 지원할 수가 없었다. 다시 1년을 기다려 다음 시험을 쳐야 의사 면허를 받을 수 있었다. "나는 의사 일을 하고 싶었을 뿐이야. 하지만 나는 주 주관 면허 시험에 지원할 시기를 놓쳐버렸지." 수십 년이 지난 뒤에도 여전히 절실한 목소리로 찰리가 말했다.

규칙은 규칙이다. 규칙에 따르면 찰리에게 의학 박사 학위가 있어야 시험에 응시할 자격이 주어졌다. 노스웨스턴 대학의 규정에 따르면 찰리는 인턴 과정을 마칠 때까지 학위를 취득할 수 없었다. 학교마다 규칙이 달랐지만, 이 규칙이 찰리의 앞날을 좌우했다. 적어도 그때는 그래 보였다. 물론 찰리는 그 장애물 앞에 순순히 무릎 꿇을 생각이 없었다. 당장에 의사 면허 담당자를 찾아가 정중하게 자신의 상황을 설명했다.

찰리는 미주리주의 주도인 제퍼슨시티로 향했다. "의사였던 주 위원회 위원장이랑 담판을 지으러 갔지." 찰리는 위원장에게 상황을 전부 설명했다. 미주리 대학교에서 지독하게 학부 공부를 하고, 노스웨스턴 의과대학을 완벽하게 준비했으며, 캔자스시티에서 가장 환자가 많은 종합병원에서 여러 과의 인턴 과정을 마친 이야기를 했다. 찰리는 노스웨스턴의 규칙이 이제 막 시작하는 자신의 의사 경력에 시기상 얼마나 나쁘게 작용했는지 설명했다. 주 의사 면허 위원회의 관대한 처분을 호소했다.

하지만 규칙은 규칙이었다. 찰리는 다음 해까지 기다릴 수밖에 없었다. 하지만 위원장은 찰리가 보여준 모습이 마음에 들었고, 한 가지 현실적인 제안을 했다. 그 제안은 간이 작은 사람에게는 통하지 않았을 테지만 찰리에게는 완벽하게 통했다. "위원장은 이렇게 말했지. '이보게, 청년, 좋은 의대에 들어가서 인턴 과정도 잘 마쳤구만. 그냥 의사 일을 하시게.' 그래서 나는 의사 면허도 없이 1년간 의사 생활을 했어." 찰리가 덤덤하게 말했다. 찰리는 또 한 번 자신에게 내기를 걸었고, 결과는 성공적이었다.

라일 윌리츠는 찰리가 캔자스시티로 돌아오면 해주겠다고 약속한 대로 자기 병원에 자그마하게 공간을 내주고 "환자 몇 명을 넘겨줬다". 하지만 찰리는 자기 힘으로 환자를 찾아 신출내기 의사인 자신과 새 신부가 된 아내를 먹여 살렸다. 인턴 기간에 찰리가 일하는 모습을 좋게 본 종합병원 의사들에게 추천서를 몇 장 받기까지 했다. 찰리는 시간이 갈수록 입소문으로 환자들을 늘려갔다. 하지만 의사로 완벽히 자리 잡는 일은 생각보다 더뎠다.

찰리와 밀드러드는 연애하는 동안 드물게 쉬는 날 밤에 만나 새로 생긴 컨트리클럽 플라자 거리를 산책했다. 이 환상적인 스페인풍 건축물은 넓은 보도와 수입 분수와 함께 도시 미화 운동의 큰 업적이었다. 도시 미화 운동은 탁하고 숨막히는 19세기 신흥 도시를 나무와 꽃을 심은 공원과 녹음이 우거진 도로, 기념비적인 건축물, 화단을 조성한 강둑으로 살려내는 전국적인 캠페인이었다. 지역 신문사 기자였던 윌리엄 록힐 넬슨의 주도하에 캔자스시티는 그 운동에 열렬히 참여해 결국 로마를 제외하고 세계 어느 도시보다 많은 분수를 갖게 됐다. 컨트리클럽 플라자는 이전에 돼지 농장이었던 땅에 들어섰고, 중심 상업 지구 밖에 위치한 미국 최초의 계획 쇼핑센터였다. 차로 갈 수 있는 이 쇼핑센터는 보행자들이 산책과 쇼핑을 할 수 있도록 꽤 널찍하게 만들어졌다. 찰리와 밀드러드처럼 주머니 사정이 안 좋은 젊은 연인들은 쇼핑센터 옆을 지나다니며 웃으면서 밤 산책을 즐기고, 볼링장에 잠시 들러 아이스크림콘을 먹을 수도 있었다.

찰리는 툭하면 범람했던 개울, 브러시 크리크 건너편에 들어선 9층짜리 세련된 아파트 건물을 어렵지 않게 발견했다. 이탈리아식 탑과 석조 장식이 들어간 붉은 벽돌 건물 '빌라 세레나'였다. 건물의 부동산 개발업자는 맨해튼의 센트럴파크를 따라 늘어선 웅장한 건물들을 연상시키려는 의도로 이 건물을 지었다. 그 목표를 이루었는지 여부와는 상관없이 빌라 세레나는 1920년대 캔자스시티의 확실한 상징물이었다. 또 다른 찰리의 매형도 이 사업에 관련되어 있었고, 찰리와 밀드러드에게 결혼 선물로 빌라 세레나 몇 달 임대료를 내줬다. 빌라 세레나는 아름다운 로비와 미용실을 갖추고 있었으며, 무료 청소 서비스와 GE의 고급 가전 브랜드 핫포인트의 전자 기기를 제공했다(하지만 에어컨은 없었다. 찰리는 오래전 무척 덥고 습했던 여름밤에 다른 주민들과 함께 간이침대를 끌고 아파트 건물 옥상에 가서 밖에서 종종 밤을 지새워야 했던 이야기를 자주했다).

찰리는 값비싼 집세 부담을 지는 게 조심스러워 제일 작은 평수를 골랐다. 그런 뒤 빌라 운영진에게 입주민의 편의 혜택으로 병원 영업시간 이후 비상 대기하는 입주 의사 서비스를 제공할 것을 제안했다. 찰리에게 빌라 세레나는 그저 세련된 주거 장소만은 아니었다. 환자가 될 수도 있는 사람들이 모여 사는 곳이었다. 운영진은 찰리의 제안을 기꺼이 받아들였다.

이쯤에서 찰리가 마침내 자립했다고 말하기는 힘들다. 찰리는 이미 오래전에 자립했으니까. 소아 성애자의 여름 캠프에서 나와 기차에서 쏜살같이 뛰어내려 최종 목적지인 집으로 걸어가던 여덟 살 때, 바퀴 자국이 깊게 파인 도로를 운전해 나라의 반을 돌아 화물 열차를 옮겨 타고 다니던 열여섯 살 때, 라디오를 듣고 뮤지션이 되어 그 짧은 경력으로 대학

194

교육을 받고 배를 타고 세계의 절반을 돌았을 때, 아기를 받고 환자들이 죽어가는 모습을 지켜보며 시카고 조직 폭력배에게 자신의 피를 뽑아줬을 때 이미 자기 힘으로 홀로 섰다. 찰리의 재능은 "사람은 늘 스스로 서야 한다"는 존재론적인 생각을 자연스럽게 이해하고 받아들이는 능력이라는 생각이 들었다. 우리는 늘 묻고 배우고 상의하고 모방하지만, 우리가 마침내 행동할 때 그건 바로 우리 자신이 스스로 결정한 행동이 된다.

설령 우리가 아직 '홀로 서지 못한다' 해도 '홀로 설 수 있다'고 생각하고 행동하는 편이 나을 것이다. 그렇다고 자기중심적으로 생각하거나 자기애에 빠진다거나 정신 나간 행동을 하라는 이야기가 아니다. 나쁜 선택 대신 좋은 선택을할 자유가 있는 듯 행동하라는 이야기다. 우리에게는 희생하고 사랑하고 용서할 힘이 있다. 그러므로 우리는 '홀로 설 수 있다.' 내가 보기에 찰리는 어떤 삶이든 역경과 좌절의 순간이 있고, 어떤 삶은 다른 삶보다 어렵고 또 어떤 삶은 부당하다는 사실을 자연스럽게 이해했다. 하지만 아무리 좁은 범위에서라도 늘 어느 정도는 자기 결정을 할 여지가 있다. 그 여지 안에서 우리는 홀로 설 수 있다.

물론 '홀로 선다'는 말은 어린이와 성인 사이 보이지 않는 선을 넘는다는 의미로 더 흔하게 쓰인다. 우리는 이렇게 말한다. 그 남자는 홀로서기 했어. 그 여자는 홀로서기 했어. 일을 시작했고, 가정을 이뤘어. 즉 배우자와 결혼을 했어. 찰리의 홀로서기는 스물다섯 살이던 1930년에 이뤄졌다. 콧수염이 듬성듬성 난 젊은 의사였고, 아름다운 빌라 세레나의 입주 의사였다. 아주 어린 아내와 근사한 건물에 있는 작은 집을 갖고 있었다. 찰리는 홀로 섰고…… 그 후 온 세상이 그에게 등을 돌렸다.

달력을 보자. 1930년이다.

역사 수업에서 배웠을 테지만, 1929년 주식 시장 붕괴는 하루아침에 일어난 일이 아니었다. 시장은 찰리의 인턴 과정이 끝나갈 무렵인 1929년 가을 내내 등락을 거듭하며 고전했고, 10월 말 바닥을 친 뒤 다시 날아오르듯 날개를 폈다. 찰리가 의사로 첫발을 내디뎠을 때 많은 사람은 여전히 시장 붕괴가 다음 호황으로 가는 도중의 짧은 막간일 뿐이라는 희망을 품고 있었다. 낙관적인 주식 중개인들이 흔히 말하는 '조정장'이라고 믿고 싶어 했다.

하지만 조정장이 아니었다. 1933년 미국 연간 산업 지수의 거의 절반이 잘려나갔다. 국민 총생산은 3분의 1로 떨어졌다. 실업률이 20퍼센트를 넘어섰다. 세계 대공황은 숨통을 조이는 잔뜩 찌푸린 구름처럼 10년 넘는 시간 동안 찰리의 경력을 위협했다. 1905년경 태어난 찰리 세대는 광란의 20년대에 정작 너무 어려서 번 돈이 많지 않았다. 하지만 대공황은 잃어버린 시간과 경력 손실 면에서 그들에게 막대한 피해를 입혔다.

내가 길 건너 찰리의 집을 찾은 어느 날, 우리는 여느 때와 같이 이야기를 나누고 있었다. 아니, 찰리가 이야기하고 나는 놀라며 듣고 있었다. 찰리가 의사 일을 시작한 1930년대 초반 의료비에 대한 이야기였다. 찰리는 그때 의료비가 얼마였는지 바로 기억해냈다. 병원 방문 비용은 2달러, 왕진비는 3달러, 영업시간이 끝난 뒤 왕진비는 5달러였다. 하지만 찰리는 이 요금이 사실과는 아주 다르다고 했다. 청구된 요금 대부분을 받지 못했기 때문이다. 100만 달러를 부를 수도 있었지만, 실제로는 얼마나 받을 수 있었을까? 찰리는 많은 캔자스시티 가정이 "이 엄청난 대공황의 한가운데에서 차비 5센트를 낼 수 없었다"고 말했다. 환자한테 말 그대로 니켈로 만든 동전인 니켈, 즉 5센트짜리 동전 하나가 없는데 의사가 '2달러'를 부르든 '5달러'를 부르든 뭐가 달랐을까?

찰리는 출발선에 서기 위해 온갖 애를 쓴 끝에 이제 역사상 가장 힘든 상황에 맞서 달리고 있었다. 대공황에서 살아남은 다른 사람들처럼 찰리 역시 전문 중개인이 되었다. 만약 어떤 남자가 주유소를 소유하고 있다면 찰리는 그 남자의 탈장을 치료해주는 대가로 휘발유 몇 통을 무료로 받거나 새

타이어를 할인받을 수 있었다. 닭장을 소유한 환자는 남는 계란으로 치료비를 지불할 수 있었다. "희한한 방식으로 치료비를 받았지." 찰리가 당시를 떠올렸다. "남자 하나가 기억나는구만. 그 남자는 플라자에서 온갖 보험을 판매했고 대단히 부유했지. 그런데 대공황 때 파산했어. 내가 갔을 때는 폐렴에 걸려 있었지. 그 사람 집에서 치료를 했는데 병이 낫자 나한테 이렇게 말했어. "제가 낼 돈이 없는데 브리태니커 백과사전 세트는 어떻습니까?"

찰리는 남자의 책꽂이에 아름답게 꽂힌 근사한 가죽 장정의 1980년판 브리태니커 백과사전을 쳐다봤다. 찰리는 백과사전보다 현금이 훨씬 더 필요했다. 하지만 아무것도 없는 것보다는 책이 나았다. "나는 '그래요, 뭐든'이라고 말하고는 책을 가져갔어. 남자가 치료비로 준 거니까. 그리고 사실 내가 치료한 것도 아니었지. 자연이 남자의 폐렴을 낫게 한 거야."

1930년대 중반에 나온 한 학술 논문의 저자는 여러 도시에 사는 환자 수천 명을 대상으로 설문 조사를 진행했고, 이런 결론을 내렸다. 의사와 다른 의료인들이 어느 분야에서도 유례없을 정도로 "서비스 비용을 받지 못하는 문제"에 직면했다. 공장장은 어려운 시기에 생산성이 낮은 부서를 없애거나 노동을 덜어주는 장치를 도입하는 방법, 또는 최후의 수단으로 다시 호황기가 올 때까지 공장을 닫는 방법으로 비용을 절감할 수 있었다. 그 방법을 의사나 병원장은 쓸 수 없었다. 돈을 내는 환자가 줄고 진료비를 받지 못하는 사태가 엄청나게 증가하는데도 평소처럼 병원을 운영해야 했다."

찰리는 당시 이야기를 할 때마다 자기는 신경 쓰지 않았다고 주장했다. 자신은 소명 의식으로 의사가 됐지, 부자가 되고 싶어서가 아니라고 했다. 하지만 그런 마음이라고 해도 그 시절을 더 쉽게 살아낼 수는 없었다. 찰리는 왕진 환자 약 40퍼센트가 현금이든 현물이든 어떤 형태로도 끝내 돈을 내지 않았다고 기억했다. "진료비를 장부에 오랫동안 기록해뒀지만 받지 못했지." 찰리는 받지 못한 진료비에 대해 이렇게 말했다.

이따금 찰리가 환자를 진료하고 나면 환자의 가족이 감사의 의미로 식사 자리에 초대하기도 했다. 찰리는 초대받을 때까지 기다리는 법이 없었던 다른 의사 이야기를 들려주었다. 그 의사는 환자의 집에 들어갈 때마다 식료품 저장실과 냉장고로 직행했고, 뭘 먹거나 챙기지 않고 나가는 법이 거의 없었다.

하지만 병원은 물물교환만으로 운영될 수는 없었다. 고정 비용이 있었기 때문이다. 의사에게는 차가 필요했다. 같은 학술 논문에 따르면 1930년대 의료 서비스는 주로 의사들이 왕진을 하며 이루어졌다. 그들은 밤낮없이 환자들의 가정을 찾았지만, 일반 자동차는 그렇지 않았기 때문이다. "의사에게 꼭 필요한 한 가지, 없으면 안 되는 한 가지는 무엇보다 자동차였어." 찰리가 말했다. "모든 의사는 차를 사자마자 주목받았어. 소방서와 경찰이 사용하는 것과 같은 종류의 차였지. 밤에 불빛도 없는 거리를 운전해 집 주소를 찾을 수 있을 것 같아?"

"말도 안 되는 일이었지." 찰리가 말을 이었다. "거의 밤새 주소를 찾아야 할 거야. 우리는 도시의 좁은 거리까지 속속들이 알게 됐어. 어느 집이든 주소를 찾으려면 의사에게 물으면 됐지."

돈이 너무 쪼들리니 부모들은 아이가 아파도 찰리에게 알리는 걸 극도로 주저했다. 찰리는 겨우내 아프다 낫다 한 소년 하나를 치료하러 불려간 때를 떠올렸다. 소년의 부모는 아들이 언젠가 낫기를 바라며 의사를 부르는 걸 미뤘다. 찰리는 도로변에 차를 세우기도 전에 염증이 생긴 편도가 그려졌다.

낯선 집에 들어서면서 유능한 조수를 찾을 수 있기를 기대하며 가족의 규모를 가늠했다. 집에서 하는 아무리 간단한 수술에도 두 사람이 필요했기 때문이다. 찰리는 몇 분 안에 용감해 보이는 환자의 형제나 고모를 즉석에서 마취 간호사로 훈련시켰고, 산소마스크에 붙은 용기 속 솜뭉치에 에테르를 천천히 떨어뜨리게 했다. 에테르 가스는 환자를 곯아떨어지게 했고, 일정한 간격으로 몇 방울씩 떨어뜨리는 동안 환자는 계속 잠들어 있었다.

이번 왕진에서도 찰리는 적극적인 조수를 찾았고, 조수에게 그 장치를 설명하고 에테르를 흘려보내기 시작했다. 모든 게 순조로웠고 환자는 식탁에서 마취가 됐다. 찰리는 가방에 손을 넣어 올가미 줄, 즉 감염된 편도를 감쌀 가느다란 철사 고리를 찾았다. 고리를 힘주어 잡아당기면 철사가 편도를 잘라내게 되어 있었다.

하지만 가방 안에 있어야 할 철사가 보이지 않았다.

찰리는 가방을 뒤졌다. 철사가 없었다.

찰리의 아마추어 조수는 에테르 몇 방울을 용기 속에 떨어뜨렸다. 그러고는 기대하는 눈빛으로 찰리를 바라봤다. 찰리는 이제와서 수술을 중단하는 건 상상할 수 없었다. 절박했던 찰리는 주방 벽에 걸린 그림을 발견했다. 그림 액자……그리고 액자 고리를.

찰리는 벽에서 액자를 떼어낸 뒤 철사 고리를 빼내 닦고는 불로 잠시 소독했다. 그런 다음 철사를 올가미에 넣고 첫 번째 편도 주변에 감은 뒤 힘주어 당겼다. 문제의 살점이 빠져나오면서 만족스러운 피의 꽃송이가 번졌다. 찰리는 두 번째 편도에도 이 과정을 반복했다. 출혈이 멈추기를 잠시 기다린 뒤 찰리는 집을 떠났다.

그 이야기를 들었을 때 나는 찰리가 수술이 끝난 뒤 소맷 자락을 내리고 재킷을 걸치고는 커다란 가죽 가방을 달칵 닫고 약간 으스대며 집을 나서는 모습을 상상했다. 편도는 잘려나갔고, 환자는 침대에 잠들어 있고, 액자에 든 그림은 뒤집힌 채 측면판에 새로운 철사 고리가 달리기를 기다리는 중이었다. 임기응변이 돋보이는 기억할 만한 수술이었지만, 찰리가 만난 가장 어려웠던 편도 절제술에 비할 바는 아니었다.

찰리가 말하기를 가장 어려웠던 수술은 아이들이 가득한 집에서 한 수술이었다. 아이 한 명은 아팠고, 다른 아이들은 괜찮았다. 돈이 빠듯한 부모는 그 집 아이들의 편도를 한꺼번에 제거하면 할인을 받을 수 있는지 멋쩍게 물었다.

그런 경우 "첫 번째 수술은 쉬웠다"고 찰리는 말했다. 첫 번째 아이, 즉 아픈 아이는 식탁 위에 올라가는 데 동의했다는 의미다. 하지만 다른 아이들이 무슨 일이 일어나는지 본 순간 "정말 잡기 힘들었지".

당시 찰리에게는 갓 태어난 아이를 받는 일도 주요 수입원 중 하나였다. 특히 대공황이 끝날 무렵 연방 정부가 가정 분만을 할 때마다 의사에게 25달러의 보수를 지급하라는 법안을 통과시키고 난 뒤에는 더 그랬다. 의료 지원 없이 출산 중에 산모와 아기의 사망률은 충격적일 정도로 높았다. 보수를 지급한 건 임신부들이 집에 5센트짜리 동전 하나가 없을지라도 의사를 부르도록 유도하기 위해서였다. 찰리는 헤아릴 수 없이 많은 아기를 받았다. 하지만 한 아기를 받았던 기억은 유독 오래 남았다.

찰리는 언젠가 나에게 그 산모 이야기를 했다. "현금은 귀했고 사람들은 병원에 갈 돈이 없었지." 찰리가 배경 설명을 보탰다. 사람들이 가득한 그 집에 도착했을 때 진통 중인 젊은 여자를 발견했는데 어딘가 이상했다. 만삭이 아닌 것 같았다.

"아기를 받았는데 체중이 1킬로그램도 안 됐어." 오랜 시간이 흘렀는데도 찰리는 그날 일을 기억했다. "조숙아였지. 살 수 있을 것 같지 않았어." 찰리가 말을 이어갔다. "당시에는 당연히 소아 집중치료 병동 같은 게 없었지. 나는 병원이 어떤 처치를 할지 알았어. 아기를 따뜻한 데 두고 자연의 순리에 맡겨뒀겠지. 근데 이 사람들은 너무 가난해서 병원에 갈 수가 없었어. 그래서 나는 신발 상자, 평범한 신발 상자를 하나 구해서 솜을 덧댄 뒤 그 안에 아기를 넣었어. 근처에 등을 놓아 따뜻하게 해주고 점안기로 유아용 우유를 먹였어."

"그리고 어떻게 됐을까? 그 아기가 다섯 살이 됐을 때 내가 편도를 잘라줬어!"

찰리는 특유의 성격대로 이 모든 일을 모험으로 기억했다. 찰리는 웅장한 아파트 건물로 이사 들어갔을 때 얼마나 기뻤는지 기억했다. 아내와 새롭게 일을 시작한 화이트 박사. "내 친구들, 즉 다른 인턴들을 위해 파티를 열고 싶었어." 찰리가 말했다. "종합병원에서 연구실을 운영하던 의사 하나가 커다란 알코올 한 통을 줬지. 금주법이 시행되던 시기였지만 그건 괜찮았어. 100퍼센트 알코올! 그런데 알코올과 섞을 재료가 아무것도 없었어."

"나한테 20달러를 빚진 환자가 하나 있었는데, 그 돈을 그때까지 안 갚고 있었어. 그 사람한테 전화를 걸어 이렇게 말했지. '곧 파티를 열 예정인데, 제가 얼마 전에 결혼을 했거든요. 혼합주를 만들 돈이 좀 필요한데, 돈 갚을 수 있어요?' 그랬더니 돈을 주더라고. 곧바로 20달러를 받아 알코올과 섞을 재료를 샀지. 친구들은 술 만들 재료를 다 가지고 있었고, 우리는 파티를 열었어."

금주법 시행 기간 동안 캔자스시티에서는 밀주 제조로 유죄 선고를 받은 사람이 아무도 없었다고 한다. 정치적 보스였던 톰 팬더개스트가 후원과 위협을 동원해 캔자스시티를 움직였다. 이따금 팬더개스트는 좋은 정부를 만들려고 시도했다. 유권자들이 제대로 된 도로를 원한다는 사실을 안 팬더개스트는 당시 캔자스시티 지역 판사였던 해리 S. 트루먼에게 괜찮은 사회기반시설 사업을 감독할 권한을 주고 직업이 없는 주민 수천 명에게 일자리를 만들어줬다. 역사에 남을 만한 트루먼의 정치 경력도 이때 시작됐다. 하지만 더 대표적인 경우는 팬더개스트가 갱단 두목 조니 '브러더 존' 라지아와 맺은 협약이었다. 뉴욕시에서 활동 무대를 옮겨온 라지아는 제1차 세계대전 무렵에 있었던 선거일에 캔자스시티에 거주하는 이탈리아계 미국인들의 표를 이끌어내는 실력을 증명해 팬더개스트의 눈에 들었다. 그해 남은 시간 동안 라지아는 주류 밀매점과 카지노 사업을 점차 확장하며 확실한 불법 정치 자금을 조성했다.

영향력이 커지면서 라지아는 경찰 본부에 작은 사무실을 두고 경찰 채용이나 해고에 거부권을 행사했다고 한다. 이 힘은 경찰관들이 캔자스시티의 이탈리아계 주민 자치구인 리틀 이탈리아에서 빈번히 벌어지던 총격 사건을 조사하러 나갈 때 유용했다. 한번은 찰리가 종합병원 인턴으로 일할 때 코앞에서 총격전이 벌어졌다.

"구급차 근무 중에 왕진을 나가 있었어." 찰리가 회상했다. "리틀 이탈리아에 사는 한 여성이 폐렴에 걸려서 진찰한 뒤에 병원에 데려가기로 했지. 그래서 그 여성을 들것에 눕히고 운전자가 한쪽 끝을 들어 올리고 내가 다른 쪽 끝을 들어

올렸지. 우리가 거리 바로 옆에 있는 집 문 쪽으로 여자를 옮겼을 때 크고 검은 세단이 한 대 나타나더니 기관총으로 내바로 앞에 있는 남자를 총으로 쏴 쓰러뜨렸어. 그러고는 당연히 유유히 사라졌지."

"나는 구급차 운전사를 바라보며 이렇게 말했어. '들것은 이 남자가 더 필요한데.' 그래서 여자를 도로 침대로 데려다 놓고 총에 맞은 남자를 구급차에 실었지. 차 뒤에 앉아 병원으로 달려가면서 남자에게 말을 붙여보려고 했어. 그런데 남자는 이탈리아어로만 말했어. 말을 많이 하지도 못했어. 가는 길에 죽었거든. 그런데 그 차 운전사가 이탈리아 사람이라서 누가 쐈는지 뭐 이야기한 거 없냐고 물었지. 그는 나를 미친 사람처럼 쳐다보며 말했지. '전 아무것도 못 들었어요!'"

현명한 대답이었던 것 같다. 라지아는 대담한 갱스터였기 때문이다. 라지아는 자신이 상류층과 지하 세계 둘 다와 연줄이 있다는 데 자부심을 갖고 있었다. 1930년대 납치 사건이 줄을 잇던 시기, 심지어 패션계의 거물 넬 도널리도 운전사와 함께 자신의 저택 진입로에서 납치를 당했는데, 라지아는 유명한 희생자들을 구출하기 위해서는 꼭 만나야 하는 사람이었다(는 소문이 있었다). 라지아가 공개적으로 말을 꺼내자마자, 도널리는 몸값을 전혀 내지 않고 몇 시간 만에 안전하게 집에 돌아왔다. 한때 라지아는 캔자스시티에서 분명 FBI 보다 더 영향력 있는 존재였다. 1933년 유니언역 주차장에서 조직 폭력배와 연방 요원들이 격렬한 총격전을 벌였을 때 라지아는 경찰서의 연줄을 이용해 수사를 방해했다.

찰리는 문제를 만드는 걸 좋아하지 않는 성격이었고, 젊은 화이트 박사는 라지아가 장악한 북쪽 구역에서 유명해졌다. 찰리는 어느 날 밤에 호출을 받고 리틀 이탈리아로 진통 중인 여성을 데리러 간 이야기를 들려줬다. 건물에 도착해 3층에 있는 집으로 올라갔을 때 그 집은 걱정하는 친척들로 붐볐고 환자는 편히 쉬고 있었다. 진통은 아직 한참 멀었다. "아직 출산 준비가 안 됐어도 옆에 있어야 했지. 환자의 상태를 확인할 간호사가 없었거든." 찰리가 설명했다.

평소처럼 그 집 식구들을 살펴보며 가장 믿을 만하고 침착한 사람을 찾았다. 그리고 찰리는 선택된 조수에게 상황을 살펴보라고 맡겨둔 뒤 차 안에서 눈을 붙이러 아래층으로 내려갔다. 어느 정도 간격으로 진통이 시작되면 잠을 깨야 한다고 설명했다.

"새벽 2시쯤이었어." 찰리가 회상했다.

그날 밤은 따뜻했고 찰리의 포드 모델 A 컨버터블은 뚜껑이 닫혀 있었다. 찰리는 뒷좌석에 몸을 웅크리고 누워 금세 잠이 들었다. 하지만 깜짝 놀라 잠이 깼다. 누가 와서 아기가 나온다고 말해서가 아니라 "남자아이 둘이 차 바퀴를 떼고 있었거든! 내가 누워있는 걸 못 본 모양이지. 내가 벌떡 일어나자 애들이 귀신이라도 본 것처럼 겁을 집어먹었지. 당연히 곧바로 흩어졌지."

찰리는 동네에서 유명 인사가 됐다. "의료업은 당시에는 극히 개인적으로 이루어졌지." 찰리가 말했다. "어떤 집의 주치의가 되면 그 집에 가서 같이 밥을 먹고, 그 가족과 그 가족이 사는 방식을 알았어." 특히 한 조직 폭력배가 감옥에 간 후에 그 남자의 가족을 알게 되었다. "탈세를 했던가 그래." 찰리가 손을 저으며 말했다. 남자는 아픈 딸을 남겨두고 떠났다. 찰리는 남자가 복역하는 동안 치료비 한번 청구하지 않고 딸을 치료해줬다. "그 사람이 빈털터리라 나도 돈을 안 받았지."

나중에 찰리가 또 한 번 큰 파티를 열었을 때 찰리는 아픈 딸을 둔 그 조직 폭력배 친구를 기억해냈다. 그 마피아는 형기를 마치고 거리로 돌아와 있었다. "놀거리가 좀 필요했어." 찰리가 말했다. "그 사람한테 전화를 해서 말했지. '오락거리 좀 찾을 수 있을까요?' 남자는 '그럼요'라고 말하고는 핀볼 기계와 슬롯머신이 실린 트럭을 보냈지."

파티는 대박이 났다. 모두가 핀볼과 슬롯머신을 재미있게 했고, 다음 날 아침 찰리는 기계를 돌려보내려고 전화를 걸

었다. "내가 '조니, 잘 놀았어요. 와서 슬롯머신 가져가세요.'
라고 말했더니 남자가 이렇게 대답하더군. '선생님, 애들이
그거 그냥 가지시라는데요.' 그러고는 전화를 끊으려 했지."

"내가 '잠깐만요, 조니!'하고 불렀어." 찰리는 신세를 지고
싶지 않았다. 머릿속에서 어느 날 밤 환자가 있다는 호출을
받고 나갔다가 그의 '친구들'에게 살인 사건을 덮으라는 부
탁을 받는 모습이 떠올랐다. 하지만 슬롯머신 기부자는 물
러서지 않았다. "아이고, 선생님, 그냥 가지시라니까요." 찰
리가 더 이상 밀어붙이기 두려웠든, 아니면 즐거웠던 파티
가 도덕적으로 문제가 없었을지라도 조니의 감사가 그 자체
로 선행이라는 사실을 받아들였든 75년이 지난 그때까지도
슬롯머신이 여전히 찰리의 집 지하실에 있는 것을 내 눈으로
똑똑히 봤다.

찰리의 이야기는 십중팔구 사실이었다.

다시 한번 리틀 이탈리아 호출을 받았을 때는 밀드러드가
같이 따라가서 찰리의 진료 동안 차에서 기다리기로 했다.
찰리는 진료를 보며 어렴풋이 어떤 소음을 들었다. 자세히
들어보니 자동차 경적이었다. 다름 아닌 찰리 자신의 자동차
에서 나는 소리.

양해를 구하고 서둘러 밖으로 달려 나가자 밀드러드가 다
급히 경적을 누르고 있었고, 두 남자가 차 보닛 위에서 엎치

락뒤치락 주먹다짐을 하고 있었다. 밀드러드는 찰리가 영영 나타나지 않을 줄 알았다고 했다. 그 이후에도 찰리가 밀드러드를 구할 일은 점점 더 많아졌는데, 낯선 사람들의 몸싸움 현장만은 아니었다. 밀드러드는 찰리는 물론 심지어 자신조차 정체를 알 수 없던 악마와 싸우기도 했다. 결혼 생활은 수수께끼였고, 두 사람에겐 수수께끼를 풀 열쇠가 없었다.

대공황 시기에 신참 의사 아내의 삶은 10대 소녀가 기대하던 그림과는 전혀 달랐을 것이다. 찰리는 거의 집에 없었다. 오로지 일에만 매달렸다. 매일 아침 매형의 진료실에서 환자를 보고, 오후에는 왕진을 돌았다. 그리고 밤새 전화를 받았다. 아파트 건물에서는 찰리를 대기 의사로 올려뒀다. 이 모든 노력에도 불구하고 찰리의 형편은 그리 나아지지 않았다. 계란 몇 상자와 휘발유 몇 통, 남는 슬롯머신, 오래된 백과사전을 벌었다.

밀드러드가 얼마나 외로웠을지 짐작이 간다. 밀드러드는 가능한 빨리 부모님 품을 떠나 환락의 도시 캔자스시티에서 혼자 살기 시작했다. 젊은 시절 밀드러드는 분명 불처럼 뜨거웠을 것이다. 하지만 이제는 결혼을 했고, 삶이 지루했고, 외로웠다. 찰리가 가지고 있던 앨범 속 사진 속에서 두 사람은 함께 낚시를 하고 소풍을 떠났다. 그러나 1930년대에 사진은 어딘가 달랐다. 스마트폰이 없던 시절, 망설임 없이 사진

수천 장을 찍을 수 있는 기술이 나오기 한참 전에는 필름이 비쌌고 인화지 한 장 한 장이 중요했다. 누구도 평범한 순간을 사진으로 남기지 않았다. 사진은 특별해야 했다. 그래서 내가 찰리의 앨범 속 거의 100년 전에 찍은 흑백 사진, 태양이 개울에 얼룩덜룩한 무늬를 만들고 물가에 도시락이 놓여 있고 찰리는 느긋하고 밀드러드는 웃고 있는 그 사진을 봤을 때 그런 순간이 드물었다는 의심이 들기 시작했다.

찰리는 밀드러드와의 결혼 생활을 좀처럼 자세히 이야기하지 않았다. 하지만 우리의 우정이 깊어지고 즐거운 순간뿐 아니라 힘든 순간을 나누게 되면서 그 시절이 얼마나 고통스러웠는지 잠깐이나마 알려줬다. 때때로 찰리는 퇴근해 집에 돌아와서 무너진 밀드러드를 발견했다. 밀드러드는 때로 긴하루 끝에 사라지기도 했는데, 찰리는 밀드러드가 어디 있는지 전혀 알 수 없었다. 찰리가 나에게 이야기해준 두 가지 사실로 가늠하자면 결혼 생활은 빠른 시간에 끔찍하게 틀어졌다.

첫째, 찰리는 밀드러드가 자녀를 키울 만큼 안정적인 사람이 아니라고 아주 일찌감치 판단했다고 했다. 두 사람은 임신 최적기의 젊은 부부였지만, 그때부터 찰리는 자기들 부부가 아이를 갖지 못할 거라고 확신했다. 자세한 이야기를 하지는 않았지만, 의사인 찰리는 생식 주기를 이해했고 누구보다 피임 방법을 잘 알고 있었다. 찰리의 결심이 밀드러드의 고립감이나 외로움을 덜어주지는 못했다.

두 번째로 확실한 사실은 밀드러드가 캔자스시티에서 서쪽으로 약 100킬로미터 떨어진 캔자스주 토피카에 있는 정신병원 메닝거 클리닉에 여러 차례 입원했다는 것이다.

정신 질환과 중독 치료법이 낙후되고 때로는 야만적이었던 그 시기에 메닝거 가문은 선도적 역할을 했다. 병원이 있던 커다란 농가는 평화롭고 목가적이며, 감금이 아닌 치료와 치유를 중심으로 운영됐다. 관리인부터 책임자까지 전 직원이 치료 과정의 일부가 될 수 있도록 훈련을 받았다. 환자들은 가끔 몇 달씩 입원했다. 메닝거 가문에서 가장 널리 알려진 칼 메닝거는 인기 여성 월간지《레이디스 홈 저널》에 매달 칼럼을 싣고 전국의 수많은 독자에게 자신의 전문 지식을 전파했다.

밀드러드는 병원에서 퇴원해 집에 돌아왔을 때 더 안정돼 보였지만 오래가지는 않았다. 집은 아무것도 변하지 않았다. 찰리는 여전히 쉼 없이 일했다. 환자들은 역시나 치료비를 낼 수 없었다. 밀드러드는 여전히 아동기를 벗어나지 못한 명랑한 젊은 여성이었다. 밀드러드가 아이를 원했더라도 찰리가 너무 조심스럽고 분별력이 있고 성숙했기에 그런 일이 일어나게 두지 않았다. 혹은 아버지의 죽음으로 받은 상처가 줄곧 그를 괴롭혔기에 이렇게 불확실한 세계에 아이를 태어나게 하지 않았을지도 모른다. 밀드러드에게 집에 온다는 것은 톰 팬더개스트가 장악한 지루하고 외로운 술의 도시로 돌아온다는 의미였다.

즉 밀드러드의 음주는 잠시 멈췄지만, 결코 끝나지 않았다. 찰리는 이 시기에 대해 말하면서 무력감이 들었다고 고백했다. 찰리로서는 무엇보다 하기 힘든 고백이었다.

· · ·

찰리의 문제는 팬더개스트 정당 조직이 도시의 젊은 의사, 나이 들어 보이려고 콧수염을 기른 이 남자가 공인된 공화당 지지자라는 사실을 알게 되면서 더 심각해졌다. 찰리는 공화당의 텃밭이었던 일리노이주 출신이었다. 비록 찰리의 선조들은 남북전쟁 당시 남군 병사들이었지만. 반공식 채널을 통해 종합병원의 소중한 입원 특권(필요한 경우 해당 병원에 환자를 이송, 입원시키고 검사와 시술을 받을 수 있도록 하는 권리-옮긴이 주)을 지키고 싶으면 당을 바꾸는 편이 좋을 거라는 조언을 들었음에도 찰리는 단칼에 거절했다. 찰리가 캔자스시티의 모든 노동자처럼 수입의 일부를 팬더개스트 정당 조직에 기부하면 그의 정치관이 용서될 수도 있다는 말이 돌아왔다.

하지만 이번에도 찰리는 거절했다.

종합병원에서 리베이트 사기는 너무 흔해서 결국 큰 스캔들로 번졌다. 하지만 찰리에게는 간단한 문제였다. 협박을 당할 일이 없어졌고, 큰 대가를 치르고 자신의 원칙을 지켰다. 찰리의 입원 특권은 취소됐고, 찰리는 서둘러 다른 병원과 계약을 맺었다. 새롭게 일하게 된 세인트조지프 병원은 부속 건물이 세 개 딸린 Y자 모양의 빨간 벽돌 건물이었다. 건물 가장 꼭대기 층을 따라 튀어나온 처마 장식 아래로 아치 모양 창문이 이어져 있었다. 찰리가 어릴 때 살던 집에서 동쪽으로 몇 블록 떨어진 곳에 들어선 이 병원은 찰리가 공사 중인 걸 본 적이 있는 또 다른 역사적인 건물이었다. 캔자스시티에게 '역사'였던 이 병원이 찰리에게는 '삶'이었다.

1933년 아돌프 히틀러가 독일 총리가 되자 미국인들은 또 다른 세계 전쟁이 일어날 수도 있음을 알아차렸다. 고립주의자들은 미국이 유럽에서 얻을 게 없다고 주장하며 전쟁을 막으려 했다. 그러나 그 주장은 매해 조금씩 힘을 잃었다. 러시아 공산주의 혁명가 레온 트로츠키가 한 말은 1930년대 후반 상황을 명쾌하게 정리했다. 트로츠키는 "당신은 전쟁에 관심이 없을지라도 전쟁은 당신에게 관심이 있다"는 예언적인 말을 했다.

전쟁은 찰리에게 관심을 보였다. "육군 대표가 병원으로 찾아와 말하더군. '세인트조지프 병원을 육군 부대로 고용 계약을 맺고 싶습니다. 다시 전쟁이 나면 선생들은 다 같이 나가게 될 겁니다.' 제안은 간단해 보였고, 최악의 상황이 닥치면 캔자스시티 친구들과 같이 복무할 수 있다니 마음에 들었다.

앞으로 닥칠 문제의 계획을 세우는 건 당연했다. 대공황 시기이자 스탈린과 히로히토(일본 제124대 천황-옮긴이 주)가 통치하던 시대였다. "그래서 우리는 상비군에 예비역으로 합류했지." 찰리가 그때를 떠올렸다. 세인트조지프 병원 팀은 이후에 아무것도 한 일이 없다. 회의도 훈련도 없었다. 찰리의 삶은 이전처럼 흘러갔다. 대공황에서 성공하려고 아등바등하는 의사이자 불행한 결혼에서 벗어나려고 애쓰는 남편이었다. 몇 년간 노력한 끝에 찰리는 많은 환자를 확보했고 절반 가까이는 제때 돈을 냈다.

그때 일본이 동아시아를 침략했다. 1939년 독일은 폴란드로 밀고 들어갔고 1940년에는 프랑스를 점령했으며 영국을 유럽에서 고립시켰다. 세인트조지프 예비역들은 근무 호출을 받았다.

"그들이 약속한 부대가 아니었지." 찰리는 수십 년이 지났는데도 팀 복무 제안이 별 이유 없이 증발해버린 데 분개하며 말했다. 찰리는 혼자서 "육군이 오자크에 짓고 있던 병원

에 불려갔어. 지금은 잊어버렸고, 큰 병원이었지. 차에 올라
타고 그곳에 가서 우두커니 모여 앉은 열다섯 명에서 스무
명쯤 되는 의사들을 만났어."

의사들이 하는 말은 찰리의 심정을 정확히 대변했다. 그들
을 기다리는 병원은 없었다. 의사들은 아무런 할 일이 없었
다. 그들은 이렇게 말했다. "아무 일도 안 하고 있다고요. 의
사 일을 그만두게 해놓고는 아직 병원조차 없잖아요."

찰리는 부대장을 찾아가 불려왔는데 아무 할 일이 없어 당
황스럽다고 말했다. "중위, 맘에 안 들면 사임하시오." 부대
장이 말했다.

찰리는 사임했다.

"세인트루이스로 갔고 군에서는 사임했지." 찰리가 기억
을 되살려 이야기했다. 그 상황이 몇 달간 지속되더니 전쟁
이 다시 격화됐다. "진주만 공습이 일어났지."

전국 각지에서 성인 남자와 소년들이 모병 사무소로 달려
가는 동안 찰리는 어려운 결정을 내려야 했다. 서른여섯이었
던 찰리는 캔자스시티에 머물며 힘든 결혼 생활과 늘어나던
환자와 더불어 살 수도 있었다. 찰리보다 어린 의사 동료들
은 전쟁에 나갈 것이고, 그사이 동료들의 환자를 몽땅 데려
올 수 있었다. 의사로서 분명 승승장구할 것이다. 아니면 군
에 들어가 환자들이 그곳에 남은 의사들에게 떠나가도록 내

버려둘 수도 있었다.

선택은 결국 자긍심의 문제였다. "겁이 나서 군에서 사임하지 못할 것 같았지." 찰리가 말했다. 그래서 다시 나라를 위해 몸을 바치려고 했다. "해군에 지원했는데 '시력이 기준에 미달해서 데려갈 수 없습니다'라고 하더군. 의사가 왜 시력이 좋아야 하는지 알 수 없었지만, 안 된다더군."

"육군 항공대에 갔더니 나를 바로 데려갔어. 실제로는 진급을 했지. 원래 줬던 중위 대신 돌아가자마자 대장을 만들어줬어."

8장

–

두려움과 용기

두려움 외에는

두려워할 것이 없다.

프랭클린 루스벨트

예비군을 그만둔 후 '겁쟁이'가 될까봐 두려웠다는 찰리의 말이 흥미로웠다. 그의 인생에는 신체적으로나 정신적으로나 용기가 부족하다고 느낄 만한 부분이 전혀 없었다. 오히려 그 반대였다. 전차에 뛰어오르던 유년 시절부터 기관차 앞에 매달려 탄 위험천만한 순간, 노스웨스턴 대학 학과장을 상대로 한 자기변호, 죽어가는 폭력배에게 실험적인 수혈을 했던 일에 이르기까지, 찰리는 어떤 두려움이 닥치든 이겨내고 행동하고 기회를 붙잡았다. 물론 군 복무에는 위험이 따른다. 하지만 아무리 전쟁 상황이라고 해도 군의관으로 복무하는 것이 갱단 두목 존 라지아가 장악한 캔자스시티의 밤거리에서 응급차를 부르는 상황보다는 덜 위험했을 것이다.

찰리에 대해 깊이 알아갈수록 그가 말하는 두려움이 물리적 위험이 아닐 수도 있겠다는 생각이 들었다. 국방의 의무를 수행하기 위해 캔자스시티를 떠난다면 찰리의 경력과 안 그래도 삐걱거리는 결혼 생활이 위태로워질 수밖에 없었다. 생업을 내려놓고 군에 입대하는 것도 하나의 선택지였다. 군의관은 전쟁이 끝나면 재임용되거나 아니면 다른 기업의 공석에 들어갈 수 있었다. 기차역 역장을 그만두고 제2차 세계대전에 참전한 우리 할아버지의 경우가 그랬다. 할아버지는 제대하고 돌아와도 자기 자리가 건재하리라는 것을 확신할 수 있었다. 하지만 찰리에게는 돌아갈 고용주가 없었다. 환자에게 받은 돈으로 생활했기 때문에 그 환자들이 다른 의사에게 가버리면 돌아와서도 맨 밑바닥부터 다시 시작해야 했다. 또한 자신이 돌아올 때까지 밀드러드가 기다리고 있으리라는 보장도 없었다. 결국은 기다리고 있었지만 말이다.

따라서 찰리로서는 자기 인생을, 어떻게 보면 스스로 쌓아올린 인생 전부를 걸고 있는 것이었다. 이런 두려움은 오늘날에도 많은 사람이 느낀다. 다만 21세기에는 세계대전이 아니라 경제 전반을 잠식하는 디지털 혁명이 경력의 걸림돌이 된다. 내가 종사하는 업계를 예로 들어보자. 2008년에 '신문' 업계에 고용된 지면 및 디지털 보도국 직원은 2020년보다 두 배 더 많았다. 12년 만에 업계 종사자 절반이 사라졌다. 이런 대규모 일자리 손실로 가장 큰 피해를 입은 사람들은 30세에서 50세 사이의 중장년층으로, 찰리가 병원 문을 닫고 공군에 입대했을 때의 연배와 같다. 피해는 이뿐만이 아니다. 백화점 직원들이 온라인 소매업 때문에 일자리를 잃고, 주식 중개인이 거래 플랫폼으로 대체되고, 공장 노동자들이 로봇에 쫓겨나고, 가게 점원이 셀프 키오스크에 밀려나는 일들이 속속 일어나고 있다.

이렇게 한 치 앞도 알 수 없는 상황에서 불안을 넘어 두려움을 느끼는 것은 자연스러운 일이다. 하지만 스토아 철학의 신봉자인 찰리는 어느 상황에나 불확실한 요소가 있다는 점을 이해했다. 아무리 자신감이 넘치고 현실이 만족스럽더라도 우리가 통제할 수 있는 것은 우리 자신의 선택뿐이다. 우리를 시험하고 좌절시키고 심지어 무기력한 존재로 만들 어떤 일이 기다리고 있을지 우리는 결코 알지 못한다.

얼마 전 내 머릿속에 떠오른 트래비스 로이도 그랬다. 그는 북미 내 스카우트 순위 상위권 선수로 대학에 입학한 젊은 아이스하키 유망주였다. 1995년 이 건장한 미남 신입생은 보스턴 대학 테리어즈 팀의 선발 선수로 들어가 전국 챔피언 자리를 지켜냈다.

그런데 팀 마크를 달고 첫 경기를 시작한 지 11초 만에 경기장 벽에 머리를 부딪쳐 목뼈가 부러지고 말았다. 눈 깜짝할 사이에 엘리트 운동선수의 삶이 끝나버렸다. 꿈에도 생각하지 못한 일이었다. 대학 최고의 선수를 기약하며 첫 번째

퍽 드롭을 시연하던 인생 정점의 순간에서 나락으로 떨어지기까지 단 11초가 걸렸다.

겨우 11초.

사실 우리는 모두 트래비스 로이와 같다. 한 번의 짓궂은 운명 내지는 변덕스러운 우연으로 삶의 급격한 변화를 맞기도 한다. 이런 생각에 너무 빠질 필요는 없지만 그래도 명심하는 편이 좋다. "인간의 모든 것이…… 얼마나 덧없는지 보라." 마르쿠스 아우렐리우스의 명상록에 적힌 말이다. 비슷한 시기에, 저 머나먼 티베트에서는 어느 불교 경전 저자가 이렇게 썼다.

얻은 것은 잃어버리기 마련이고
올라가면 내려오게 되어 있네
만남이 있으면 헤어짐이 있고
태어난 것은 필히 죽게 되네

우리가 생명과 사랑, 기쁨이 존재한다고 알고 있는 유일한 행성, 이 지구 위 모든 것이 변한다는 사실은 보편적인 진리다. 우리의 인생 여정이 찰리처럼 길든 아니면 짧든, 이 거대한 시간 앞에서는 모두 한낱 진동에 지나지 않는다. 그러니 누구도 바꿀 수 없는 진실 앞에서 두려움으로 주저앉기보다는 강한 자아를 찾아 발전시키는 편이 더 현명한 처사다. 무슨 일이 닥치더라도 신뢰할 수 있는 나만의 정체성, 깊이 뿌리 내린 자아, 참자아 말이다.

목 아래쪽이 거의 마비된 트래비스 로이는 그렇게 했다. 그는 자신의 재능이 신체적인 부분에 그치지 않는다는 사실을 깨달았다. 로이에게는 타고난 낙천성과 결단력이 있었다. 로이는 빙판 위에서 이 재능을 펼칠 수 없게 되자 동기 부여 강연과 자선기금 모금에서 이 능력을 활용하며 자기 앞에 놓인 시련에 당당하게 맞섰다. 이런 용기와 인간적인 매력은 그가 참여하는 의미 있는 활동에 수천 명을 끌어들였다. 2020년 로이가 마흔다섯의 나이로 세상을 떠났을 때 나는 신문 칼럼에 이렇게 썼다. "로이가 노스다코타 팀과 시합을 한 것은 실존적 질문을 던지기 위해서가 아니다. 그럼에도 경기 시작 11초 뒤 그는 우리에게 이런 질문을 던졌다. 나를 둘러싼 모든 장신구가 벗겨지고 진짜 나만 남는다면 나는 누구일까? 나는 매 순간 그 참자아로 충실히 살아가고 있는가? 그리고 그 끝에 이르렀을 때 내가 걸어온 삶은 어떤 의미를 갖게 될까?"

지난 반세기 동안 과학자들은 두려움과 용기의 상관관계를 연구했는데, 그 결과는 고대 철학자들의 지혜가 사실임을 입증해준다. 심리학자 S. J. 라흐만은 대표적인 저서 《두려움과 용기》에서 두려움은 세 가지 요소로 이루어져 있다고 결론지었다. 불안감, 신체적 반응(가슴 두근거림, 메스꺼움, 답답함), 그리고 두려움에서 벗어나 이런 반응을 진정시키기 위한 행동 변화다. 라흐만은 두려움의 일부인 이 행동 변화를 의도적으로 무시하고자 하는 결정이 바로 용기라고 말했다. 용기 있는 사람은 두려움을 피하기보다는 직면한다.

다시 말해 두려움 없이는 용기도 없다. 위험을 느끼지 않는 사람은 불안도 느끼지 않는다. 불안을 느끼지 않으면 도망치고 싶은 마음도 들지 않는다. 라흐만의 말에 의하면 두려움이 없는 상태는 용기가 아니다. 그저 위험에 무지한 것이다.

스토아 철학자들은 가장 중요한 네 가지 기본 덕목으로 용기, 정의, 지혜, 절제를 꼽았다. 그 밖의 덕목들은 이 네 가지를 보조한다. 용기는 상황이 힘들고 버거워도 옳은 길을 가고자 하는 의지, 멈추지 않고 그 길을 가는 근면성, 도중에 다른 길로 가지 않는 지조, 그 길에 따르는 어떤 고난이든 이겨내고자 하는 불굴의 정신을 수반한다.

'겁쟁이'가 될까봐 무서웠다는 찰리의 말은 스토아 철학에서 말하는 이런 용기를 한순간이라도 잃을까봐 걱정했다는 뜻이 아닐까? 그는 아무것도 확실한 게 없다는 사실을 알고 주춤했다. 하지만 이내 본연의 모습으로 돌아왔다. 오랜 고민 끝에 찰리는 전쟁에 나가지 않고 집에 있다고 해서 보장되는 것은 없다는 사실을 깨달았다. 운명이 또 무슨 심술을 부려 그의 생업 또는 결혼 생활, 어쩌면 둘 다를 빼앗아갈지 몰랐다. 아버지가 일터에서 살아서 돌아올지 말지를 아이가 통제하지 못하듯, 찰리도 성공을 마음대로 어쩔 수 없었다. 하지만 옳은 일은 할 수 있었고, 그건 곧 군 복무에 자원하는 일이었다.

일단 해보자. 그리고 자신에게 최선의 결과가 나오리라고 믿자.

그리고 실제로 그렇게 됐다.

· · ·

찰리가 태어나기 얼마 전, 오빌 라이트는 바람이 휘몰아치는 노스캐롤라이나 모래 언덕을 기계 동력으로 12초 동안 약 30미터를 날며 최초로 비행을 선보였다. 찰리가 젖먹이였던 1905년 10월에는 오빌의 형 윌버 라이트가 본인이 정한 시작점과 종착점 사이를 정확히 이동했는데, 약 40킬로미터에 달하는 상당한 거리를 날았다는 점에서 최초의 진정한 비행이라고 할 수 있었다. 세상이 바뀌었다. 그로부터 12년이 채 지나기 전에 폭격기가 유럽 전역에 죽음의 그림자를 드리웠다.

1930년대에는 항공기가 무차별 폭력의 도구였다. 세계는 또 한번 불바다가 되고 그 중심에 비행기가 있다는 냉엄한 진실을 마주한 미 육군 공병들은 현대전을 치르는 데 필요한 조종사, 항해사, 폭격수, 정비병 부대가 주둔할 비행장과 훈련소를 짓기 위해 전국 각지에서 부지를 물색하기 시작했다.

그들이 선택한 부지 중 하나는 유타주 솔트레이크시티와 그레이트솔트 호수 사이 메마른 저지대에 있었다. 일본이 진주만을 공격하자마자 중장비가 그곳으로 몰려들었다. 한 도시와 공항이 몇 주 만에 지어졌다. 봄이 되자 어김없이 바람이 불고 자욱한 먼지 폭풍이 일었다. 한낮에도 트럭과 지프차가 헤드램프를 환하게 켜고 땅 위를 기어다녀야 할 정도였다. 침낭과 휴대용 식기 세트에는 물론이고 눈과 귓속까지 모래와 흙가루가 한가득 들어갔다. 이때 캠프 컨스 육군 비행장을 뒤덮은 먼지구름 속으로 찰스 화이트 대위가 걸어 들어왔다.

"거기다 병원을 짓는 중이었는데 내가 첫 의료진이 됐지." 찰리가 회상했다. "군에서는 일거수일투족을 보고해야 하잖나. 그래서 그간 했던 일을 하나하나 열거하다가 마취제 투여도 해봤다고 얘기했거든."

"그러자 '자네가 마취과장을 맡지'라고 하더군. 연구소장 자리에도 앉혀줬고. 나는 그길로 당장 시내에 나가 실험실을 꾸릴 기술자들을 구해야 했지. 군대는 그런 식이야. 경험 유무에는 관심이 없어. 우리는 방사선 전문가들을 양성하느라 꽤 고생했어. 열에서 열다섯 명이 거길 거쳐갔을 거야. 난 구급차를 관리하는 일도 맡았어. 구급차가 깨끗한지, 고장 나진 않았는지 점검했고 장교들 주치의 역할도 했지. 육군에선 해야 할 일이 참 많아."

진주만 공격이 있고 열두 달이 지났을 때 캠프 컨스에는 훈련생과 장교 약 4만 명이 주둔했고, 단조로운 막사들이 허허벌판 위에 삭막하게 줄지어 있었다. 찰리의 세계는 병원을 중심으로 돌아갔다. 병상이 1000개가 넘는 대규모 시설이었지만, 환자들의 사례는 그다지 다채롭지 않았다. 환자는 대부분 건장한 청년들이었다. 자상, 화상, 골절, 열사병, 경미한 폐렴 외에 여러 가지 전염병이 있었고 그중 다수는 성병이었다. "즐거운 시간이었어." 찰리가 말했다.

찰리에게서 처음 그 말을 들었을 때 나는 깜짝 놀랐다. 나중에 돌이켜보니 그게 내가 들어본 말 중 가장 찰리다운 말이었다. 제2차 세계대전은 찰리에게 "즐거운 시간"이었다. 찰리는 어디서든 기쁨을 찾아냈다. 캠프 컨스에서는 휘발유 배급 통장에서 적지 않은 행복을 찾았다. 캠프 장교들의 주치의였던 찰리는 국가의 엄격한 소비 제한에도 불구하고 부족함 없이 휘발유를 쓸 수 있었다. 병원 의사들은 "주말에 쉬었다." (당시에는 그리 크지 않았던) 솔트레이크시티 반대편에는 시내 동쪽으로 가파르게 솟아오른 그림 같은 워새치산맥이 있었고, 캠프에서 알타 스키장까지는 차로 한 시간이 채 걸리지 않았다. 기지 병원이 순조롭게 운영되던 1942년 가을, 산맥에 수시로 눈이 내리자 스키장이 어서 오라는 손짓을 보냈다. "연료는 얼마든지 얻을 수 있었어. 그래서 주말마다 동료들을 내 차에 태우고 스키를 타러 갔지." 찰리가 껄껄 웃으며 말했다.

하지만 여기서 중요한 것은 찰리가 찾아낸 즐거움이 아니다. 변화에 대처한 방식이다. 제2차 세계대전은 역사상 가장 강력한 변화의 원동력 중 하나였다. 공학 기술, 제조업, 물류, 운송, 통신, 컴퓨팅, 물리과학, 의학 분야에서 무서운 속도로 혁신이 이루어졌다. 특히 두 가지 중요한 의학 발전이 당시 찰리의 위태로운 경력에 직접적인 영향을 미쳤다. 찰리는 그 두 가지 발전과 친구처럼 지냈다.

첫 번째 발전은 획기적인 항생제인 페니실린의 대량 생산이었다. 이상하리만큼 강력한 이 화합물은 1928년 영국의 과학자 알렉산더 플레밍이 우연히 발견한 것이다. 연구 목적으로 실험실 페트리 접시에서 세균을 키우고 있던 플레밍은 어느 날 배양균 하나에서 곰팡이가 자라고 있는 걸 보고 짜증이 났다. 그런데 더 자세히 보니 곰팡이가 자라는 곳에는 살아남은 세균이 하나도 없었다. 짜잔, 스토아 철학이 빛나는 순간이다. 플레밍은 실험을 망쳤지만 자신이 통제할 수 있는 것, 즉 집중력과 주의력과 지적 능력에 최선의 노력을 쏟았기 때문에 훨씬 더 위대한 발견을 하게 되었다.

그 영향은 실로 대단했다. 유해 세균을 죽일 수 있는 물질이 있다면 결국 패혈증, 폐렴, 포도상 구균 등 일상에서 볼 수 있는 다양한 치명적인 감염도 치료할 수 있었다. 문제는 최대한 강력한 페니실린을 개발해 대량으로 생산하는 일이었다.

놀랍게도 이 작업은 1930년대 대부분의 기간 동안 뒷전으로 밀려나 있었는데, 과학 저술가 월데머 캠퍼트의 말을 빌리자면 '의학 연구 분야의 불명예 중 하나'가 아닐 수 없다. 그러다 엄청난 감염의 매개체인 전쟁이 발발하자 영국과 미국 정부가 페니실린 연구에 박차를 가했고, 얼마 지나지 않아 많은 제약 연구소들이 거대한 통 안에 기적의 곰팡이를 키워내고 있었다.

항생제의 출현은 인류에게는 그야말로 축복이었다. 윈스턴 처칠은 '성(聖) 페니실린'을 열렬한 신도의 마음으로 기념하자고 제안했다. 하지만 동시에 이 의료 혁명은 찰리의 진료 방식에 종지부를 찍게 만들었다. 찰리가 실토했듯 그는 병을 치료하지 않았다. 항생제 시대 이전에는 어느 의사나 그랬다. 찰리는 지식과 상식, 친절과 자신감이 한데 어우러진 '환자 응대 태도'를 주 무기로 삼아 자연면역이 병과 열심히 싸우는 동안 환자와 가족들을 위로하고 격려했다. 병을 치료할 알약이나 주사가 없었기 때문에 왕진을 다니는 일반의들은 자신이 떠난 후 환자의 가족들이 지시사항을 잘 따라주기를 기대할 수밖에 없었다. 일반의는 건강 코치와 동기부여 강사, 애도 상담자가 하나로 합쳐진 직업이었다.

페니실린이 등장하면서 의료는 돌봄과 지원의 문제가 아니라 치료와 수술의 문제가 되었다. 의학이 자연의 섭리에 맡겨지는 일은 두 번 다시 없었다. 변화의 조짐을 주시하고 있던 찰리는 미래의 의사들은 지금처럼 가죽 가방에 진료 도구를 담고 왕진하는 일은 없으리라는 사실을 깨달았다. 이제 의사는 몇 가지 치료 또는 수술법을 선택하고 치료제 처방 능력을 갖춘 전문가가 될 것이었다. 앞으로의 시대는 특정 전문 지식이 지배할 것이다.

앞서 나는 두 가지 중요한 발전이 있었다고 밝혔는데, 이제 두 번째로 넘어가보자.

폭력이 난무하는 전쟁은 오래전부터 통증 관리와 인명 구조, 수술 기법의 실험장이었다. 제2차 세계대전도 예외는 아니어서 진통제와 마취제의 용도를 크게 바꿔놓았다. 1930년대 찰리의 의료 가방에는 에테르 한 병과 흡입용 캔 하나가

들어있었다. 알다시피 환자의 가족은 몇 분 만에 이 간단한 장치의 작동법을 배울 수 있었다. 전문 지식은 전혀 필요하지 않았다.

최신 기술이었다. 1939년 이전에는 미국에 공인 마취 전문가가 없었다. 마취학 연구에 사용하도록 하버드 대학교에 기부된 돈은 더 유망한 연구에 유용되었다. 때로 '정맥 마취의 아버지'라 불리는 메이요 클리닉의 존 런디는 전쟁 전에는 '일반 진료나 기타 의학 분야에 재능이 없는 의사들'이나 마취제 전공의가 되는 풍토였다고 회상했다. 의사 경력으로는 장래성이 없는 분야였다.

전쟁으로 통증 완화와 통증 차단 기법이 축적되었고, 외과 수술이 발전하면서 기도 개방과 호흡 지원, 마취제 투여에 기관내관이 활발하게 사용되었다. 의사들은 IV 라인으로 투여되는 티오펜탈나트륨을 비롯해 다른 마취약을 완벽하게 사용했다. 또한 환자의 전신을 마취하지 않고 일부 통증만을 완화하는 부분 차단제와 국소 차단제의 가치를 깨달았다.

이 어지러운 변화는 런디의 동료 랠프 토벨이 미국 전쟁부로부터 마취 전문가의 필요성을 조사해달라는 의뢰를 받았을 정도로 빠르게 이루어졌다. 찰리가 알타의 스키장을 찾아다닐 때쯤 제출된 토벨의 1942년 보고서에는 모든 군의관을 대상으로 마취 교육을 더 확대해야 한다고 적혀 있었다.

토벨은 유럽 전장에 있는 병원 직원들에게 두 시간짜리 마취 기술 강의를 몸소 시연했다. 미국에서는 국가조사위원회 (NRC)가 메이요 클리닉의 런디를 포함한 전문가 패널을 소집해 마취과 의사를 위한 집중 강좌를 개설했다.

찰리는 기회를 잡았다.

찰리는 항공대 입대 기간에 에테르를 사용한 경험을 내세워 캠프 컨스의 지정 마취 전문의가 되었다. 마취학에 대한 관심도가 급격히 높아지면서 찰리는 진급하며 새 직함을 얻었다. 네브래스카주 링컨에 있는 링컨 육군 비행장을 책임지게 되었는데, 이곳은 전국 기지의 훈련생들을 모아 부대로 편성한 뒤 전투에 내보내는 시설이었다. "조종사, 부조종사, 폭격수 할 것 없이 모두 링컨에 모였지." 찰리가 설명했다. 그가 맡게 된 직무는 이 새로운 군사기지 병원의 마취과 과장이었다.

"아무나 갈 수 있는 자리가 아니었어." 찰리가 설명했다. "그래도 일단은 간다고 하고 '준비가 안 됐으니 교육은 시켜 줘야 할 겁니다'라고 했지. 못 간다고 말하진 못하고 대신 '교육을 받게 해달라'고 한 거지."

그렇게 해서 1943년 찰리는 미네소타주 로체스터에 있는 메이요 클리닉의 존 런디 부서에 오게 되었다. 런디의 연구위원회 팀은 일반의를 마취 전문가로 변신시키기 위해 풍부

한 실무 경험이 포함된 3개월 집중 훈련 과정을 기획했다. 찰리는 이 훈련을 받은 최초의 '90일 수재들' 중 한 명이었다. 그는 자신이 배우는 진보적 기술에 푹 빠져 손쉽게 교육을 통과했다. 그런 뒤 링컨으로 건너가 전쟁이 끝날 때까지 복무했다.

바로 이렇게 찰리는 변화의 위협을 성장의 기회로 바꾸었다. 더 이상 망해가는 분야에 위태롭게 매달리려고 애쓰는 위기의 일반의가 아니었다. 전쟁이 끝나자 찰리는 캔자스시티 최초의 마취과 의사 중 한 명으로, 그것도 메이요 클리닉의 승인까지 얻으며, 빠르게 성장 중인 신생 분야의 선구자로 금의환향했다.

내가 볼 때 이 일화는 찰리가 걸어온 인생의 본질을 담고 있다. 현실주의와 낙관주의가 완벽하게 어우러져 있다. 세상의 모든 고통과 위협을 있는 그대로 바라보는 현실주의에는 필연적으로 비관적인 반응이 따라온다고 믿는 사람들이 많다. 또한 사람들은 낙관주의자 하면 암울한 현실을 바보같이 웃으며 맹목적으로 살아가는, 미국 작가 엘리노 포터의 소설 주인공이자 낙천주의자의 대명사 폴리애나를 떠올린다. 찰리는 진료 가방을 들고 왕진하는 의사로서 막다른 길에 들어섰을 때 현실주의자였다. 하지만 동시에 새로운 시작 앞에서는 낙관주의자가 되어 자신 있게 그 기회를 붙잡았다. 찰리는 다음에 열릴 문을 주시하고 있다가 그 문이 보이자 성큼성큼 안으로 걸어 들어갔다.

불확실한 시대(어느 시대나 그렇긴 하지만)에는 많은 사람이 단번에 답을 얻고 싶어 한다. 지금의 추세는 미래 세상을 어떻게 바꿔놓을까? 미래는 어떤 모습일까? 찰리는 우리가 사는 곳이 미래의 세상이 아님을 이해했다. 우리는 우리의 행동과 의지가 만들어낸 훨씬 더 작은 영역 안에서 현재의 순간을 살아간다. 우리는 내일을 통제할 수 없다. 그것이 현실주의다. 반면 낙관주의는 미래를 기다리며 미래를 이해하고자 노력할 수 있다고, 미래를 붙잡고 심지어 미래를 정할 수 있는 순간이 오면 도약할 수 있다고 가르친다.

찰리는 자신의 불안정한 경력에 얼마간 두려움을 안고 1941년 미 육군 항공대에 입대했다. 그리고 다음 단계에 대한 열망을 품은 채 1946년에 제대했다. "원자폭탄이 터진 뒤로는 항공병들을 새로 투입할 필요가 없었기 때문에 우리는 따분하게 앉아만 있었어." 그가 회상했다. 제대명령서를 기다리는 시간이 끝나지 않을 것같이 느껴졌다. 언제나처럼 찰리는 자신이 할 수 있는 일을 했다.

"장문의 편지를 썼지." 찰리가 말했다. 편지에 찰리는 왜 자신이 링컨에 죽치고 있는 것보다 제대하는 게 훨씬 더 도움이 되는지 이유를 나열했다. 동료 장교들은 '2주도 안 돼서' 찰리의 제대가 승인되자 의심의 눈초리를 보냈다. 부러움에 찬 동료들은 찰리가 캔자스시티 출신인 새 미국 대통령과 연줄이 있는 게 틀림없다고 말했다. "다들 '트루먼이랑 아는 사이지. 트루먼에게 전화한 거야' 하더군."

이 일화는 사람들이 캔자스시티를 어떤 식으로 알고 있는지 단적으로 보여줬다. 사실 찰리는 트루먼의 친구이자 후원자인 톰 팬더개스트 때문에 캔자스시티 종합병원에서 쫓겨난 사람이었다. "아니, 난 편지밖에 안 보냈어. 정식 경로로 보낸 거야." 찰리가 주장했다.

그럼에도 찰리는 제대할 때 남보다 유리한 출발선에 서 있었다.

· · ·

찰리는 마지막으로 승급한 중령 휘장을 녹색 군복에 달고 곧장 세인트조지프 병원으로 향했다. "그곳에 가자 친구들이 마취제 투여 일을 바로 맡기더군." 그가 말했다. 일반 진료에서 전문 분야로 경력을 바꾼 게 신의 한 수였다. 집으로 돌아온 찰리는 막다른 길에 이르기는커녕 인생의 새 활로를 찾았다.

나는 찰리에게 제대 후 이야기에서 빠진 한 사람, 밀드러드에 대해 묻고 싶었지만 그녀가 진득하게 기다리고 있지 않았을 거라는 추측만 했다. 빌라 세레나 시절 이후 찰리가 빌린 집은 재임대인 차지가 된 데다 전쟁 이후 절망적인 주택난으로 세입자들이 방을 빼주지 않았기 때문이다. 찰리는 하이드 파크 호텔에 방을 하나 빌린 뒤 임대 주택을 찾아 도시를 샅샅이 뒤졌다. 몇 달간의 수소문 끝에 마침내 적당한 곳을 찾은 찰리는 세입자들이 그곳에 살도록 설득했고, 마침내 집을 되찾았다.

밀드러드는 얼마 후 돌아온 듯했는데, 캔자스시티 의료계에서 승승장구하는 찰리의 이야기에 그녀가 다시 등장했기 때문이다. 새로운 전문 분야와 전쟁 중 관리자로 일한 경험 덕분에 찰리는 미주리와 캔자스에 마취학을 도입하는 데 견인차 역할을 했다. 지역을 대표하는 외과 의사들이 자기 팀에 찰리를 영입하려고 들면서 찰리의 진료가 호황을 이루었다. 찰리는 점점 여가시간에 자신을 따라 이 분야로 뛰어드는 의사들을 위해 전문협회를 조직했다. 동시에 밀드러드는 마취과 의사들이 모임을 가질 동안 그 부인들이 참여할 활동을 준비하는 데 힘을 보탰다(당시에는 여성 의사가 드물었다).

하지만 밀드러드는 그럴 수 없는 날이 더 많았다. 내 가까운 가족 친지 중에도 정신 질환과 약물남용으로 고생한 사람이 있다는 걸 알게 된 찰리는 고통스러워하는 밀드러드를 보며 얼마나 아팠고 힘들었는지 숨김없이 털어놓았다. 그는 메닝거 클리닉을 비롯해 당시 '요양원'으로 알려진 재활시설에서 아내를 도울 방법을 찾기 위해 쉬지 않고 발로 뛰었다고 했다. 입원 횟수가 잦아지고 기간도 길어졌다. "아내는 회복과 악화를 반복했어. '초조해 죽겠다'고 말하곤 했지." 찰리가 말했다.

그녀의 공식 진단명은 혈액 중에 당분의 양이 낮은 증상인 저혈당증으로 우울증, 과민성, 기억 상실, 불안, 방향 감각 상실로 이어질 수 있다. 하지만 이 저혈당의 원인은 다른 데 있었다. 바로 알코올 중독으로, 섭식 장애나 바르비투르 약물에 의해 더욱 악화될 수 있었다.

1948년 초에 밀드러드는 집에 있었다. 찰리는 아내와 함께 쿠바로 휴가를 떠나 '즐거운 시간을 보내고' 4월 초에 미국마취학회 지부 회의에 참석하기 위해 돌아왔다. 찰리는 그해 지역 총무였다. 밀드러드는 부인들을 반갑게 맞이하고 있었다. 회의는 4월 6일에 캔자스시티 시내에 있는 호화로운 호텔 프레지던트에서 칵테일과 만찬을 즐기며 끝났다.

그날은 분주했다. 참석한 의사들은 흉부 수술에 기도관이 얼마나 유용하게 쓰이는지 배웠다. 마침내 폐 허탈 없이 흉부를 개복하는 일이 가능해졌는데, 전쟁 중에 개발된 이 기술이 이제 미국 전역에 퍼져 생명을 살리고 있었다. 만찬의

연사는 이제 해묵은 의료 방식은 더 이상 설 곳이 없다고 청중에게 경고했다.

식사 중간에 밀드러드가 몸이 좋지 않다고 귓속말을 했다. 찰리는 남을 수 있었지만 그녀는 집에 가야 했다. 하지만 호텔을 떠난 밀드러드는 집으로 가지 않았다. 몇 시간 후 찰리가 집으로 돌아왔을 때 아내는 사라지고 없었다.

밀드러드의 시신은 다음 날 호텔 프레지던트에서 1.6킬로미터쯤 떨어진 곳이자 급이 한참 낮은 호텔 글래드스톤에서 발견되었다. 찰리는 그녀가 치사량의 수면제를 삼키고 자살했다고 말했다. 내 아내 캐런이 정보를 캐내는 실력이 뛰어난 덕에 당시 경찰 보고서를 손에 넣을 수 있었다. 캐런은 보고서란 모름지기 곰팡내 나는 서류철에 있어야 한다는 걸 알았고 전직 백악관 출입 기자답게 물건을 찾을 때까지 물고 늘어졌다.

보고서에는 이렇게 쓰여 있었다. 1948년 4월 7일 오후 3시 5분에 캔자스시티 경찰서의 엘머 머피 경관이 전화를 받았다. 호텔 청소부 베아트리스 게인스가 아침 8시 30분에 청소하려고 405호 문을 열었다가 침대에 누운 여자의 나체를 얼핏 보고 바로 문을 닫았다고 머피 경관에게 말했다. 게인스는 교대 근무가 끝나갈 무렵인 오후 3시 체크아웃 시간 직전에 다시 그 방에 가보았다. 침대 위의 형체는 움직이지 않았다. 청소부가 사장에게 알렸고, 경찰이 출동했다.

다음으로 머피 경관은 프런트데스크 직원 스티븐 드루를 면담했다. 그는 침대 위의 여자가 전날 밤 7시에 어떤 남자와 함께 체크인을 했다고 말했다. 두 남녀에게는 짐이 없었다. 그들은 호텔 명부에 미주리주 인디펜던스의 찰스 W. 퀼러 부부라고 적었다. 드루는 '퀼러'를 마흔두 살에 키가 180센티미터가량이고 몸무게가 80킬로쯤 돼 보였으며 "피부가 검고…… 외국인 같은 인상"이었다고 설명했다. 남자의 멋진 갈색 양복이 눈에 띄었다고도 말했다.

드루의 교대 근무는 전날 밤 11시에 끝났고, 청소부가 사태를 알리기 한 시간 전인 오후 2시가 되어서야 출근했다. 그래서 그는 '퀼러'가 호텔을 나가는 것을 보지 못했다.

살인 사건 수사과의 키퍼 버리스 형사가 소환되었다. 그는 한 종합병원 의사와 함께 도착했다. 의사가 밀드러드의 시신을 검사한 결과 외상의 흔적은 없었다. 그녀의 죽음은 '자연사'로 결론 났다. 다음 날 신문에는 약간의 설명이 덧붙여졌다. "사망 원인은 저혈당증과 합병증이었다." 방 안에 약물이나 알코올의 흔적이 있긴 했지만, 경찰은 예의상 보고서에는 언급하지 않았다.

호텔 방의 시신은 그날 아침 일찍 찰리가 낸 실종 신고와 빠르게 연결되었다. 경찰이 찰리를 호텔로 불렀는지 아니면 나중에 그가 영안실에서 밀드러드의 신원을 확인했는지는 모르겠다. 수사관들은 반지 두 개(밀드러드가 사망 당시 끼고 있던 약혼반지와 결혼반지)와 그녀가 손목에 차고 있던 금색 부로바 시계를 넘겨주었다.

버리스 형사는 보고서에 "찰스 쾰러를 찾는 데 힘쓰겠다"고 썼지만 그다지 힘을 쏟지는 않았던 것 같다. 수색 기록을 전혀 찾을 수 없었다. 찰리 역시 그 남자를 찾는 데 큰 관심이 없었던 듯하다. '쾰러'를 찾아내 그 경위를 듣는다고 치자. 찰스 화이트 박사의 부인이 어째서 남편이 새로운 명성을 누리고 있는 자리를 뜬 후 잘 차려입은 의문의 남자를 만나 곧장 싸구려 호텔로 따라갔는지 말이다. 그러한 증언은 찰리를 당혹스럽게 하는 것을 넘어 그의 아내에게 오명만 남길 수 있었다. 그리하여 밀드러드의 애처로운 인생과 우울한 죽음 위로 침묵의 장막이 덮였다.

아내의 병 앞에서 속수무책이었던 찰리는 60년도 더 지난 이야기를 어제 일처럼 생생하게 들려주었다. 그가 아내를 돕기 위해 더 애써야 했을까? 나는 판단할 길이 없다. 메닝거 클리닉의 치료는 당시로서는 거의 최상급 수준이었다. 이 클리닉 의사들은 '중독은 도덕적 해이가 아니라 병'이라는 개념을 초창기에 받아들인 사람들이었다. 하지만 이때는 소위 전문가들이 여자들은 중독자가 될 수 없다고, 특히나 존경

받는 의사의 아내는 그럴 수 없다고 믿고 있던 시대이기도 했다.

밀드러드가 치료를 받고 집으로 돌아왔을 때 도움을 받을 곳도 없었다. 익명의 알코올중독자들(A.A., Alcoholics Anonymous) 모임은 근래에 들어서야 캔자스시티에 들어왔다. 캔자스 쪽 시내에 있었던 최초의 '클럽하우스'는 찰스 부부의 집에서 다니기 불편한 데다, 어쩌어찌 이런 프로그램이 있다는 걸 알았더라도 그곳에 다른 여자 환자가 있을 확률은 희박했다. 1940년대에 12단계 절주 프로그램에 참여한 여성은 전국적으로 거의 없었다. 12단계 프로그램을 제공하는 최초의 주거 시설로 미니애폴리스 근처에 자리했던 헤이즐든 클리닉은 1949년이 되어서야 문을 열었다. 폭음의 도시에 사는 문제 많은 젊은 의사 부인에게는 너무 늦은 뒤였다.

· · ·

찰리는 그로부터 몇 년 후에 재혼했다. 나중에 밝혀진 것처럼 찰리는 준비가 되어 있지 않았다. 하지만 그의 재혼 생활에 대해 알게 될수록(이번에도 내 아내 덕분이다. 다른 사람이라면 영원히 묻혀버렸다고 생각하고 말 일을 그녀는 끝까지 찾아낸다), 나는 그 결혼 생활이 잘 풀렸기를 바랐다.

어쩌면 아닐지도 모른다. 인생은 복불복의 연속이자 위기 일발과 부정 출발, 그리고 그 결과의 반복이다. 찰리의 두 번째 결혼이 실패하지 않았더라면 그가 우리 건너편 집으로 이사 오는 일도 없었을 테고, 내가 그 멋들어진 골프채 지팡이를 감탄하며 바라보는 일도 없었을 것이다. 또한 그가 여자친구 차를 세차하는 모습을 보지도 못했을 것이며, 나는 그의 사연을 조금도 알지 못했을 것이다.

인생은 우리의 희망과 계획에도 아랑곳 않고 우연하게 펼쳐진다. 그런 우연함이 사라지길 바라는 것은 마치 우리 삶이 없어지길 바라는 것과 같다. 그러니 이 말을 해두고 싶다. 찰리와 두 번째 아내는 눈부시게 아름다운 한 쌍이 될 수 있었다.

• • •

찰리 화이트가 진 랜디스를 그의 표현대로 '우연히 만났을' 때 두 사람은 투지가 넘치는 선남선녀이자 자신의 인생을 사랑하고 위험을 감수하는 사람들이었다. 전쟁이 끝난 후엔 종종 그렇듯 두 사람은 급속도로 사랑에 빠졌다. 사람들은 잃어버린 시간을 만회하고 싶은 마음이 간절했다. 찰리는 처가 댁 거실에서 진과 결혼식을 올릴 때 분명 두 사람이 잘 살 수 있으리라고 생각했을 것이다.

하지만 그렇지 않았다.

진 랜디스는 1918년 캘리포니아에서 태어났고 찰리보다 열두 살쯤 어렸다. 진은 학창 시절에 미국 대공황 시대 여걸 중한 명인 아멜리아 에어하트 같은 부류에 영감을 받아 하늘을 날고 싶었다. 제2차 세계대전이 발발하면서 진에게 기회가 찾아왔다. 젊은 남자들이 수천 명씩 하늘에서 목숨을 잃자 전국으로 비행기를 몰며 항공병들과 함께 전쟁을 수행할 남자 조종사들이 부족해졌다. 불가피하게 WASP(와스프, 여성 공군 조종사) 프로그램이 창설되었다. 지위도 영광도 없는 민간 조직이었지만 그곳에서는 젊은 여성들에게 최첨단 전투기를 몰 기회, 그보다도 국가를 위해 일할 기회를 주었다.

WASP 조종사들은 미국 무기고에 있는 모든 항공기를 익혔다. 그들은 조립 라인에서 나오는 전투기, 폭격기, 수송기를 해안까지 몰고 갔다. 그곳에서 비행기들은 교전 지역으로 수송되었다. 약 1000명의 여성이 WASP로 복무했다. 그들은 모두 합쳐 약 9600만 킬로미터를 비행했고, 매달 150달러를 벌었다. 그중 38명은 순직했다.

나는 1944년경에 촬영된 진의 사진을 본 적이 있다. 그녀는 호리호리한 체형에 어울리는 비행복을 입고 고글을 쓰고 립스틱을 바른 채, 자신이 가장 좋아하는 비행기인 P-51 머스

탱의 날개 위에 서 있었다. 머스탱은 연합군에게 의심할 여지 없는 하늘 지휘권을 부여해준 전투기였다. 폭격기대가 기지부터 목표물까지 갔다가 다시 복귀할 때까지 이 강력한 전투 폭격기가 충분한 사거리 내에서 보호해주었기 때문이다. 진은 활주로를 벗어날 때까지는 침착하고 조심스럽게 머스탱을 몰았다. 하지만 미국 대초원 위를 혼자 비행할 때면 비행기의 모든 기량을 시험해보았다. 트랙터를 모는 농부나 들판에서 놀고 있는 아이들은 평소라면 텅 비어 있을 파란 하늘에서 윙윙 소리를 내는 작은 다트가 갑자기 연속 횡전을 하는 모습을 올려다봤을지도 모른다. 그리고 그게 진이었을지도 모른다.

어느 날 비행장에 다 와서 그녀가 착륙 허가 무전을 보냈다. 거의 동시에, 다른 남자 조종사가 머스탱 한 대가 활주로 쪽으로 오고 있는 걸 목격했다고 보고했다. 관제사는 다가오는 슈퍼 비행기의 정보를 얻기 위해 무전기를 돌렸다.

진이 다시 착륙 허가를 요청했다.

"비켜요! P-51가 들어오고 있으니까." 관제사가 진에게 소리쳤다.

"내가 바로 그 P-51이야!" 진이 대답한 후 비행기를 활주로에 착륙시켰다.

전쟁이 막바지에 이르렀을 때 진은 마지막 공식 비행을 나갔다. 뉴욕항 상공에 이른 그녀는 눈물을 글썽이며 충동적으로 자유의 여신상 주위를 돌았다. 그런 뒤 WASP로서 최종 착륙지로 날아갔다.

60년도 더 지난 2009년에 미 의회는 진 랜디스를 비롯한 WASP 전우들에게 최고의 영예인 의회 황금 메달을 수여했다. 당시 진은 넘치는 카리스마 덕분에 생존 여성 조종사 가운데서도 크게 이름을 떨쳤다. 하지만 고글을 벗고 민간인 생활로 돌아왔을 때 그녀의 복무 사실은 알려지지 않았다. 그녀는 대학에 진학해 체육학 학위를 딴 후 미주리 강둑에 있던 당시 파크 대학교에서 교사로 근무했다. 절벽 꼭대기에 자리 잡은 캠퍼스 중앙에 서면 동쪽으로 캔자스시티 스카이라인이 보였다.

얼마 지나지 않아 진은 콧수염에 모험심이 강한 홀아비를 만났다. 그녀는 젊고 열정적이었던 반면 그는 마음을 다쳐 조심스러웠다. 둘은 곧장 본론으로 들어갔다. 그리고 결혼하자마자 진은 자신의 실수를 깨달았다. "그는 소유욕이 강한 편이었어요." 많은 세월이 흐른 후 그녀가 찰리에 대해 말했다.

하지만 이 말을 들었을 무렵 나는 이미 찰리로부터 그의 입장을 여러 번 들은 뒤였다. 실제로 찰리는 나와 다른 사람들에게 그 얘기를 수없이 했다. 그리고 그때마다 자신에게 엄청난 실망감을 안겨준 그 일을 무심한 몇 문장으로 간추려버렸다. 찰리는 두 번째 아내가 자신의 오픈카에 골프채와 은식기를 싣고 떠났다고 말했다. "대단한 여자였어." 그가 대수롭지 않은 듯 말했다. 하지만 남자가 '여자 체육 교사'에게서 기대할 수 있는 게 무엇이었을까. "진은 결혼을 원치 않았던 거야." 찰리는 표면상 이렇게 결론을 내리고는 다음 말만 덧붙였다. "그녀 주변에는 온통 여자들뿐이었어."

자신의 실수를 깨달은 레즈비언에게 차인 걸까? 내 아내는 더 자세한 설명을 원했다. 그래서 찰리가 세상을 떠난 뒤 인터넷을 이 잡듯이 뒤지며 WASP 여걸 진 랜디스의 이야기를 찾았다. 한 작가가 지나가는 말로 그녀를 언급하며 중서부 출신의 의사와 잠시 결혼 생활을 했다고 전했다.

내 아내는 더 열심히 뒤졌고 진이 아직 살아있다는 사실을 알아냈다.

더 열심히 찾아본 끝에 진의 전화번호도 알아냈다.

캐런이 전화를 걸었을 때 찰스 화이트의 전 부인은 100세 생일을 앞두고 있었다. 진 랜디스는 활기차고 낭랑하고 행복하게 그 이야기를 들려주었다. 그녀는 찰리와 결혼한 후 깨달은 바가 있긴 했지만, 자신이 아닌 찰리와 관련된 깨달음이었다고 말했다. 그녀는 찰리가 밀드러드와 사는 동안 얼마나 많이 마음을 다쳤는지 알지 못한 채 결혼을 했다. 자신과 마음이 잘 맞는 사람을 찾았다고 생각했고 그를 좋아했다. "찰리는 무척 신사적이고 사려 깊은 데다 재미있고 아주 냉철했어요."

하지만 찰리는 슬픔에 잠긴 나머지 사는 게 무엇인지 전부 잊어버렸다. 밀드러드 때문에 힘들었던 그는 다시는 상처받지 않기로 결심한 듯 보였다. 찰리는 진이 지금 어디에 있고 무엇을 하는지 모르는 상태를 한 시간 이상 견디지 못했다. "날 믿지 못했던 것 같아요." 그녀가 전화기 너머로 말을 이어갔다.

그리곤 숨김없이 털어놓았다. "아마도 내 잘못이겠죠. 난 독립적이고 똑똑한 여자예요. 찰리는 내가 클럽하우스에서 다른 부인들과 함께 칵테일을 홀짝이며 어울리는 아내가 되어주길 바랐겠지만, 난 그런 부류가 아니었어요. 그 사람 말이 내게는 잔소리처럼 들렸죠."

진은 오픈카도 골프채도 없었다고 말했다. 그녀가 결혼 생활을 끝내고 몰고 간 차는 자신의 뷰익이었다. 그녀는 찰리에게 전화해 떠난다고 알렸고, 그가 얼마간의 돈을 보내주겠다고 했지만 어떤 도움도 필요하지 않았다.

"당신은 나한테 빚진 거 없어요." 그녀가 다정하게 말했다.

찰리는 혼자가 되었다.

9장

–

다음 단계로
나아가다

실수는 발견의 시작이다.

제임스 조이스

빅토르 위고의 대하소설 《레미제라블》(소설을 살짝 각색해 엄청난 성공을 거둔 뮤지컬 얘기가 아니다)에는 경이로운 장면이 등장한다. 위고는 번영하는 개인의 영혼을 인간 눈의 작용, 즉 동공이 확장하면서 어둠에 적응하는 모습에 비유한다. 저자는 이렇게 쓴다. "눈동자가 어둠 속에서 점점 커지더니 마침내 빛을 찾아낸다. 마치 영혼이 불행 속에서 팽창하다가 마침내 신을 발견하듯이."

나는 찰리가 신에 대해 얘기하는 걸 거의 들어본 적이 없다. 그나마 그 비슷한 얘기를 한 게 노년에 "마지막 벼락치기를 하느라고" 교회에 갔다고 덤덤하게 말한 것이었다. 하지만 불운 앞에서 영혼이 확장하고 세상에 더 넓게 열린다는 생각은 찰리가 고통을 대하는 방식과 일맥상통하는 부분이 있다. 아닌 게 아니라 밀드러드의 비극적인 죽음과 진 랜디스와의 결혼 실패 이후 찰리는 더 풍요로운 삶을 살았다. 물질적으로 사치스럽게 살았다는 뜻이 아니라 경험을 꽉 움켜잡고 그 경험의 정수를 짜냈다는 뜻이다. 찰리는 타고난 긍정적인 성격, 즉 모험과 실험, 새로운 아이디어에 흔쾌히 응하는 성향을 더욱 발전시켰다. 찰리는 부분이 아닌 온전한 삶을 살았고, 그로써 생명력, (누군가는 신이라 부를) 희망의 샘과 연결되었다. 말 그대로 찰리에게 그만의 세상이 열렸다. 1950년대 초의 어느 날, 윌리 그레이엄이라는 의사가 그에게 연락해왔다. 그레이엄은 국제 외교상 민감한 문제를 해결하는 데 찰리의 도움이 필요했다. 찰리는 모든 것을 내려놓고 페루로 급히 떠날 수 있었을까?

이해를 위해 좀 더 보충 설명을 하려고 한다.

찰리는 캔자스시티의 선구적인 마취의 중 한 명으로, 하루에 스무 건이 넘는 수술을 집도하며 눈코 뜰 새 없이 바빴다. 그 지역을 대표하는 많은 의사 중 환자들이 가장 선호하는 의사로 꼽힐 만큼 명성이 자자했다. 그와 별개로 가장 유명한 의사는 아마 백악관 공식 주치의인 윌리스 해리 그레이엄 장군이었을 것이다. 그레이엄은 캔자스시티 2세 출신 의사였다. 그의 아버지는 항생제 이전 시대의 일반의로, 해리 트루먼의 친구였고 트루먼과 함께 육군 예비군에서 복무했다. 트루먼은 그레이엄이 속한 권총 사격팀에 들어가기를 열망했지만, 지독한 근시 때문에 목표물을 거의 볼 수가 없었다.

트루먼에게 우정은 소중했다. 그는 1935년 미국 상원의원으로 워싱턴에 갈 때도 그레이엄의 가족을 챙겼다. 10년 뒤 부통령으로 취임한 트루먼은 그레이엄 박사의 아들 윌리가 아버지를 따라 의료계에 입성했고 연구 장학금을 받아 유럽에서 공부했으며 유럽의 전쟁에서 공훈을 세우고 있다는 사실을 알고 있었다.

1945년 4월 12일, 프랭클린 D. 루즈벨트 대통령이 서거하자 트루먼이 대통령직을 떠맡게 되었다. 3개월 뒤 스탈린, 처칠과 정상회담을 할 무렵에도 새 대통령은 여전히 참모진을 꾸리고 있었다. 베를린 근처의 독일 도시 포츠담으로 향하던 트루먼은 친구의 재능 있는 아들을 백악관 주치의로 점찍었다. 윌리 그레이엄은 유럽에서 군 복무 중이었고 이미 알려진 인재였다. 포츠담으로 소환된 그는 트루먼에게 자신은 내과 의사가 아닌 외과 의사라고 항변했다. 그러나 트루먼은 손사래를 쳤다. "자네 이력은 다 알고 있네. 갓난아기 때부터 지금에 이르기까지 모두 알고 있지."

윌리 그레이엄은 웃는 얼굴에 말재주가 있었기 때문에 트루먼은 그가 유용한 외교 도구가 될 수 있다는 걸 곧 알아차렸다. 트루먼은 주미 영국대사 핼리팩스 경에게 발작적인 통증과 병을 백악관의 그레이엄의 진료실에 가서 보여주라고 고집스럽게 권했다. 사우디아라비아 건국의 아버지 이븐 사우드 왕이 관절염에 걸려 고생했을 때는 통증 관리 팀과 함께 그레이엄을 리야드에 파견해 왕을 접견하게 했다.

그런데 이제는 페루의 대통령 마누엘 오드리아의 갈퀴손을 수술하는 일까지 그에게 맡겨졌다. 그레이엄은 찰리가 마취 처치를 위해 리마까지 동행해주기를 원했다.

찰리는 윌리 그레이엄의 수술 숙련도에 약간의 의심을 품었다. 이러한 의심은 개인적인 느낌일 수도 있었다. 찰리에게 그레이엄은 꽤 강한 자극제였을지도 모르니까. 그는 지그문트 프로이트를 만나고 히틀러의 유언장을 보고 (어떤 이유에선지 명성에 합당한 메달은 받지 못했지만) 전쟁터에서 몇 번이나 부상당한 일을 자랑스럽게 떠들기 좋아했다. 또한 마흔 살이 되기 전에 육군 소장이자 대통령 주치의가 되었으며 그 역할을 성실히 수행했다. 찰리가 그를 상대적으로 낮게 평가하는 데는 정치적 영향이 있었을지도 모른다. 그레이엄은 트루먼의 국민건강보험 제도를 홍보함으로써 미국의학협회와 찰리 같은 공화당원 의사들의 분노를 샀기 때문이다.

이유야 어찌 됐건 찰리는 수술이 복잡한 데다 그레이엄이 페루의 대통령을 불구로 만들어 국제적 분쟁을 일으킬까봐 걱정이 됐다고 내게 털어놨다. 그래서 찰리는 왜 미국에서 수술하면 안 되는지 물었다. 그레이엄은 오드리아 대통령이

나라를 떠났다가 쿠데타로 폐위될까봐 두려워한다고 답했다. 그래서 찰리는 한 가지 조건을 달고 가겠다고 했다. 이 임무에 찰리의 절친한 친구이자 전문가인 빌 던컨이 합류하는 것이었다.

알고 보니 정교한 수술이 필요한 병은 아니었다. 오드리아는 성가시긴 해도 생명에는 지장이 없는 듀피트렌 구축증을 앓고 있었다. 이는 손바닥 근막이 두꺼워지면서 손가락이 안으로 말리는 질환이었다. 그레이엄의 미출판 회고록에 따르면 찰리는 노보카인으로 대통령의 손을 마취시켰고 그레이엄은 근막 절단술을 시행해 페루외과학회의 종신회원 자격을 얻었다. 내 생각에 찰리는 노보카인 대신 더 뛰어난 새로운 국소마취제인 리도카인을 사용했을 것 같다.

감각이 마비되긴 했어도 오드리아는 수술 결과에 기뻐했다. 감사의 표시로 그는 페루 해군에 의사 귀빈들에게 아마존 열대우림을 여행시켜 주도록 지시했다. 찰리에게는 여행이 마법처럼 변한 순간이었다. 그는 페루외과학회 회원 자격에는 별로 신경 쓰지 않았다. 그에게는 명예보다 경험이 더 중요했다.

'그렇게 안데스산맥을 넘어서' 멀리 떨어진 고무 농업의 중심지 이키토스로 날아갔다고 찰리는 회상했다. 그곳에 도착하자 페루 선원들이 미국인들은 거의 경험하지 못한 여행으로 의사들을 안내했다. "해군 보트를 타고 강을 따라 내려갔어. 그레이엄은 어딘가에서 엽총을 얻었고, 빌 던컨과 나한테는 마체테가 있었지. 배에서 내린 우리는 탐험가가 된 것처럼 놀았어. 그레이엄은 총으로, 빌과 나는 마체테로. 3.6미터 길이의 비단뱀도 발견해서 그레이엄이 총으로 쐈지."

광활한 우림 속 외딴 마을에서 그들은 원숭이를 파는 남자를 만났다. 찰리는 한 마리를 사서 '빌 던컨'이란 이름을 지어주었다. 빌도 한 마리를 사서 '찰리 화이트'란 이름을 지어주었다. 두 사람은 원숭이를 '작은 바구니'에 넣고 귀국길에 올랐고 경유지인 파나마에 도착했다. 이제 그들 앞에 야생동물을 미국으로 들여오는 문제가 닥쳤다.

찰리의 이야기에 따르면 이 외교 의사들이 묵은 파나마시티 호텔에는 이들의 본국행 비행기에서 복무할 승무원들이 같이 묵고 있었다. 승무원들에게 저녁 식사를 대접하며 즐거운 시간을 보낸 두 사람은 원숭이를 몰래 반입하는 데 협력하겠다는 승무원들의 약속을 받아냈다(한 스튜어디스는 찰리와 빌을 두고 "이보다 더 잘생긴 남자들은 본 적이 없어요"라고 말했다). "승무원들이 원숭이를 집으로 데려가도록 도와줬어. 우리는 그렇게 원숭이를 비행기에 싣고 왔지." 찰리가 말했다.

빌은 캔자스시티에 아내와 가족이 있었기 때문에 원숭이

를 오래 키우지 못했다. 하지만 독신남인 찰리는 원숭이를 수년간 키웠다. "원숭이가 60센티미터 정도까지 자랐어. 지하실에 우리를 만들어야 할 정도였지." 원숭이에게 큰 포부를 품었던 찰리는 원숭이가 자신의 소중한 반려견인 아이리시 세터를 말처럼 타도록 훈련시키려고 했다. 하지만 원숭이는 그럴 생각이 전혀 없었다. "원숭이를 길들이기가 쉽지 않았어." 찰리가 아쉬운 듯이 말했다. 그럼에도 행복했다. 찰리는 컨버터블 자동차에 원숭이를 태우고 외출했고, 과일가게를 지날 때면 소리쳤다. "우리 아기한테 바나나 하나 주실래요?" 길들지는 않아도 원숭이는 찰리에게 점점 호감을 느끼며 거의 독점하려고 했고, 찰리가 새 여자친구를 소개해줄 때마다 우리 안에서 오줌을 뿌려댔다.

. . .

또 다른 여행은 조종사 친구의 초대로 시작됐다. 트랜스 월드 항공에서 일하는 그 친구는 아프리카에서 수리 중인 비행기를 픽업해 당시 캔자스시티에 있던 본사로 가져와야 했다. 친구는 찰리가 항법사로 따라가기를 원했다. "항법을 모르는데!" 찰리가 코웃음을 쳤지만 친구는 비행 방향을 재확인하는 데 큰 기술은 필요 없을 거라며 안심시켰다.

새로운 모험을 마다할 사람이 아니었던 찰리는 일정을 비우고, 여행 경비에 대한 세금 공제 혜택을 받을 수 있도록 스위스에서 열리는 의학 컨퍼런스를 여행 일정에 넣었다. 스위스에서 이집트로 넘어간 찰리는 남아프리카공화국으로 친구를 만나러 갔다. "그런데 비행기가 아직도 수리 중이더군. 그래서 크루거 국립공원으로 여행을 갔지." 찰리가 말했다. 그는 이틀간 자동차를 타고 사파리를 여행하면서 아프리카 대륙에서 가장 아름다운 야생동물 서식지를 구경했다. 찰리는 "강에서 코끼리와 사자와 하마를 봤어." 이국적인 동물들이 차 가까이 다가와 마치 동물원 속 생물이라도 보는 것처럼 찰리를 들여다봤다. 그는 무척 즐거웠다. 하지만 요하네스버그에서 여전히 비행기가 수리 중이었기 때문에 친구는 찰리를 유럽으로 돌아가는 다른 트랜스 월드 항공 조종사에게 소개했다.

이 새 친구는 꽤 호의적이었다. 찰리가 빅토리아 폭포를 보고 싶다고 하자 부조종석에 찰리의 자리를 마련하고는 폭포에서 피어오르는 안개가 비행기 유리창을 뿌옇게 만들 정도로 물 가까이 날아갔다. "다른 승객들이 어떻게 생각했을지 모르겠어." 찰리가 중얼거렸다. 오픈티켓으로 여행 중이던 찰리는 프랑스 경찰이 통금을 시행하고 있는 몰타에 며칠 머물렀다가 스페인을 방문하고 네덜란드에 들렀다가 마침내 집으로 돌아왔다.

찰리는 익숙한 환경에서도 모험을 즐겼다. 대변화의 시대에 적응하는 찰리의 능력은 시도해보지 않은 새로운 일에서 기쁨을 찾는 면모에서도 드러났다. 그는 실패에 따르는 위험을 신경 쓰지 않았다. 어느 날 목초지에서 가운 차림에 마스크를 쓰고 벽난로 풀무를 말의 호흡기로 사용할 때도 그랬다.

찰리의 설명을 들어보자. "의사 친구 하나가 경주마를 키우고 있었어. 그중 하나가 히코리 척이라는 명마였는데 다리 인대가 찢어졌지. 당시 일반적인 수의과 치료는 뜨겁게 달군 쇠로 인대를 봉합하는 거였지만, 그 방법은 효과가 없었어."

"세인트조지프 병원에 개릿 핍킨이라는 정형외과 전문의가 있었는데, 그 사람이 이 소식을 듣고는 인대를 살짝 포개서 같이 꿰매는 시술을 써볼 수 있을 것 같다고 하더군. 그러려면 말이 움직이지 못하게 해야 했지."

"하지만 문제가 있지 않았겠어? 말이 완전히 의식을 잃으면 넘어져서 더 크게 다칠 수 있었거든. 그래서 통상 아넥틴이라고 불리는 근이완제를 아주 조금만 사용하기로 했지. 우리는 이렇게 큰 판자를 생각해낸 뒤 거기에 말을 묶어 말이 계속 서 있을 수 있게 했어. 내가 아넥틴을 투여했고, 얼마 들어가지 않았는데도 말의 몸이 완전히 마비되더군. 그런 뒤

벽난로의 풀무를 말의 코에 넣고 공기를 불어넣어 말이 계속 숨을 쉬게 했지."

핍킨이 신속하게 수술을 해치우고 나자 곧장 찰리가 말을 마비에서 풀려나게 했다. 치료는 성공적이었다. 히코리 척은 경주마로서 경력을 다시 쌓아갔다. 찰리가 유일하게 후회하는 점은 그 실험을 촬영하지 않았다는 것이다. "영상으로 남겼더라면 좋았을 거야. 그때 우리는 하얀 수술 가운과 마스크, 장갑을 착용하고 판자에 묶인 말과 함께 목초지에 있었어. 사람들이 우리를 봤다면 무슨 생각을 했을지 상상이 안 가네." 찰리가 말했다.

· · ·

1950년대 의학계에서 가장 위험한 미개척 분야이자, 그래서 찰리에게 가장 흥미로웠던 분야는 심장절개술이었다. 페니실린과 마취처럼 심장 수술은 제2차 세계대전 덕분에 발전했다. 런던 육군 병원으로 보내진 아이오와 태생의 젊은 미국인 의사 드와이트 하켄은 가슴에 포탄 파편이 박힌 채 병원에 도착한 군인들을 보고 절망했다. 당시 심장 자체에는 손을 대면 안 된다는 통념이 있었기 때문에 이 금속 파편을 빼낼 방법이 없었다. 심장에 입는 부상은 사형 선고와 같았다.

하켄은 군인들이 어차피 죽을 거라면 살릴 방도를 시험해 봐도 나쁠 건 없다고 판단했다. 그는 심장에 박힌 파편을 신속하게 빼낼 수 있도록 심벽에 손가락 크기의 절개를 내보았다. 도박은 대성공이었다. 하켄은 단 한 명의 환자도 잃지 않고 125명이 넘는 목숨을 살렸다.

전쟁 후 하켄을 비롯한 의사들은 승모판 협착증을 치료하는 데 동일한 기술을 쓸 수 있겠다고 생각했다. 승모판 협착증은 초기 패혈성 인두염 감염이 류마티스 열로 악화될 때 자주 발생하는 치명적인 병으로 승모판막이 섬유화되어 판막구가 좁아지면 고혈압, 혈전, 폐혈, 심지어 심부전까지 초래할 수 있다.

캔자스시티에 있는 찰리와 동료들은 의학 저널에서 협착 판막을 치료하는 실험적인 수술 사례를 읽고 흥미를 느꼈다. "그 외과의는 재빠른 손놀림으로 심장을 살짝 절개했어. 그리고 손가락으로 판막을 더듬어 해당 섬유 조직을 찾아낸 뒤 판막을 길게 늘여 유착을 끊어내고 마무리를 했지. 시작부터 끝까지 모든 작업이 한 시간 안에 이루어졌어."

그런데 문제가 있었다. 수술 도중 환자의 혈행을 조절할 수 있는 인공 심폐 장치에 대한 개념이 여전히 모색 단계에 있었다. 비교적 간단한 판막 수술조차도 심장의 출혈을 극적으로 지연시키지 못하는 한 사망 위험이 높았다.

이 문제를 깊이 연구한 찰리는 마취 중인 환자의 체온을 차갑게 낮추는 실험에 대해 알게 되었다. "환자의 체온이 정상 범위인 36.5도에서 30도 언저리로 떨어지면 피가 살짝 걸쭉해져서 출혈이 심하게 생기지 않아." 찰리가 설명했다.

결국 캔자스시티에서 심장 절개술 분야를 개척하려면 의식이 없는 환자의 체온을 안전하게 식힐 방법을 알아내기만 하면 되었다. 찰리는 어느 날 퇴근 후 도시 남쪽의 작은 땅과 함께 구입한 말 몇 마리를 돌보면서 이 문제에 대해 곰곰이 생각하고 있었다. 이제 기병 출신의 할아버지처럼 말을 타고 기르는 평생의 열정에 빠져들 수 있다는 것은 전문가로서의 새로운 경력이 전성기에 이르렀다는 신호였다.

작업을 하는 동안 찰리의 눈에 말이 마실 물을 담아두는 커다란 타원형 여물통, 일명 말 탱크가 들어왔다. 그 순간 이거야말로 자신에게 필요한 것임을 깨달았다. 말 탱크는 수면 중인 환자를 얼음과 함께 파묻어둘 만큼 컸다. 찰리는 수술 팀에 해답을 찾았다고 보고했다.

"그래서 말 탱크를 하나 구입했어. 우리는 마취 중인 환자를 탱크에 넣고 얼음을 빽빽이 채웠지." 찰리가 말했다. "환자의 체온을 약 30도까지 낮췄는데, 생명에는 지장을 주지 않으면서 피가 흐르는 속도는 늦출 수 있는 온도였지. 그런 뒤 환자를 얼음 탱크에서 들어 수술대에 올려놓았고, 외과의가 재빨리 흉부를 열고 심장을 절개했어. 그리고 안쪽 섬유 조직을 짼 뒤 도로 꿰매면 끝이었어. 한 시간 안에 환자의 몸은 완전히 녹았지."

찰리의 말 탱크는 캔자스시티에서 얼마간 심장 수술의 최첨단에 서 있었다. "우리는 환자를 한 명도 잃지 않았어." 찰리가 말했다. 하지만 인공 심폐 장치가 개발되면서 얼음찜질은 거머리보다 겨우 한두 단계 더 앞선 의학 암흑기의 유물이 되었다. 이제 외과 의사들은 심장절개술을 몇 시간씩 할 수 있었다. 판막을 늘이는 일뿐 아니라 교체하는 것도 가능했고 동맥과 정맥을 다시 열고 심지어 고장 난 심장 대신 건강한 심장을 이식할 수도 있었다. 하지만 그러한 시술이 상용화되기 전에 심장 수술은 웬만한 배짱으로는 기대할 수 없는 기적이었고 얼음을 가득 채운 말 탱크는 마술에 가까웠다.

이 일화에서 찰리가 변화 대처 능력이 얼마나 뛰어났는지 확실히 알 수 있다. 아직 인생의 절반을 채 살지 않았을 때고, 그동안 받은 정규 교육은 이미 쓸모없어져 있었다. 말 탱크를 이용한 심장 수술이 지금은 원시적으로 보여도, 한 세대전 찰리가 의대에 다닐 당시엔 상상도 할 수 없는 일이었다. 당시 의사들은 안전하게 심장절개술을 할 수 있는 항생제가 부족했다. 심장 조직이 수술이 가능한 근육이라는 이해도 전혀 없었고, 여러 단계의 수술을 가능하게 해주는 마취와 기도 관리 기술도 부족했다.

. . .

이미 여러 번 깨달았지만, 찰리는 훗날 실리콘밸리를 정의하는 철학이 된 '변화에 유연하게 대처하는 능력'을 타고났다. '반복적이고 점진적인 개발(IID, Iterative and Incremental Development)'이라고 알려진 이 철학에 따르면 위대한 변화가 우레와 같이 한번에 오는 경우는 드물다. 어쩌면 아이작 뉴턴은 사과가 머리에 떨어지는 순간 중력을 이해했을지도 모르지만, 대개 발견과 변화는 한 번에 한 단계씩 온다. 토머스 에디슨은 필라멘트 6000개를 시험한 후에야 백열전구에 가장 적합한 필라멘트를 찾아냈다.

반복적이고 점진적인 개발은 변화에 대처하는 지극히 실제적이고 실용적인 접근법으로, 여기에는 개인적 변화뿐만 아니라 직업적 변화도 포함된다. 미리부터 완벽한 해결책 하나를 정해놓고 문제를 해결하려 들지 마라. 한 단계 한 단계 나아가고(점진적으로), 매번 학습 경험을 쌓아가면서 발전해라(반복적으로).

찰리는 살아있는 동안 계속해서 새로운 것을 배우리라는 사실을 받아들였다. 그의 학교 교육은 그 시작점이었지 결코 끝이 아니었다. 찰리는 크게 도약하기보다는 조금씩 발전하리라는 점을 인정하고 앞으로 나아갔다. 심장 절개술은 할리우드 영화의 결말처럼 완벽하지 않았다. 한 번에 조금씩 점진적으로 발전했다. 농기구 얼음 육조로 이룬 진전은 기껏해야 1~2년 정도 지속되었다. 하지만 다음 단계로 넘어가기 위해서는 각 단계에서 배워야 할 것들이 있었다.

이게 우리가 변화와 함께 살아가는 방식이다. 심지어 나이가 지긋하고 변화에 저항하는 사람들조차 이 과정을 거쳐 신용카드 리더기로 주유하는 법을 배우고 증손주가 소셜미디어에 첫발을 내딛는 모습을 지켜본다. 무엇보다 혁신은 이런 방식으로 이루어진다. 변화는 사과가 누군가의 머리에 떨어지기를 기다리지 않는다. 수천수백만 명의 찰리 화이트는 미래를 향해 작은 발걸음을 내디딘다. 그리고 말 탱크가 어떻게 한 단계 진전을 이루어낼지 지켜본다.

일단 시도한다.

불확실성 속에서 성장하고자 하는 사람들에게는 반복적이고 점진적인 개발이 위안이 된다. 모든 문제를 해결하려고 할 필요가 없기 때문이다. 인생과 경력에 대해 생기는 모든 질문에 답을 찾으려 들지 마라. 대신 작은 발걸음이라도 앞으로 나아갈 수 있는지 살펴보라.

그저 다음 질문에 답하면 된다. 다음 단계를 찾고, 그 단계로 나아가라.

· · ·

또한 찰리는 기꺼이 실수했다. 찰리는 의료 과실 소송이 흔하지 않은 시대에 일할 수 있어서 다행이라고 말했다. "우리는 대담한 선택을 하면서도 변호사들의 칼날을 두려워할 필요가 없었어." 찰리가 언젠가 설명했다. "내가 한 수술이 4만 건쯤 되는데 고소를 당한 적이 한 번도 없어. 실수는 했지. 가끔 치아가 안 좋은 환자에게 삽관술을 하곤 했는데 글쎄, 살짝 스치기만 했는데도 치아가 부서지더군. 환자가 깨어나면 병상에 가서 25달러를 쥐여주고 '치과에 가서 치료하세요'라고 했어. 그걸로 끝이었지."

전쟁이 끝난 후 한 친구가 찰리에게 아스펜이라는 콜로라도 소재의 신생 스키 리조트에 투자하라고 권했을 때 그는 비웃었다. "거긴 유령 도시나 다름없잖아!" 반박의 여지가 없는 실수였다. 한때 찰리는 캔자스시티에서 동쪽으로 30분 떨어진 곳에 25만 제곱미터쯤 되는 호숫가 부지를 소유하고 있었다. 그곳에서 말을 길렀고 세인트조지프 병원의 수녀들을 초대해 승마 나들이를 즐겼는데, 수녀 복장 때문에 약간 우스꽝스러운 장면이 연출되었다. 하지만 이 땅을 팔아버렸고, 그 가격은 도시 상류층이 호숫가에 수백만 달러짜리 대저택을 줄줄이 지었을 때의 가치에 훨씬 못 미쳤다.

이번에도 실수였다.

도시 남쪽에 있던 작은 농장도 타이밍은 더 나을 것이 없었다. 찰리가 매각하고 나자 농장이 캔자스시티에서 최고 호가를 누리는 부동산 중 하나로 구획됐다. 언젠가 찰리가 놓친 여러 행운에 대해 얘기한 적이 있는데, 찰리는 내가 아는 건 절반뿐이라며 호쾌하게 답했다. 한번은 어윙 카우프만이라는 세일즈맨이 자기 집 지하실에 차린 신생 기업에 찰리를 끌어들이려고 했다. "그 친구, 굴 껍데기를 세탁기에 넣고 세척한 뒤 제산제 가루로 빻고 있었어." 여전히 미심쩍은 부분이 있다는 투로 찰리가 말했다. 찰리는 투자하지 않았다. 카우프만이 만든 마리온 랩스라는 회사는 결국 수십억 달러의 가치를 지닌 대규모 제약 회사가 됐다.

또 실수였다.

하지만 찰리는 이런 실수를 떠올릴 때도 성공한 경험을 떠올릴 때만큼이나 기뻐하는 것 같았다. 실수에도 미덕이 있다는 점을 알고 있었기 때문이다. 실수는 우리가 시어도어 루스벨트의 유명한 말처럼 '경기장 안에서' 열심히 삶과 사투를 벌이고 있다는 사실을 보여준다. 또 다른 대통령 해리 트루먼은 "완벽하지 않더라도 일단 하는 것이 아무것도 하지 않는 것보다는 낫다"고 말했다. 옳든 그르든 결정을 내리고 앞으로 나아가는 것은 가치 있는 일이다. 반대로 완벽주의는 삶 자체의 적이 되어 우리를 제자리에 얼어붙도록, 그리하여 세상이 우리 없이 돌아가도록 만들 수 있다.

실수하지 않는 삶이란 없다. 훌륭한 스토아 철학자 에픽테토스가 말했듯이 "더 발전하고 싶다면 어리석고 우둔한 사람 취급을 받더라도 괘념치 마라". 노벨상 수상 물리학자인 닐스 보어는 이 똑같은 진실에 약간 다른 해석을 내놓았다. 그는 "전문가란 매우 협소한 분야에서 저지를 수 있는 모든 실수를 저질러본 사람"이라고 단언했다. 아니면 이렇게 생각해보자. 전사가 이름을 알리는 데에는 근육과 용기뿐만 아니라 흉터도 한몫한다.

• • •

찰리의 나이는 이제 쉰이었고, 비록 독신에 자식도 없었지만 무척이나 가정적인 사람이었다. 그는 어머니에게 헌신했다. 찰리의 어머니는 몸담은 선교회에서 올해의 미주리 어머니로 지명된 사람이었다. 또한 찰리는 누나들과 가까이 지냈는데, 그중 한 누나가 계속 찰리의 일을 도와주며 수술 일정을 잡고 장부를 정리했다. 누나는 찰리의 집안일도 도와줬다. 찰리 지인들의 눈에는 이 모습이 썩 좋아 보이지 않았고, 그래서 동업자의 아내가 한 가지 제안을 했다. "내게 아내를 만들어줘야겠다고 마음먹은 거지." 찰리가 말했다.

이 제안을 받은 찰리는 반박했다. 이전 결혼 생활이 순탄치 않았던지라 그런 일을 다시 겪고 싶지 않았다. 하지만 동업자의 아내가 찰리보다 한 수 위였다. "완벽하네요." 그녀가 시치미를 떼고 말했다. "우리 동네에 로이스 그림쇼라는 미망인이 사는데 그분도 다시는 결혼하고 싶지 않다고 했거든요. 그러지 말고, 내가 포커 파티를 성대하게 열 건데 그분을 초대해봐요."

찰리는 그 말에 순순히 따르며 미망인을 포커 파티에 데려가기로 했다. 그녀의 집에 도착해 문을 노크하자 고집 있어 보이는 여덟 살짜리가 문을 열었다. 이 아이가 줄리였다.

"우리 엄마랑 데이트하러 온 거예요?" 아이가 물었다.

"그렇단다." 찰리가 대답했다.

"아저씨 의사예요?" 아이가 이어서 말했다. "아저씨한테서 의사 선생님 냄새가 나거든요."

찰리는 아이를 따라 집 안으로 들어가면서 자신에게서 수술실 냄새가 나는지 조심스럽게 맡아보았다.

그러다가 로이스를 보았다.

숨이 막힐 만큼 아름다웠다. 댈러스 출신의 그녀는 10대 시절에 니먼 마커스 백화점 광고 모델로 활동한 적도 있었다. 지역 신문은 그녀의 손이 댈러스에서 가장 사랑스럽다고 평했다. 로이스는 검은 머리카락에 흰 피부, 우아한 이목구비를 갖추고 있었다. 훗날 그녀의 사위가 된 잭 무어는 그녀를 이렇게 간단히 설명했다. "전 정말 장모님을 사랑했습니다. 장모님은 아름다운 여자였고, 남자를 다룰 줄 아셨죠."

호감을 느낀 찰리는 그녀를 동업자의 집으로 데려갔다. 로이스는 포커 테이블에 자리를 잡고 마치 카지노에서 자란 것처럼 놀았다. 밤이 끝날 즈음, 테이블 건너편에 앉아 칩을 산더미처럼 쌓아놓은 그녀에게 찰리는 푹 빠져 있었다. "로이스는 아름다웠고 카드를 기막히게 쳤어." 반세기가 지난 후 그가 어깨를 으쓱하며 말했다.

결혼과 함께 찰리는 1남 2녀의 아버지가 되었다. 그리고 로이스와의 사이에서 딸이 두 명 더 태어났다. 로이스의 10대 아들 빌과의 관계는 소원했다. 빌이 베트남에 용감하게 참전한 후 법조계에서 경력을 쌓을 때 찰리는 거의 무관심해 보였다. 사실이 어쨌거나 빌에게는 그렇게 보였다. 그리고 찰리가 내게 의붓아들 얘기를 거의 한 적이 없다는 사실도 (얼마나 도움이 될지 모르겠지만) 털어놔야겠다. 두 사람은 어딘가 비극적이고 강렬한 감정을 공유하고 있었다. 바로 일찍 아버지를 여읜 외아들의 외로움이었다. 애석하게도 그 연결고리가 두 사람을 가깝게 만들어주지는 못했다.

고등학교에 다니는 로이스의 딸 린다는 두 이부동생 로리와 매들린이 태어났을 때 작은 엄마와 같았다. 솔직한 성격의 줄리는 찰리가 조랑말을 선물했을 때 기뻐했다. "난 곧장 아빠가 됐어." 찰리가 말했다.

하지만 찰리는 머리가 희끗하고 멋들어진 콧수염을 기른 늙은 아빠이기도 했다. 내 아내의 표현대로라면 최고의 남자였다. 이윽고 찰리는 유혹에 못 이겨 세인트조지프 병원을 그만두고 침례기념병원의 원장이 되었다. 그는 의사와 변호사, 기업 간부들에게 인기 있는 교외촌인 캔자스주 미션 힐스의 조용한 거리에 멋진 집을 얻어 점점 늘어가는 가족과 함께 입주했다. 옆집에는 혈액학자가 살았고 길 건너편에는 외과 의사, 몇 집 떨어진 곳에는 보험업계의 거물이 살았다. 평생에 걸친 찰리의 자동차 사랑은 끝날 기미가 없었다. 후일 그가 정원용 호스와 스펀지로 여자친구 자동차를 닦던 그 원형 진입로에는 자주 알파인 선빔 스포츠카, 나중에는 포드 머스탱 컨버터블이 주차되어 있었다.

로이스는 정원 가꾸기를 즐겼다. "로이스는 요리도 잘했고 말도 청산유수였어." 찰리가 말했다. 어린 딸들은 마당에

있는 장난감 집에서 놀았다. 진 랜디스와의 결혼 생활을 망
쳤던 지독한 소유욕도 사라졌다. 둘의 관계에서 주도권을 쥔
쪽은 오히려 로이스였다. 찰리는 만만찮은 아내에 대해 이렇
게 말했다. "로이스는 군림하진 않았지만 자기 입장을 꺾지
도 않았어." 적극적인 영국 성공회 교도였던 로이스는 찰리
를 시아버지의 교파인 크리스천 교회에서 자신의 교파로 개
종시켰다. 두 사람은 일요일마다 시내 중심가에 있는 세인트
폴 교회에서 예배를 드렸다.

찰리는 아이들 없이 로이스와 단둘이 휴가를 보내는 걸 무
척 좋아했다. "로이스는 골프도 잘 쳤고 낚시도 수준급이었
지." 찰리가 그녀를 떠올리며 말했다. 결국 찰리는 아스펜 근
처에서 많은 시간을 보내며 프라잉팬강에 있는 오두막집에
가고 또 갔다. 이곳은 몇 년 전 찰리가 비웃으며 투자를 거절
했던 급성장 중인 스키 리조트와 가까웠다. 웅덩이가 있고
소용돌이가 치는 빠른 유속의 강은 송어 낚시꾼의 낙원이었
다. "강 위 언덕에 앉아 말하곤 했지. '로이스, 물고기 좀 잡아
줘!' 그러면 그녀가 물고기를 낚아 올렸지."

• • •

"장인어른은 참 좋은 분이었어요."

274

찰리의 첫째 사위 잭 무어의 말이다. 우리는 찰리가 세상을 떠나고 몇 년 뒤에 만나서 점심을 함께 먹었다. "쉽게 화를 내는 분이 아니었어요. 정말 화내는 모습을 본 기억이 없거든요. 자기 일을 사랑하셨지만, 쉬는 시간도 사랑하셨어요. 잠시 요트가 있던 시절에는 호수로 나가곤 했는데, 한번은 바닥 마개를 막는 걸 잊으셔서 배가 거의 가라앉을 뻔했죠. 부동산 업자들이 농장을 팔라고 하기 전까지는 말도 몇 마리 키우셨고요."

무어는 찰리를 떠올리면 골프 시합 때 그린 주변에서 했던 돌이킬 수 없는 실수, 망측해 보인 지 한참 된 낡은 수영 반바지를 입은 일, 어머니와 누이들에게 한결같은 애정을 보인 기억, 병원 복도에서 담배를 빌리지 못할 때마다 피우던 파이프 담배가 생각난다고 말했다. "그때는 누구나 병원에서 담배를 피웠어요. 간호사, 의사, 환자 할 것 없이요. 산소마스크를 끼지 않는 한 담배를 피웠죠." 무어가 회상했다.

동물을 돌보는 데 관심이 많고 두뇌 회전이 빨랐던 웨스트버지니아 출신의 청년 무어는 수의사가 될 생각으로 캔자스 주립대학에 들어갔다. 그러다 한 경험 많은 수의사로부터 "수의사 일은 너무 고돼요. 그러니 의학 박사 쪽으로 생각해 보세요."라는 말을 듣고 진로를 바꿨다. 그렇게 무어는 의학의 길을 걷는 동시에 로이스 그림쇼 화이트의 매력적인 장녀를 쫓아다녔다. 찰리가 무어를 품 안에 들였다.

바야흐로 1960년대였다. 이 전문성의 시대에 찰리는 무어가 의과대학에서 최신 이론과 선진 의학 지식을 배우게 될 것을 알았다. 찰리는 무어가 기본 사항, 즉 예전 일반의들이 배운 다방면에 걸친 실용적 지식을 배웠는지 확인하고 싶었다. 의사가 단순히 시술만 하는 게 아니라 '사람을 돌보는 직업'이라는 점을 예비 사위가 이해하기를 바랐다.

"장인어른은 집에서 병원 호출 전화를 받곤 했어요. 제가 그 집에서 노닥거리고 있으면 장인어른이 제게 '같이 가보겠나?' 하고 물으셨죠. 당연히 가고 싶었죠." 무어가 그때를 회상했다. 바람직한 의대생이라면 누구나 병원장과 함께 긴급 호출에 응할 기회를 놓치지 않을 것이다.

"그런데 도착해보니……"

"오토바이 사고였어요." 무어가 말했다. "환자의 얼굴 피부가 벗겨져 있었죠. 환자가 의식을 잃은 것 같아서 정신이 번쩍 들었어요. 그런데 장인어른이 말을 시키자 환자가 대답했죠. 대답이 환자의 입술에서 거품으로 나오긴 했지만요. 전 다리 사이에 머리를 묻었어요."

무어는 재능 있는 외과 의사가 되어 전립선암 환자들의 생명을 수년 더 연장할 운명이었다. 하지만 찰리는 무어를 전문화되지 않은 의학의 시대와 연결시켜 주었다. 그는 치료자가 온갖 문제에 처한 환자들을 만나 고통을 줄여줄 방법을 그때그때 생각해내는 시대와의 연결고리였다. "그분들은 정말 혁신적이었어요. 문제 해결사들이었죠." 무어는 찰리를 비롯한 멘토 세대를 일컬어 이렇게 말했다.

그는 내게 이런 일화도 들려주었다.

"이번에도 긴급 호출을 받고 병원에 갔어요. 목을 매어 자살하려다 실패한 환자가 있었죠. 혹여 그런 경우를 본 적이 있다면 아시겠지만, 이때 나타나는 증상 중 하나가 혀가 심하게 부어오르는 거예요. 글쎄, 이 불쌍한 환자가 혀에 목이 막혀서 계속 헉헉거리고 있었어요. 의료팀이 혀를 뽑아내야 하는 상황이었죠. 계속 이런 상태였는데 장인어른이 들어와 상황을 파악하고 간호사에게 '2번 실을 가져오라'고 말했어요."

간호사가 봉합 도구를 가져왔다. 찰리는 빠른 손놀림으로 부어오른 혀에 몇 땀 바느질을 한 뒤 실을 당겨 침대 발치에 묶었다. 문제 해결이었다. 환자의 혀는 두 번 다시 목구멍으로 말려들어가지 않았다.

나는 말 탱크와 찰리가 했던 초기 심장절개술에 대해 생각했다. 문제에 직면한 찰리는 완벽한 해결책을 기다리지 않았다. 그저 눈앞에 보이는 다음 단계를 밟았다. 환자의 혀를 침대 발치에 고정하는 일은 결코 응급의학 기법으로 인정받지 못했다. 하지만 그날 그 환자에게는 즉각적인 효과가 있었다.

몇 년 뒤 찰리가 죽고 잭 무어의 훌륭한 의사 생활이 끝난 뒤 무어가 내게 말했다. "그분만큼 의학을 사랑한 사람을 본 적이 없어요. 장인어른은 백 살이 되고 나서도 오랫동안 모임에 참석하셨죠. 한 의사 모임은 한 달에 한 번 오전 7시에 만나는 조찬 모임이었는데 거기에도 단 한 번도 빠지지 않으셨고요."

의사들 사이에는 '그랜드 라운드'라는 유서 깊은 전통이 있다. 의대생들과 교수진이 모여 병원에서 가장 흥미로운 사례를 찾아가고 풀리지 않은 의문들을 논의하고 새롭게 알게 된 것들을 공유하는 모임이다. "찰리는 몸이 허락할 때까지 그랜드 라운드에 참석했어요." 무어가 말했다.

하지만 의학을 사랑한다고 해서 의사를 찾아가는 일도 좋아한 것은 아니었다. 찰리는 가족의 치료를 동료들에게 거의 맡기지 않았다. 그는 초창기 경험들을 통해 대부분의 질병은 자연스럽게 치유된다고 믿게 되었다. 그렇지 않은 질병도 전공의에게 맡기기보다는 스스로 처리하는 편이었다. 일례로 지간신경종에 걸렸을 때는 사무실에서 자신의 하지에 신경 차단제를 주사한 뒤 메스를 잡았다. 발바닥 앞부분에 통증을 유발하는 이 신경종은 조직이 신경에 영향을 주면서 발생한

278

다. 찰리는 발의 환부를 절개한 뒤 문제의 조직을 잘라냈다. 그런데 상처를 꿰맬 때쯤 수술실에서 긴급 호출이 왔다.

곤란한 상황이었다. 마취가 풀리지 않은 데다 발에 봉합 시술을 한 상태라 수술실로 달려갈 방법이 없었다. 그렇다고 도움이 필요한 환자를 내버려둘 수도 없었다. 찰리는 휠체어를 가져오게 한 뒤 서둘러 거즈로 발을 감쌌다. 그리고 아픈 몸을 이끌고 영웅처럼 환자를 구하러 갔다.

· · ·

찰리는 자신의 어머니처럼 거의 간섭하지 않고 자식들을 키웠다. 그 정도가 너무 심해 거의 방치하는 것처럼 느껴질 정도였다. 찰리의 자녀들은 삶에 꼭 필요한 지혜의 주문을 기억한다. 최선을 다해라. 옳은 일을 해라. 미장 솔을 꼭 붙들어라.

마지막 말은 찰리의 가족을 통해 난생처음 듣는 말이었다. 미장 솔을 꼭 붙들어라! 이 표현을 처음 들어본다고 하자 찰리의 가족들이 깜짝 놀랐다. 그는 미장 솔을 꼭 붙들라는 말을 적어도 백 번, 천 번, 아니 백만 번은 해서 자녀들이 이 표현을 당연하게 여길 정도였다. 내가 그 뜻을 묻자 '미장 솔'이 무엇인지 정확히 아는 사람은 없었다. 다만 미장 솔을 꼭 붙들라는 말이 결단력, 평정심, 흔들리지 않는 실용적 낙천주의를 의미한다는 것만은 알 수 있었다.

인터넷에 그 뜻을 검색하니 나처럼 미궁에 빠진 사람들이 대다수였다. 여러 가지 가설이 있었는데, 크게는 두 범주로 나뉘었다. 하나는 페인팅과 관련이 있었다. '미장(daub)'이란 단어는 흰색을 뜻하는 라틴어 단어와 관련이 있었고 '미장'한다는 것은 원래 백색 도료를 바르거나 회반죽을 바른다는 뜻이었다. 결국 미장 솔은 미장하는 데 사용되는 일종의 붓으로, 만일 주의력이나 의욕을 잃고 미장 솔을 떨어뜨리면 뚝뚝 흐르는 물감이 주변을 난장판으로 만들 것이다.

또 다른 해석은 이 표현이 '나나니벌', (더 비슷한 말로는) '미장이벌'로 알려진 부지런한 곤충에서 유래한다는 것이다. 이 작은 해충은 회반죽 같은 진흙을 층층이 쌓아 둥지를 짓는데, 이때 꼬리를 높이 치켜들고 억척스러운 자세로 죽어라 작업에 몰두한다. 이 모습은 언제나 정직하고 겸허한 노동의 상징이었다.

1960년대와 1970년대에 성년이 된 젊은이들에게 "미장 솔을 꼭 붙들어라"란 조언은 다소 진부했을 것이다. 하지만 이는 찰리의 인생 비결을 압축해 보여주는 말이자 스토아 철학이 담긴 가르침이다. 미장 솔을 꼭 붙들지 말지는 우리가 선택할 수 있다. 또한 찰리가 자유롭고 생기가 넘쳤다는 점에서 이 가르침은 제약이 없고 창의적이다. 어떤 사람은 말뜻 그대로 살아감으로써 그 말에 의미를 부여한다. 그 뜻이 정확히 무엇이든 미장 솔을 꼭 붙들고 있을 때 우리는 기회를 잡을 준비가 된다. 우리는 변화를 통해 배우고 성장할 준비를 한다. 기민하고 활기차며 단호하고 패배를 모른다.

이 문구에는 기꺼이 하려는 마음이 담겨 있다. 정신을 똑바로 차려라. 털썩 주저앉지 마라. 계속해라. 조금만 참아라. 자기 자신과 미장 솔에 충실해라. 철학자 랠프 월도 에머슨은 어렸을 때 아버지를 여의고 젊어서는 형제들과 사랑하는 아내를 잃었으며 결국에는 자식까지 잃었다. 끝없는 슬픔과 상실감을 경험한 그는 우리가 손댈 수 있는 건 '바로 지금'밖에 없기에 중요한 건 '바로 지금'이라는 사실을 마음에 새기며 미장 솔을 꼭 붙들었다. 과거는 우리의 손을 벗어났고 미래는 우리가 알 수 없는 영역에 있다. 행복과 결실을 얻으려면 우리는 '바로 지금'을 활용해야 한다.

반대로 불행과 좌절의 근원은 에머슨에 따르면 이와 같다. "인간은 뒤로 미루거나 과거를 회상하면서 현재를 살지 않는다. 뒤를 돌아보며 과거를 한탄하거나 자신을 둘러싼 부를 보지 못하고 미래의 일을 예견하기 위해 헛발을 내디딘다." 우리는 "시간을 초월해 현재에" 살기 전까지 "행복하고 강해질 수 없다"고 에머슨은 결론짓는다.

그러니 미장 술을 꼭 붙들자.

. . .

심리학에는 '섬광 기억'이라는 용어가 있다. 이는 분주하고 어수선한 기억들이 흐릿하게 혼재한 가운데 마치 조명을 비춘 듯 선명하게 떠오르는 순간과 이미지를 말한다. 잭 무어는 전업 의사로서의 경력이 거의 끝나갈 무렵(인생 말년과는 거리가 먼 시점)의 찰리에 대한 섬광 같은 기억을 이야기해줬다. 제리 밀러의 뒷마당에서 파티가 열렸을 때다. 밀러는 성품이 너그럽고 친구가 많은 산부인과 의사였다. 찰리는 하와이 여행에서 사 온 풀잎 치마를 입고 나타나 다이빙 도약대에서 훌라춤을 추다가 물에 빠졌고, 젖은 치마의 무게 때문에 바닥으로 끌려갈 뻔했다.

또 다른 섬광 기억도 있다. 찰리는 키우던 닥스훈트를 무척 사랑했다. 하지만 그 사랑의 크기가 검증된 것은 캔자스에 휘몰아친 거센 폭풍을 맞고 쓰러져가는 나뭇가지에 개가 깔렸을 때였다. 등이 부러진 개는 뒷다리가 마비되었지만, 찰리는 개를 안락사할 수 없었다. 무어의 기억 속에는 롤러스케이트에 묶인 채 찰리의 집을 행복하게 기어다니며 조절이 안 되는 배변의 냄새를 뿌리고 다니던 바짝 엎드린 개의

우리는 변화를 통해 배우고
성장할 준비를 한다.
기민하고 활기차며
단호하고 패배를 모른다.

모습이 남아 있었다.

무어는 거리를 오가며 순회 경축 행사 한복판에서 목청껏 노래를 부르던 찰리도 기억했다.

또한 자신의 신분을 증명해주는 MD가 찍힌 번호판만 믿고 최신 유행하는 자동차를 몰고 미주리 대학교 풋볼 경기장 밖 최고 명당 주차 자리로 향하던 찰리를 기억했다. 그리고 한때 돌풍을 일으켰던 약 비아그라가 출시된 직후 찰리가 보낸 생일 카드를 기억했다. 카드 표지에는 수탉 그림 옆에 작은 파란색 알약 사진이 그려져 있었고, 카드 안쪽에는 이렇게 적혀 있었다. "정신 차리고 일어나라!"

찰리의 긴 인생에서 밝고 행복했던 이 시기에 또 다른 고통의 계절이 찾아왔다. 로이스가 암 진단을 받은 것이다. 무어와 다른 사람들이 기억하듯이 로이스는 이를 피할 수 없는 운명으로 받아들였다. 아마 정말 그렇게 되기 전부터 그랬을 것이다. "장모님은 정신적으로 완전히 녹초가 됐어요." 자신의 전공과목 때문에 매일 암과 마주칠 수밖에 없었던 무어가 말했다. "장모님은 갈수록 약해졌고, 장인어른은 장모님이 왜 더 열심히 병마와 싸우지 않는지 이해할 수 없었어요. 장모님이 포기했다고 느꼈죠."

내 기억에 찰리는 의학에 다소 회의적인 견해를 보였는데, 의사가 그런 견해를 가진다는 게 이상해 보였다. 가까운 사람들이 아플 때 찰리는 환자에게 가만히 누워 쉬면서 물을 많이 마시도록 했다. 병을 이겨내는 능력을 믿으라고 했다.

하지만 로이스는 믿음이 부족해 보였다.

무어의 또 다른 섬광 기억에 따르면 로이스는 위층 침실에 있었고 머리맡에는 도움이 필요할 때를 대비해 작은 종 하나가 놓여 있었다.

딸랑딸랑 종이 울렸다.

아흔 살에 가까운 나이였지만, 찰리는 쏜살같이 위층으로 뛰어갔다가 터덜터덜 내려왔다. "필요한 게 없었어." 찰리가 말했다.

로이스는 뭔가 필요했을 것이다. 어쩌면 바로 뛰어올 만큼 자신을 챙기는 누군가가 있다는 사실을 확인해야 했는지도 모른다. 어쩌면 자신이 외롭게 죽지 않으리라는 확신이 필요했는지도 모른다. 원하는 대로 행동할 주체 의식과 힘이 있다는 감각이 필요했을 것이다. 아프기 전에 이 여인은 가는 곳마다 아름다움과 자신감으로 그 공간을 장악했다. 죽음의 골짜기는 스토아 철학에서 말하는 자신감이 가장 살아남기 힘든 곳일 것이다. 그곳에서 우리는 우리가 가진 힘의 궁극적인 한계, 그 어떤 생명체도 바꾸지 못한 겸허한 진실을 마주하게 된다.

나는 자신의 운명에 맞서 싸우기보다는 받아들이려는 로

이스의 선택을 비난할 수 없다. 운명은 어떻게든 실현될 것이다. 나는 로이스가 외롭거나 겁이 날 때 찰리를 뛰어오도록 시험한 일을 치사하다고 생각하지 않는다. 내가 아는 한 찰리도 그랬다. 그는 로이스보다 거의 20년을 더 살았다. 분노는 사라졌고 고통의 가장자리는 닳아 부드러워졌다. 찰리는 내게 종소리 애기를 꺼낸 적이 없다.

찰리가 로이스에 대해 말한 것, 즉 찰리가 간직한 기억은 그녀의 사랑스러움과 강인함에 관한 일화들뿐이었다.

10장

–

끝까지 그답게

최후까지 살아남는 사람은
힘이 제일 세거나 똑똑해서가 아니다.
변화에 가장 민감해서이다.

찰스 다윈

우리의 이야기는 폭염으로 펄펄 끓던 일요일 아침, 길 건너편에서 정원용 호스와 스펀지를 손에 든 찰리를 본 순간 시작되었다. 로이스가 세상을 떠난 지 어언 10여 년이 흘렀다. 기나긴 인생은 대저택과도 같다. 방이 많기도 많은데 크기까지 하다. 찰리는 의사로서 하나가 아닌 두 가지 경력을 거쳤다. 몇 년간 일반의로 일하다가 수십 년 동안 마취의로 일했다. 사회생활 못지않게 은퇴 생활도 길었다. 그리고 한 번도 아닌 두 번의 긴 결혼 생활을 했고 독신으로도 수년을 지냈다. 어린 시절 뛰어놀던 기차역은 오랜 전성기를 누리다가 늙은 흰 코끼리처럼 활기를 잃고 애물단지로 전락했고, 시에서도 손을 놓다시피 했다가 나중에 캔자스시티의 역사를 기념하기 위해 복원됐다. 이 모든 일이 대저택과도 같은 찰리 한 사람의 인생에서 일어났다.

찰리는 90대에도 활동을 멈추지 않았다. 최신 의학 정보를 놓치지 않기 위해 정기적으로 의사 모임에 나가고 병원의 그랜드 라운드에 참석했을 뿐만 아니라, 자신보다 아랫세대(이때쯤엔 세상 모든 사람이 찰리보다 젊었다)의 투자클럽 모임에 빠지지 않고 참석했고 꾸준하게 활동했다. 이들은 주식을 공부해 닷컴버블 붕괴 전에 버블 장세에 올라탔던 세대다. 찰리는 가난한 아이들을 검진하고 백신을 접종하기 위해 소아과 의사 친구인 허브 데이비스와 함께 두 번이나 아이티에 다녀왔다. 어린 시절 저녁 식탁에서 의료 선교사들의 이야기를 듣고 의사가 되기로 결심한 순간 시작된 소명이 오랜 시간이 지나 직접 의료 봉사를 하면서 완수됐다. 아이티에 가서는 대공황 때처럼 다시 일반의로 돌아가 갖가지 질병을 진단하고 처지가 딱한 환자들에게 실질적인 해결책을 제시했다. 종종 찰리는 의사란 일도 아니고 직업도 아니라고 말했다. 특권이었다. 세상 어느 직장에서도 이렇게 다른 사람들과 친밀한 신뢰 관계를 형성할 수 없기 때문이다. 두 번째로 아이티를 찾았을 때 찰리는 아흔아홉 살이었다.

아이티든 고국이든 찰리가 가는 곳마다 사람들이 그의 장수 비결을 물었다. 찰리는 늘 맥 빠지는 답을 했다. 그저 운이라고. 찰리 자신도 어찌할 수 없는 유전자는 심장 약화나 쇠약 증세로 뒤통수를 치지 않았다. 자신의 아버지와는 다르게 찰리는 기이한 사고라는 우주 복권에 한 번도 당첨되지 않았다. 어떤 사람들은 평생 흡연이라고는 한 적이 없는데도 폐암에 걸린다. 찰리는 수십 년간 담배를 피웠는데도 이렇다 할 병증이 없었다.

운이다.

찰리의 의붓딸인 린다는 예순여섯 살에 휴가를 다녀왔다가 몸이 안 좋아지기 시작했다. 정밀 검사를 해보니 몸 전체에 종양이 퍼져 있었고 몇 달이 채 지나지 않아 세상을 떠났다. 그녀가 죽고 몇 주 뒤에 찰리는 102세가 되었다.

운이다.

찰리는 자신의 운을 받아들이고 현재에 충실했다. 아흔다섯 살 생일에는 재킷을 벗고 색소폰으로 밴드와 합주를 해 많은 친구를 즐겁게 해주었다. 동년배들이 대부분 죽은 지 오래됐을 때 찰리는 아주 멋진 연애를 시작했다. 상대는 캔자스시티에서 가장 매력 넘치는 미망인 중 한 명이자 자신보다 스무 살쯤 어린 메리 앤 월튼 쿠퍼였다. 텍사스에서 이주해온 쾌활한 여인이었다. 잭 무어는 그녀를 '끝내주게 예쁜 여자'라고 표현했는데, 그녀의 차를 세차하는 찰리를 보고 얼마 지나지 않아 처음 그녀를 본 나도 그 말을 인정하지 않을 수 없었다.

메리 앤은 아름다운 만큼 활기도 넘쳤다. 그녀와 마주친 것은 단 4분 정도였다. 나중에 그녀는 고인이 된 외과 의사 남편이 찰리에게 마취를 맡겼던 시절의 이야기로 나를 즐겁게 해주었다. 한번은 메리 앤 자신도 수술이 필요해서 그녀의 남편이 수술 팀을 꾸렸다. 찰리가 마취를 하자 의사들이 수술을 하기 위해 메리 앤의 윗옷을 벗겼다. 그녀의 가슴에는 립스틱으로 이렇게 적혀 있었다. "크리스마스 때까지 열지 마세요."

메리 앤은 찰리가 혼자 되고 얼마 되지 않아 찰리를 점찍었는데, 이유는 단순했다고 한다. 두 사람은 서로를 웃게 만들었고, 그녀는 두 사람이 함께하면 무척 즐거우리라는 걸 알았기 때문이었다. 당시 아흔한 살이었던 전 남자친구는 메리 앤이 아흔두 살인 찰리와 만날 거라고 하자 달관한 듯 말했다. "나보다 늙은 남자한테 한 방 먹었네."

찰리와 메리 앤은 즐거운 나날을 보냈다. 두 사람은 수년간 블루 힐스 컨트리클럽 식당의 주말 단골손님이었다. 메리 앤은 집에서 차를 끌고 와 찰리의 서재에서 식전 칵테일을 마시곤 했다. 때때로 그녀의 차가 보이면 나는 자연스럽게 차창을 두드리고 인사를 건넸다. 두 사람이 만날 때면 둘 사이에 중국 철학자들이 '기(氣)'라고 부르는 강한 생명력이 넘쳐흘렀다. 활력과 의욕을 나타내는 '기'는 세상의 질서와 올바른 관계를 맺을 때 흘러나온다.

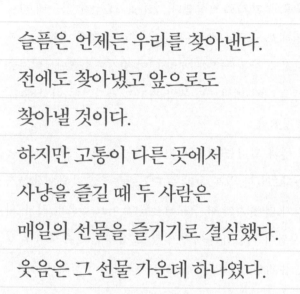

슬픔은 언제든 우리를 찾아낸다.

전에도 찾아냈고 앞으로도

찾아낼 것이다.

하지만 고통이 다른 곳에서

사냥을 즐길 때 두 사람은

매일의 선물을 즐기기로 결심했다.

웃음은 그 선물 가운데 하나였다.

찰리와 메리 앤에게서는 그런 '기'가 느껴졌다. 두 사람은 슬픔을 따라갈 필요가 없다는 걸 알았다. 슬픔은 언제든 우리를 찾아낸다. 전에도 찾아냈고 앞으로도 찾아낼 것이다. 하지만 고통이 다른 곳에서 사냥을 즐길 때 두 사람은 매일의 선물을 즐기기로 결심했다. 웃음은 그 선물 가운데 하나였다. 일례로 일요일 예배 때 찰리가 그의 100세 생일을 공지하는 교회 목사를 꾸짖자 메리 앤이 박장대소했다. "여자들이 내가 늙어서 데이트도 못할 거라고 생각하면 어떡하나." 그가 불평했다.

메리 앤과 찰리는 길 건너편에 사는 우리 가족을 실망스럽게 바라보았다. 물론 우리 부부를 충분히 좋아해주긴 했지만 우리가 더 즐겨야 한다고 생각했다. 어느 금요일 저녁, 나는 두 사람이 외식하러 나가기 전 그 집에 들렀다가 축구 경기니 생일 파티니 아이 관련 활동이니 하면서 우리 가족에게 예정된 바쁜 주말에 대해 얘기하게 되었다.

"어머, 그럼 안 되죠!" 메리 앤이 완벽하게 포인트를 준 입술을 살짝 구기며 나를 꾸짖었다(그녀는 립스틱의 천재였다). "가서 아내 분께 옷을 차려입으라고 하세요. 아이들 없이 두 분만 나갈 거니까! 아이들끼리 있어도 괜찮아요."

찰리가 고개를 끄덕이는 동안 그녀가 계속 말했다. "결혼생활이 늘 우선이에요. 자식들은 다 크면 떠날 거예요. 애들은 애들 인생을 살고 두 사람은 두 사람 인생을 살아야죠. 우리 아들들이 어렸을 때 난 다섯 시가 되기 전에 화장을 새로 하고 남편의 술을 준비했어요."

내가 집에 돌아와 이 말을 전하자 아내가 눈을 부릅떴다. "본인이 마실 술은 직접 준비하시지"라고 말하려고 했던 듯도 하다. 하지만 나는 (활력 자체였던) 메리 앤 쿠퍼와 인생 내지는 양육에 대해 논할 급이 아니었다. 알고 보니 그녀는 배우 크리스 쿠퍼의 어머니였다. 그는 어렸을 때 어머니가 완벽하게 화장을 끝내고 가족 바에 신경을 쓸 동안 알아서 제 할 일을 했다고 한다. 나를 만나기 얼마 전 메리 앤은 찰리의 팔짱을 끼고 한 파티에 참석해 텔레비전으로 아들의 아카데미상 수상 모습을 시청했다.

찰리 화이트와 메리 앤 쿠퍼의 이 멋진 연애는 찰리가 살아있는 동안 계속되었다. 메리 앤이 80대 후반에 접어들고 찰리가 말년에 이르렀을 때 그녀의 불꽃도 희미해지기 시작했다. 그녀는 기억을 잃었지만 찰리는 그렇지 않았다. 찰리는 그녀의 옆에 손을 잡고 앉아 때로는 조용히 교감하고 때로는 부드럽게 속삭이거나 노래를 불러주었다.

· · ·

그 마지막 몇 년 동안 나는 한두 달, 아니 한 계절이 지나도록 찰리를 찾지 않는 시간이 많았다. 매일 아침 진입로에서 찰리의 신문을 챙긴 뒤 내가 찰리를 생각하고 있다는 걸 알리기 위해 그의 집 문 옆에 신문을 세워놓긴 했지만, 나는 찰리와 보내야 할 시간을 허비하고 있었다. 103세…… 104세…… 105세 된 친구에게 시간을 내지 못하는 사람은 멍청이 아니면 10대들의 아빠뿐일 것이다. 하지만 내가 찾아가면 찰리는 다 용서할 것이다. 찰리는 의연하게 항해하는 중이었으니까.

찰리가 106세였을 때 나는 젊은 시절의 월트 디즈니가 캔자스시티에서 잠시 애니메이터로 일한 경력을 에세이로 쓸 생각이었다. 얼마간의 자료를 읽은 뒤 약 1975년까지 나온 거의 모든 미국의 만화 영화, 즉 내가 보고 자란 모든 만화가 그 예술가의 계보를 따라가 보면 디즈니의 파산한 캔자스시티 스튜디오에 채용되었던 소수의 젊은이들에게까지 이른다는 사실을 알게 되었다. 르네상스 시기의 피렌체나 20세기 후반의 실리콘밸리처럼 창조성의 연쇄 반응이라고 할 수 있었다.

찰리는 월트 디즈니를 몰랐지만 두 사람은 같은 거리를 걸었다. 나는 찰리를 찾아가 1921년의 캔자스시티에 대해 얘기해달라고 부탁했다. 부엌에 자리를 잡자 찰리가 곧장 기억의 타임머신으로 나를 안내했다.

캔자스시티 가축 사육장들 사이에 멈춘 기차에서 내렸을 때로부터 100년이 흘렀지만, 찰리의 기억력은 놀라웠다. 도시에 있는 모든 영화 극장의 이름은 물론 거리 주소까지 세세히 기억해냈다. 나는 내가 뉴먼 극장의 위치를 제대로 안다고 생각했다. 그 넓은 관객석은 디즈니의 단편 영화가 처음 상영되고 칼턴 쿤과 조 샌더스의 밴드가 라디오 방송을 탄 곳이었다. 하지만 나는 모퉁이를 잘못 알고 있었고, 찰리가 이를 정정해주었다. 찰리는 꽃이 만발한 길을 따라 옛날 일렉트릭 파크의 황홀한 불빛 아래로 나를 데려갔다. 또한 디즈니가 한 식당 위에 작은 스튜디오를 차리고 책상 서랍에 애완용 쥐를 길렀던 동네를 그 시절의 모습으로 기억해냈다. 그 쥐가 바로 역사상 가장 유명한 예술 창작물 중 하나에 영감을 준 쥐다.

이런 세세한 일화들 사이사이 우리는 내가 취재한 최근 뉴스 사건에 관한 논평, 우리 가족에 대한 안부, 잔디 관리에 대한 한담 등 수십 년을 아우르는 비약과 샛길, 여담을 공유했다. 어찌된 일인지 찰리의 정신은 예나 지금이나 예리하고 유연했다. 어제만큼이나 내일에도 관심을 두고 있었다.

찰리의 활력 넘치는 정신은 내 마음에 꿈, 아니 그보다는 환상을 심어주었다. 찰리가 피칭 웨지를 땅에 짚고서 골프를

칠 수 없다고 한탄하고 있을 때 나는 우리가 나눈 첫 대화를 떠올리며 이 노인을 마지막으로 한 번 더 골프장에 세우는 게 굉장한 이야깃거리가 될 거라는 생각을 하기 시작했다. 106세 골퍼가 세상에 몇이나 될까?

찰리에게 내 생각을 말하자 웃으며 고개를 저었다. 시간이 결국 찰리 화이트의 발목을 잡으리라는 걸 나는 몰라도 찰리는 알고 있었다.

. . .

어느 추운 날, 찰리는 현관 밖에서 얼음 조각을 밟고 미끄러져 발목이 퍽하고 부러졌다. 이때가 찰리의 106세 겨울이었을 것이다. 찰리의 사위 더그에게 이 소식을 듣고 '이제 끝이 다가오고 있구나' 하고 생각했다. 하지만 찰리가 몸조리 중인 요양시설에 병문안을 갔을 때 찰리는 아주 유쾌하게 끊이지 않는 방문객을 맞이하고 있었다. 아이티 여행의 기획자인 허브 데이비스가 들렀을 때는 마침 직원이 와인 한 박스와 잔 몇 개를 카트에 싣고 병실로 들어왔다. "서비스 타임입니다!" 직원이 외쳤고, 우리는 찰리의 건강을 위해 짧게 축배를 들었다. 그게 효과가 있었는지 찰리는 곧 집으로 돌아와 매주 있는 클럽과 모임에 참석했다.

몇 달이 지난 후 더그가 다음 건강 응급 상황을 알려왔다. 찰리는 환각 증세를 겪고 있었다. 눈앞에 불빛이 번쩍이거나 무늬가 아른거리는 것뿐만 아니라 이상하고 다채로운 생물들이 서재에 편안히 쉬고 있는 것처럼 보였다. 담당 의사들은 이 증상을 어떻게 해석해야 할지 몰랐다. 치매가 시작된 것일 수도 있고, 뇌종양의 징후일 수도 있었다. 그게 뭐였든 안심할 수 있는 증상은 아니었다.

공교롭게도 몇 년 전 내 친구 하나가 자신의 연로한 아버지가 겪은 환각 증세에 대한 글을 썼다. 그 글을 읽고 나는 이 증상이 단순한 시력 감퇴보다 더 우려할 것 없는 증후군임을 알게 되었다. 뇌는 잘 작동하고 있었다. 오히려 시각적 데이터가 충분하지 않을 때조차 시야를 메우느라고 과도하게 작동하는 게 문제였다. 뇌가 사물을 만들어내는 것이다.

찰리도 이런 증상일 가능성이 있어 보였다. 내 친구의 말에 따르면 이 증상의 가장 위험한 점은 환자가 환각에 겁을 먹거나 정신을 놓게 될까봐 두려워한다는 것이었다. 그래서 나는 찰리의 상태를 가늠하기 위해 집을 찾아갔다.

"정말 이상해." 우리가 서재에 자리를 잡자 찰리가 말했다. "이 사람들과 사물들이 지금 자네 모습만큼이나 선명하게 보여. 더 선명해."

"저기 보게!" 오래된 결투용 권총이 진열된 장롱을 가리키며 찰리가 말했다. 페루 여행 기념품으로 챙겨온 이 낡은 권총은 빌 던컨이라는 새끼 원숭이보다 오래 남았다. "저거 보이나?"

내가 대답을 하기도 전에 찰리가 대신 대답했다. "아니, 당연히 아니겠지. 자네 눈에 보일 리 없어. 실제로는 저기 없으니까."

나는 샤를보네 증후군에 대해 아는 정보를 작은 것 하나까지 알려줬다. 이 병명은 18세기 한 과학자의 이름을 딴 것으로 그의 할아버지가 이 증상을 앓았다. 이 할아버지도 찰리처럼 명석했지만 거의 눈이 멀었다. 이 증상은 사람마다 다른 환각을 일으키지만, 일반적으로는 무난한 환각이다. 일부 환자들은 만화 같은 인물들을 본다. 소들이 거실 카펫에서 풀을 뜯고 있는 환각을 보는 사례도 있다. 내 작가 친구의 아버지는 도로 표지판들이 히브리어로 쓰여 있다고도 말했다.

"뭐라고 적혀 있어요?" 내 친구가 물었다.

"알잖아, 나 히브리어 못하는 거." 그의 아버지가 대답했다.

내가 이 얘기를 하자 찰리가 쾌활하게 고개를 끄덕였다. 찰리는 환각이 나타날 때마다 걱정스러웠는데 이제는 그다지 나쁜 것 같지 않다고 말했다. 사람에게는 이보다 훨씬 나쁜 일도 일어날 수 있다. 찰리도 이 사실을 알고 있었다. 그런 일이 때때로 찰리에게도 일어났으니까.

. . .

그렇게 찰리는 발목 부상을 떨쳐냈고 환각에도 동요하지 않았다. 하지만 찰리가 107세에 폐렴으로 입원했을 때 나는 끝이 다가오고 있다고 확신했다.

초기 현대 의학의 대가 중 한 명인 윌리엄 오슬러는 1892년 교본 '의학의 원리와 실습'에서 노인성 폐렴 사례의 높은 치사율에 대해 이렇게 썼다. "이는 노인의 자연사로 일컬어진다." 실제로 폐렴은 '노인의 친구'라는 별칭이 있을 정도로 생명이 비교적 자비로운 죽음을 맞이하게 해준다.

누가 뭐래도 찰리는 노인이었다. 친구를 잃는 것은 싫었지만 한편으로는 찰리를 신의 품으로 데려갈 편안한 차가 옆에 있다는 사실이 기뻤다. 이런 달관한 기분으로 찰리의 병실 호수를 물어 작별 인사를 하러 갔다.

찰리는 플라자 근처의 한 병원에서 고층의 넓은 개인실을 쓰고 있었다. 동종업계 사람에 대한 예의라고 생각했다. 한낮에 차양이 내려와 있어서 방 안이 황혼처럼 어스름했다. 찰리의 야윈 몸이 하얀 시트 밑에 잠들어 있었다. 들리는 것은 거의 아기 같은 낮은 코골이 소리와 녹색 빛 디스플레이가 들쑥날쑥 널뛸 때마다 심장 모니터에서 울리는 삐 소리뿐이었다. 나는 문간에서 얼어붙었다가 복도로 살금살금 뒷걸음쳤다.

몇 분 후 한 간호사가 복도에 서 있는 나를 발견했다.

"도와드릴까요?"

"화이트 박사님을 찾아왔는데 주무시고 계시더군요." 내가 말했다.

"그럼 들어가세요. 안 그래도 깨울 참이었어요." 간호사가 말했다.

찰리의 침대 옆으로 조심스럽게 다가가 여전히 갈피를 잡지 못하고 잠시 서 있었다. 찰리의 규칙적인 호흡이 거센 콧바람으로 바뀌었다. 찰리가 몸을 움찔하더니 눈을 뜨고 말했다. "거기 누구요?"

나는 이름을 말하고 깨워서 미안하다고 사과했다. 찰리가 나를 쳐다보더니 곧장 대화를 시작했다. 병실에 들어올 때는 마치 무덤에 들어가는 것처럼 굴었지만, 막상 마주해서는 언제 그랬냐는 듯 못다 한 이야기를 다시 나누고 있었다.

찰리는 정맥 주사 몇 번과 항생제를 투여한 후 많이 나았다며 나를 안심시켰다. 우리는 잠시 동안 여느 때와 똑같이 잡담을 나눴다. 찰리는 폐렴 치료의 역사를 알려주면서 오슬러의 교본이 페니실린의 발견 이전에 쓰였다는 사실을 명심하라고 했다. 찰리는 자신이 일한 병원이 어떻게 생겨났는지 설명하며 각 건물과 동, 별관이 지어진 때를 회상했다. 또한 우리 가족의 안부를 물었고 우리 아이들이 잘 큰 것을 믿으라고 조언했다. 찰리는 평소처럼 활기가 넘쳤고, 나는 이번에도 찰리가 죽음의 신을 비껴갔다고 빠른 결론을 내렸다.

흰색 가운을 입은 심장병 전문의가 병실에 들어왔을 때 내 판단은 사실로 확인되었다. 그 담당의는 예일 대학교 수영선수 출신이자 내 동네 친구인 맷이었다. 찰리는 안심할 수 있는 사람의 손에 맡겨져 있었다. 맷은 클립보드에 끼워진 몇 가지 검사 결과를 재차 확인하더니 환자의 회복 상태가 무척 만족스럽다고 말했다. 그러고는 찰리가 하루 안에 퇴원할 것이라고 말했다.

"이 점을 알아두면 좋을 거 같아, 맷." 내가 말했다. "네가 의사 생활을 하는 동안 107세 폐렴 환자를 퇴원시키는 일은 아마 두 번 다시 없을 거야."

· · ·

하지만 아직 찰리에게는 숨겨둔 카드가 한 장 더 있었다.

108세에 찰리는 결국 자립 능력을 잃었다. 매들린과 더그의 도움에도 더는 집에서 생활할 수 없었던 찰리는 메리 앤과 손을 잡고 로비를 함께 걸을 수 있는 고급 요양원으로 들어갔다.

어느 날 더그는 찰리가 급격히 쇠약해지고 있다는 소식을 전했다. 영원히 살 것 같던 남자는 사랑하는 사람들에게 처음으로 죽음이 가까이 왔다고 고백하며 자신은 준비가 됐다고 오히려 안심시켰다. 찰리를 따르는 수많은 친구와 팬들은 운명이 그를 채어갈 때를 대비했다. 하지만 미주리강 계곡에 다시 봄꽃이 만발했고 여름이 되자 나무들이 푸른 우산을 펼쳤다. 찰리는 마음을 바꾸었다. 생일이 다가오자 찰리는 이왕 버틴 거 109세까지 살아보는 것도 나쁘지 않겠다고 결심했다.

죽음처럼 강력하고 변덕스러운 일을 자기 마음대로 어쩔 수 있다고 상상하다니 어쩐지 찰리와 어울리지 않는다고 속으로 생각했다. 스토아 철학의 핵심 가르침 중 하나는 죽음에는 때가 있다는 것이다. 죽음은 언제든 찾아올 수 있다. 결국 죽음이 찾아온다는 것은 절대 변하지 않는 진실이다. 그러니 친절한 로마 철학자이자 극작가인 세네카의 말처럼 "우리 그 어느 것도 미루지 말자." "매일 인생의 장부를 잘 마감하자." 찰리는 일평생을 이런 마음가짐으로 살았다. 하지만 그는 109세까지 살기로 마음먹으며 마지막 정산을 미루었다.

눈부시게 아름다운 5월은 따스한 6월을 지나 무더운 7월이 되었다. 길고 더운 날들이 계속되던 어느 날 전화벨이 울렸고 더그가 찰리의 부고를 알렸다. 솔직히 말해서 나는 시간이 그렇게나 흐른 줄 몰랐다. 달력을 확인하고 머리를 저었다. 내 머리는 놀라움과 기쁨의 홍수 속을 가볍게 헤엄치고 있었다. 찰리를 생각하면 자주 떠오르는 감정들이었다. 그날은 2014년 8월 17일이었다.

찰리는 생일 밤을 넘기고 이른 새벽에 조용히 떠났다.

. . .

찰리의 장례식에는 수백 명이 모였다. 우리 네 아이도 차를 타고 각자의 화면 속 광활한 디지털 우주에 빠진 채 집에서 그리 멀지 않은 세인트폴 성공회 교회로 향했다. 우리는 교회 입구에 차를 세웠고, 가족 승합차의 문이 마법처럼 드르륵 열렸다. 에어컨이 나오는 차에서 내려 에어컨이 구비된 교회 안으로 들어갔다. 저 까마득하게 높은 곳에서는 알루미늄 동체들이 승객 수천 명을 태우고 시속 수백 킬로미터로 대륙을 횡단하고 있었다. 100여 년 전 일리노이주 게일즈버그에서 말과 마차, 느릿느릿한 기차와 함께 시작된 삶은 완전히 탈바꿈한 세상에서 끝을 맺었다.

돌기둥과 반짝이는 유리창으로 지어진 안식처는 신생 도시의 주민들이 아주 오래전부터 이곳에 산 듯한 느낌을 내기 위해 지은 건물이었다. 오래된 것처럼 보여도 사실은 찰리보다 젊었다. 눈물보다는 웃음으로, 애도보다는 음악으로, 우리는 찰리를 떠나보냈다.

• • •

"그런 건 별로 생각해본 적이 없습니다." 언젠가 인생철학을 묻는 한 인터뷰어에게 찰리가 말했다. 마지막 10년 동안 호기심 많은 수많은 작가와 구술역사가들이 찰리를 찾아왔다. 찰리는 신문과 텔레비전, 잡지 기자들에게 자기 이야기를 들려주었다. 모두가 나처럼 매료되었다.

이 특별한 인터뷰어는 답이 뻔해 보이는 질문을 던졌다. 찰리에게는 인생철학을 생각할 시간이 한 세기나 있었다. 삶의 의미에 대한 고민은 분명 그의 부친이 가혹한 운명에 끌려간 그날 시작되었을 것이다. 하지만 그 질문은 찰리의 허를 찌른 것 같았다.

"그저 열심히 살았습니다." 찰리가 마침내 말했다. 사실 찰리가 받아들인 것은 어머니의 철학이었다. 그 철학은 '무척 단순'하면서도 찰리에게 큰 쓸모가 있었다. "옳은 일을 해라." 이는 무척 실용적인 철학이라고 찰리는 말했다. "옳은 일을 하면 웬만한 상황은 다 잘 흘러가지요."

찰리가 질문을 곱씹으며 계속 말했다. "난 항상 이렇게 말합니다. 이건 지나갈 일이다." 어떤 어려움이 있더라도 "반드시 이겨내고 끝까지 버티며 무너져선 안 돼요. 참고 견디세요. 부정적인 생각에는 미래가 없습니다."

그리고 마지막으로 이렇게 말했다. "우리를 대신해줄 사람은 아무도 없습니다. 자신이 직접 노를 저어야 해요. 그러니 무슨 일이 있더라도 미장 술을 꼭 붙드세요."

경제적 불황과 호황, 전시와 평시, 젊음과 노년, 기쁨과 슬픔을 겪으며 변화의 거센 폭풍을 맞은 이 삶이 이토록 단순한 몇 마디로 귀결될 수 있을까?

· · ·

찰리가 떠난 후 가족들은 유품 중에서 '클라리지 코트'라는 제목이 붙은 메모지 한 장을 발견했다. 클라리지 코트는 찰리가 말년을 보낸 공동체였다.

예전 그 인터뷰어의 질문은 찰리의 마음에 남아 있었다. 끝이 다가오고 있음을 느낀 찰리는 메모지를 꺼내 자신의 인생철학을 정리해나갔다. 액상형 볼펜으로 메모지의 앞뒷면

을 채웠다. 말보다 행동으로 보여주는 사람답게 명확한 명령
문으로 글을 남겼다.

자유롭게 생각해라.

시작이 대담했다.

인내심을 연습해라.
자주 웃어라.
특별한 순간을 마음껏 즐겨라.

찰리의 인생철학이 메모지에 쏟아져 나왔다. 글씨는 균일
하고 정연했으며 줄을 그어 지운 흔적도 없었고 눈에 띄게
망설인 부분도 없었다. 마치 알차고 행복한 인생의 운영체제
가 딱딱한 삼사십 줄의 코드로 작성될 수 있기라도 한 듯, 어
떤 문장도 몇 단어를 넘어가지 않았다. 친구를 사귀고 사이
좋게 지내라. 사랑하는 이들에게 감정을 표현해라. 용서하고
용서를 구해라.

깊이 느껴라.
기적을 알아차려라.

해내라.

그는 위험을 감수할 만큼 스스로를 믿어주고, 기회에 마음을 열고 붙잡을 준비를 하며 세차게 내리는 비, 잠깐 뜨는 무지개, 일출의 찬란한 빛처럼 세상에서 아름다움을 발견하라고 썼다.

때로는 부드러워져라.
필요하면 울어라.
가끔은 실수를 해라.
실수에서 배워라.

충만한 삶을 살기 위한 찰리의 행동 지침들을 읽어 내려가면서 나는 문장 하나하나가 그 자체로 연하장이나 페이스북 밈 같다고 생각했다. 찰리가 백 년 넘게 살면서 느낀 교훈들은 우리가 수없이 들어서 이미 알고 있는 것들이었다.

하지만 나는 몇 년간 이 말들을 곱씹었고, 그 시간 동안 시인 T. S. 엘리엇처럼 "영원한 시종이 내 코트를 붙들고 낄낄거리는 모습을 보았다." 그런 뒤 나는 잘 산 인생은 두 단계로 이루어져 있다는 결론에 이르렀다. 첫 번째 단계에서 우리는 복잡성을 추구한다. 이는 유년기의 단순한 세계에서 복잡성을 발견하는 단계다. 모든 것은 보이는 것과 다르고, 상황도 들리는 것과 다르다. 우리는 "그렇긴 한데……", "한편으로는……", "그게 그렇게 쉽지 않을 것 같아요"라고 말한다.

그러다 오랜 삶을 누리고 나면 자연스럽게 두 번째 단계로 들어가 단순성을 추구하게 된다. 전 세계 도서관 선반에 인생을 설명하는 책들이 무수히 꽂혀 있지만, 결국 인생은 별개의 순간들과 개별적인 결정들의 연속일 뿐이다. 우리가 직면한 상황은 복잡할 수 있지만, 여기에 대처할 방법은 간단하다. "옳은 일을 해라." 로라 화이트가 아들에게 했던 말이다. "남에게 대접을 받고자 하는 대로 남을 대접해라." 어떤 스승이 제자들에게 말했다.

찰리는 복잡성의 베일이 완전히 벗겨질 만큼 오래 살았기 때문에 인생이 우리 생각만큼 그렇게 힘든 건 아니라는 사실을 이해했다. 더 정확히 말하면, 인생이 아무리 힘들더라도 우리가 살아갈 방식은 단순한 몇 마디로 요약된다. 이런 본질적인 가르침이 친숙한 것은 진부해서가 아니라 진실이기 때문이다.

나는 지금까지도 찰리의 모습이 생생하다. 그는 눈은 침침하지만 정신은 다이아몬드처럼 반짝이며 이 종이에 단순한 진리들을 빼곡히 써 내려가고 있다.

열심히 일해라.

기쁨을 널리 퍼뜨려라.

기회를 잡아라.

경이로움을 즐겨라.

그리고 내게는 내 아이들에게 물려줄 나만의 답과 책이 있다. 변화의 소용돌이 속에서 어떻게 잘 살아갈 수 있을까? 그 답은 영원히 변치 않는 땅을 딛고 서 있는 것이다.

감사의 말

2007년에 우리가 캔자스로 이사한 이유는 두 가지였다. 네 명의 자녀에게 각자 방을 만들어줄 수 있었고, 스쿨버스가 우리 집 진입로에 정차했기 때문이다. 길 건너편에 찰리 화이트가 살고 있었던 것은 순전히 운이었다. 하지만 이 새 보금자리의 숨은 잭팟은 세계 최고의 이웃 더그 달글리시였다. 찰리 화이트의 사위이자 우리 아이들에게는 'D아저씨'였던 더그는 우리 아이들에게 둘째 아빠이자 훨씬 더 유쾌한 아빠가 되어줬고 나를 특별한 친구들의 세계로 이어줬다.

　찰리의 막내딸 매들린 화이트 달글리시와 언니 로리 화이트를 비롯해 찰리의 다른 가족들도 넓은 아량으로 이 책에 힘을 실어주었다. 찰리의 또 다른 사위인 잭 무어는 찰리와 얽힌 추억들을 아낌없이 나눠주었고, 필요할 때는 의학적인 조언도 해주었다. 찰리의 의붓아들 빌 그림쇼와 빌의 딸 로

314

이스 그림쇼 역시 추억과 기념품들을 공유해주었다. 정말이지 찰리의 모든 가족과 친구는 우리가 도움을 청할 때마다 무한정 응답을 해줬다.

개인 구술 채록을 서비스하는 보이스 인 타임의 전문가들이 채록한 구술 자료는 매우 유용한 자원이었다. 그들은 찰리의 매력적인 목소리와 좋아하는 이야기들을 내가 기억하는 그대로 담아냈다. 이 녹음 자료는 찰리가 더 이상 옆에 없을 때 몇 가지 혼동되는 부분을 바로잡는 데 도움이 되었다.

이 책은 길진 않지만 출간되기까지 오랜 시간이 걸렸다. 그 과정에서 나를 끌어주고 짐을 나눠지며 내 하루하루를 가볍게 해주고 온정을 베풀어준 사람들을 일일이 열거하자면 이 얇은 책이 벽돌로 변할 것이다. 찰리는 '기적을 알아차리라'고 했다. 찰리의 조언에 따라 나는 나를 에워싸고 있는 가족과 친구들의 기적 같은 사랑과 관심에 대해 깊이 생각했다 (캔자스시티와 인근 지역 전문 역사가이자 내 친구인 존 헤런은 친절하게 내 원고를 읽어주고 몇 가지 잘못된 점도 바로잡아주었다).

오래전 나와 함께 수많은 책을 읽었던 아이들 헨리, 엘라, 애디, 클라라에게도 무척 고맙다. 그 인내심에 고마울 따름이다. 내 인내심이 바닥날 때에도 아이들은 내게 기쁨이 되어 준다. 아내인 캐런 볼은 내 영감이자 작가가 얻을 수 있는 최고의 동료로서 이 책에서 많은 장점을 찾아내줬다.

ICM 파트너스의 에스더 뉴버그와 팀원들, 지원사격을 해준《워싱턴 포스트》와《타임》의 상사들(특히 낸시 기브스, 마이클 더피, 루스 마커스, 고(故) 프레드 하이아트), 그리고 사이먼 앤드 슈스터의 조나단 카프, 하나 박, 재키 서우를 비롯한 직원들에게 감사함을 전한다.

그리고 마지막으로, 가장 중요한 협력자인 프리실라 페인튼이 있다. 그녀는《타임》에 나를 고용할 때 내게 꿈의 일을 맡기며 이 이야기에 시동을 걸어주었다. 책의 안내자가 된 그녀는 찰리의 이야기를 알아보았다. 그녀는 재능 있는 편집자일 뿐만 아니라 그 이상으로 훌륭한 사람이다.